公元787年，唐封疆大吏马总集诸子精华，编著成《意林》一书6卷，流传至今
意林：始于公元787年，距今1200余年

意林®轻文库

青春最美，梦想出发

中国式好看轻小说优鲜品牌

意林轻文库 恋之水晶系列 036

世界第一的公主殿下 公主篇 IV

Shijie Di-yi de Gongzhu Dianxia

公子小白 著

GONGZI XIAOBAI WORKS

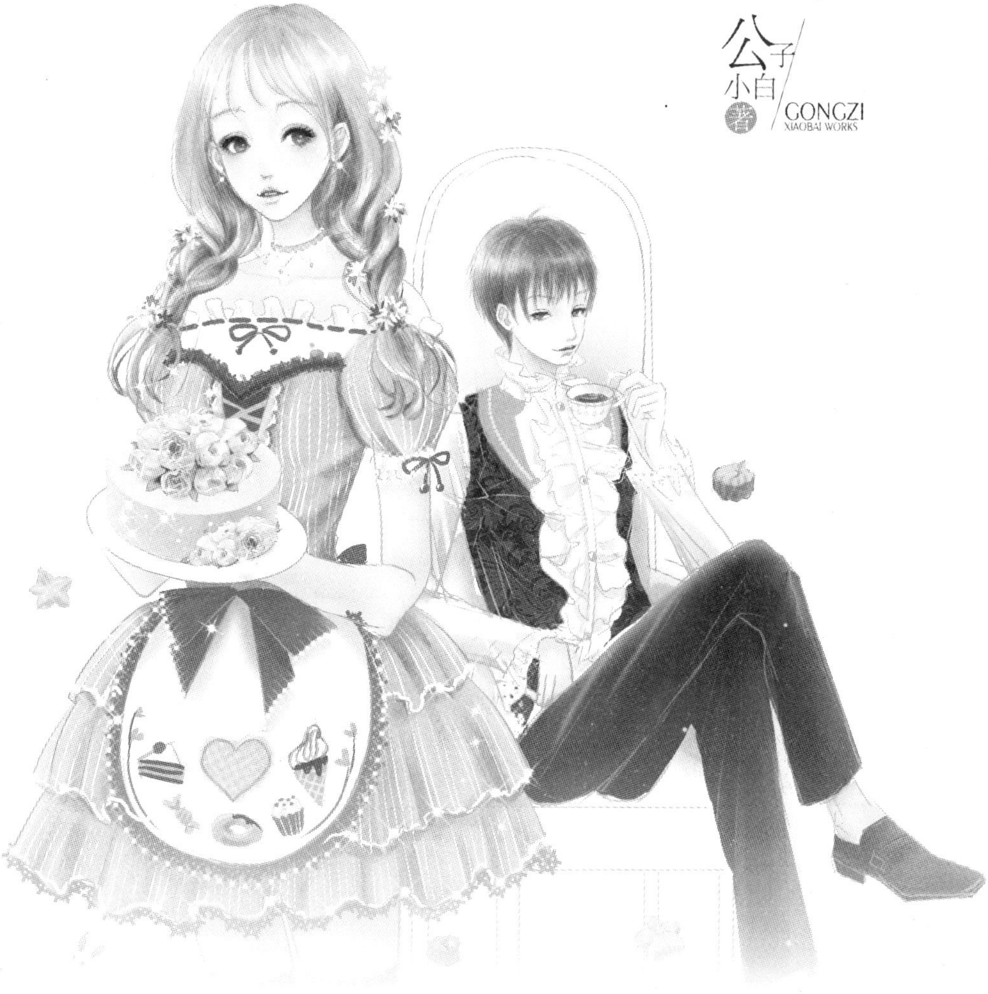

吉林摄影出版社

·长春·

图书在版编目（CIP）数据

世界第一的公主殿下.Ⅳ/公子小白著.--长春：吉林摄影出版社，2018.5
（意林轻文库.恋之水晶系列036.公主篇）
ISBN 978-7-5498-3592-8

Ⅰ.①世… Ⅱ.①公… Ⅲ.①长篇小说-中国-当代Ⅳ.①I247.5

中国版本图书馆CIP数据核字(2018)第093361号

世界第一的公主殿下Ⅳ
Shijie Di-yi de Gongzhu Dianxia Ⅳ

著　　者	公子小白
出 版 人	孙洪军
总 策 划	安　雅　张　星
责任编辑	施　岚　胡晓路
图书统筹	凉小葵
特约编辑	杨　宁
绘　　图	E.Pcat
书籍装帧	胡静梅
美术编辑	张云丽
开　　本	700mm×1000mm　1/16
字　　数	400千字
印　　张	15
版　　次	2018年5月第1版
印　　次	2018年5月第1次印刷

出　　版	吉林摄影出版社
发　　行	吉林摄影出版社
地　　址	长春市泰来街1825号 邮编：130062
电　　话	总编办：0431-86012616 发行科：0431-86012602
网　　址	www.jlsycbs.net
经　　销	全国各地新华书店
印　　刷	北京市兆成印刷有限责任公司

书　　号	ISBN 978-7-5498-3592-8	定价：29.80元

版权所有　侵权必究

如发现印装质量问题，请与印务部联系退换，电话：010-51908584

目录 Contents

001 楔 子

003 Chapter **01**
佛 寺 × 火 灾

021 Chapter **02**
住 持 × 阿 玲

045 Chapter **03**
偏 颇 × 公 平

073 Chapter **04**
夏 姜 × 真 夜

107 Chapter **05**
斗 争 × 营 救

目录 Contents

127 Chapter 06
淳子×食谱

147 Chapter 07
游轮×剧组

169 Chapter 08
风暴×芭蕾

201 Chapter 09
重逢×告别

225 Chapter 10
尾声

楔 子

她也曾听过童话。

那是老师为她读过的最后一个故事，灰姑娘在仙女教母的帮助下，成功穿上水晶鞋和闪闪发光的舞裙，坐在由南瓜变成的巨大马车上，向城堡盛大的舞会前行。

车轮滚滚向前。

灰姑娘环顾四周，发现车厢里坐满了人。

漂亮的，有着一头浓密黑发的小男孩；眼神灵动，和她有些神似的少女；一头蜷曲的金发，碧绿眼睛的外国帅哥；还有一个陌生的，漂亮得有些妖异的少年。

最先消失的是外国帅哥。

"每个人都有自己存在的时间，很不幸，他的时间到了。"黑发小男孩说，"我也要走了，老师在等我。"

车厢里一下少了两个，重量减轻，拉车的马儿跑得更快。

"我要去追他，他去哪儿，我去哪儿。"说完，唯一的少女也消失了。

灰姑娘有些孤单。她对眼生的少年说："那么你呢？"

少年慢吞吞地眨眼："你不需要我，我也走了。"

一下子，车厢空了。

灰姑娘心里空空荡荡，只剩窗外单调的马蹄声。

"你还有我。"

忽然，耳边传来低沉的声音。

灰姑娘推开窗，一个深红色头发的男人驾着马车，目光坚定，带领她急速前行。

Chapter 01
佛寺 × 火灾

清晨。

佛寺。

钟声清脆。

唐桃起了个大早，打着哈欠开始一天的劳作。她身穿粗布麻衣，头扎花布手巾，把后厨蒙灰的院子打扫好，柴火归置好，去厨房给二十余个僧人和学徒做早斋。

画外音："请问唐小姐今天几点起床？"

"今天我当早班，三点钟就起来了。不当班的时候一般四点钟起，直接去上早课。"

"你主要在佛寺里负责什么工作？"

"我们十个学生轮班，今天轮到我烧早饭，打扫院子，晚上还要擦佛堂……你能不能往边上让点儿，我要开门。"

"你觉得在佛寺的生活愉快吗？学校设置的课程有意义吗？你有什么想对观众说的？"

唐桃苦笑："我没什么想说的，你拍完了吗？"

"我们可以发现，连续半个月的枯燥佛寺生活，已经对一名花季少女的身心造成了严重摧残，甚至让她的额头爆出几颗小痘。十五天前，她的脾气还没那么暴躁，长得也比较好看。"

唐桃忍无可忍："别闹了！赶紧出去！"

唐桃提着扫帚，打开后厨的竹门，微弱的光线中一片狼藉。十几平方米的窄小房屋里，面粉洒了满地，桌上扔满空了的啤酒瓶，凳子上到处都是脚印。唐桃的目光扫过木盆，里面装着她昨天晚上辛苦发酵的面团，上面一个清晰的人脸模子，显然有个高鼻梁的人在昨夜的狂欢中把脸拍进去过。

唐桃双肩颤抖。

摄影师从镜头后露出脸："怎么不说话了？"

三秒钟后，一声呐喊响彻寂静的后山。

"卢……希……辰！"

事情还得从一个月前说起。

高中毕业后，唐桃每天除了吃吃睡睡及和夏炽跨洋煲电话粥，就是等大学的录取通知。她想学舞台美术，把红石毕业舞会的策划刻成光碟寄出去，寄了十几份，收到

Chapter 01
佛寺 × 火灾

的反馈寥寥。

眼看各大学校的录取通知书都派完了，唐桃手上只拿到一份德国大学的录取通知书，还是个不知名的学校，名字非常拗口，收费也很贵。学霸唐桃很煎熬，每天吃不香睡不着。

百般无奈之下，她开始听取岚组群里的建议。

莫明雪说："干脆别读了，去考个厨师证，然后回柳原社继承家业。"

月城田说："舞台美术很好，但毕竟和继承家业没关系。你可以考虑莫明雪的建议。"

阿娜妮说："回家找爸！吃香喝辣！"

月城叶说："我的妈呀，你居然没大学上，哈哈哈哈哈哈哈哈！你那些引以为荣的书都读到夏炽身上去了？"

常清说："……"

所问非人，唐桃转而向夏炽诉苦。夏"男神"相当高冷："你之前只会死读书，也没有艺术方面的背景，别人不要你很正常。"

好吧……

唐桃的人生灰暗了。

从岚组毕业的人要搬出别墅区，腾地儿给下一届新生，藤本直树给唐桃在本家准备了房间，让她搬回家住。唐桃收拾着不多的行李，心里还有点儿小激动，下一秒钟手机响了。

对方静了三秒钟："唐桃？"

"是我。您是？"

"我是夏长虞。"对方顿了顿，"夏炽的父亲。"

唐桃差点儿摔了手机："园……园长好！"

"我没收到你的大学志愿。"

"我还没定下来，之前申请的学校大部分都没过，只有一所德国的学校过了，现在还在想办法。"

"你想留在国内还是出国？你的家人有没有什么想法？"

"我没想好……"唐桃羞愧地低下头。

"红石学园前几年就在筹建艺术大学，也在×市，九月竣工，其中就有舞台美术系。"

夏长虞等了几秒钟，没得到唐桃的反馈，又说："你高中期间成绩很好，可以内推进去。"

唐桃连谢谢都忘了说，脑袋发蒙。

五分钟后，她收到了红石艺术大学的录取通知，成为一名光荣的大学生。

红石艺术大学九月竣工，也就是说九月一日可能无法准时开学。

素未谋面的舞美系胡主任想了个办法，先办一个暑假实践活动，地点选在×市郊区的灵修寺，为期一个月。美其名曰要通过佛寺的生活返璞归真，在和自然的相处中洗涤身心。佛寺生活全程由摄影师记录，结束后还能搞个展览什么的。

随录取通知书送来的还有一张纸条，皱巴巴的，上面写着她在暑期实践活动期间的搭档，要一起完成固定学分的任务。

搭档的名字是——卢希辰。

后来唐桃才知道，当初定搭档是抽签制。那张纸条之所以皱巴巴的，是因为抽到卢希辰的人总要求重新抽，把纸条揉起来扔回箱子里，谁也不想要他。

唐桃一把推开禅房的大门。

"卢希辰，你给我出来！"

被子掉在地上，唐桃的衬衣袜子扔了一地，钱包被掏空扔在桌上，禅房的窗户大开，凡卢希辰生活过的地方如飓风过境，方圆五米之内寸草不生。不帮忙就算了，还一个劲儿添乱。

唐桃眼看自己的蛙形小钱包以一个凄惨的姿势张着空空的嘴，火就"噌噌"地往上冒。

她要告状！

她要换人！

这学没法儿上了！

窗外的钟声再次敲响，看天色，到饭点了。唐桃今天值日，她得赶紧冲向斋堂，在用餐前把碗筷摆好。

山中天黑得快，清晨来得也早，熹微的晨光涌入，空气中浮动着美丽的淡金色。身着麻衣的僧侣列队而入，整齐地走向自己的位置，向唐桃合掌行礼。后面跟着的学生就没那么精神了，一个个哈欠连天，有些人的手还伸进衣领里瞎挠，睡眼

Chapter 01
佛寺 × 火灾

惺忪的模样。

斋堂两侧泾渭分明，一侧是面目整肃的僧人，一侧是歪七扭八的学生。

住持端坐在首座上，一旁是典座（斋堂负责人）及其他身居要职的僧人。唐桃一手握着勺子，一手提着粥桶，先走上去给住持盛粥，紧张得大气都不敢出。和这间破落的寺庙相比，住持非常年轻，五官端正气质卓然，大多数时候都面无表情，仿佛戴着一张面具。

粥落入碗中，住持合掌行礼。唐桃闻到住持的袈裟上有股淡淡的檀香味，也学着微鞠了一躬。

盛完粥，唐桃默默走回自己的位置，身边当然是空的。

"卢希辰又没来？"一个人问。

"昨天喝酒去了，好小子，也不知道穷乡僻壤哪儿弄来的酒。今天凌晨三点多听他在门口唱大歌。"另一个人笑说。

林潇潇冲唐桃使眼色。

林潇潇是舞美系学生之一，性格风风火火，长得却乖巧可爱，很快就和唐桃混熟了。她入学前就是个厉害人物，曾经得过很多舞台设计奖项，比唐桃这只菜鸟强多了。

"桃子，卢希辰哪儿去了？"林潇潇问。

"上天了，和太阳肩并肩。"

"赶紧用枪打下来，这几天你们当班，你一个人怎么忙得过来？"林潇潇瞥了瓷碗里的清粥一眼。

今天的早斋只有粥和咸菜，唐桃本来想做馒头，却被卢希辰毁了面。已经有学生不满意了，嚷嚷着没法儿吃，被典座一眼瞪了回去。

早饭在喝粥的吸溜声中度过。

佛寺作息严格，红石艺大的学生虽然不是僧侣，也被要求根据寺庙作息时间进行活动。早上四点起床，然后上早课，僧侣们诵经，负责斋饭的学生开始做饭，其他学生在静室里自读书本。下午二人一小组，完成佛寺指派的任务，通常是打扫庭院或者去菜园里帮忙。

佛寺建在远郊，后山有一大片农田，每天有僧人挑水、摘菜，自给自足，和山下的灯红酒绿简直是两个世界。这里交通全靠腿，通信全靠嘴，山清水秀风景好，没网络也没信号。

这可苦了还在热恋期的唐桃。

手机只能拿来看时间,很快被她丢弃在房间的角落。上山前她每天都和夏炽通电话,每次通话至少一个小时;上山后只能写信,用最贵的国际快递寄送。唐桃艰苦朴素惯了,十分心疼钱,狗头军师莫明雪特地打寺庙的座机来叮嘱她:"意大利美女如云,你还不看紧点儿?"

"打不了电话就写信!总之不要断了联系!"

唐桃扪心自问,莫大小姐有说错话的时候吗?

没有。

她每天挑灯苦战,用毛笔给夏炽写信。

信纸是问僧人借的,唐桃用不惯毛笔,脸大的纸上写不了几个字。于是言简意赅,每封信都控制在三十个字之内。

内容如下:

今天的午饭好难吃!想吃红石食堂的麻辣串!卢希辰好讨厌!

又如:

卢希辰又不见了!今天的晚饭也不好吃!不高兴!

四五天才能收到的信件,活生生写成了发牢骚的微博。

惜言如金的夏炽反而更像话痨。时而说一说在意大利的见闻,时而说一说Lukas教授要他接的项目,洋洋洒洒几百字。信里还会附照片或者明信片,意大利妍丽的色彩在纸上铺开,令人眼花缭乱。

唐桃把那些信压在枕头下面,晚上睡得香甜。

今天又是收信的日子,唐桃早早把碗筷和斋堂收拾好,洗漱完毕,换上睡衣,坐在月光"照耀"的台阶下拆信。她开心得要死,拆信比拆礼物还兴奋。

纸上是熟悉的字迹。

唐桃:

这两天Lukas教授派给我一个新任务,回你的信晚了些。红石艺术大学也请了四川厨师,是你喜欢的那个厨师的弟弟,手艺很好,九月一开学你就能吃到。你能不能跟住持借支圆珠笔?你的毛笔字实在太丑了,一句话里我有一半要靠猜的。

另,晚上不要跑出去瞎逛,你所在的灵修寺里有个传言,过了午夜,佛堂里会出现游荡的怪物。听说这个怪物……

信还没读完,就"唰"地被抽走了。唐桃一抬头,望见一双黑而幽深的眼睛。

Chapter 01
佛寺 × 火灾

她轻吸口气。

真的有眼睛美到令人窒息。眼角下沉，眼尾上翘，漂亮的丹凤眼压着羽扇般的睫毛，眼波流转间万种风情。那个人的五官没有丝毫瑕疵，像精雕细琢的美玉，唐桃不管看多少次，都要感叹造物主的神奇。

"造物主的神奇"冲着唐桃吹了口气。

把唐桃吹回现实。

"卢希辰！"唐桃一嘴的抱怨没来得及出口，又喊了一句，"卢希辰！"

"哟哟哟，才一天没见这么想我？"卢希辰眨巴着眼睛，"读谁的信呢？笑得这么傻。"

"你还给我！"唐桃跳起来去抢。

这里要介绍一下卢希辰。男，18岁，红石艺大芭蕾系新生，老师眼中的问题少年，其芭蕾生涯所获奖项比柳原淳子还多，他的两条长腿让很多女生都羡慕不已。颜值满分，人品负分，写着他名字的字条辗转过八名学生之手，最后花落倒霉蛋唐桃。

但唐桃并不担心。

刚转学来红石的时候，她就遭受了种种不公的待遇，经历了难以想象的磨难。例如，冰山夏炽事件，莫明雪炫富事件，夏姜无恶不作事件，月城叶刁难事件……历经九九八十一难，还有谁是唐桃搞不定的？

可惜她忘了，她的人生爱走下坡路。

"我看看落款，夏炽？"卢希辰笑嘻嘻的，"你男朋友？"

唐桃红了脸："你快还给我！"

"夏炽，我听说过，园长的长子，哇哇哇，这样的人你也能搞定？"卢希辰不可思议地打量唐桃的奶牛斑点睡衣，双眼眯起来，"他还挺热爱动物的。"

唐桃脸红脖子粗："你玩够了没？"

"别那么小气嘛，一张纸而已。"卢希辰扬起手臂"哗哗"甩着信纸，"我先带回去看一看，看够了再还你。"

他笑得灿烂，露出两个酒窝，眼里亮晶晶的。

唐桃伸手去抢，对方已经跑了。

"芭蕾舞系的'纳喀索斯'，可不是浪得虚名。"林潇潇不知道从哪儿冒出来，从背后拍了拍唐桃的肩，"传说能和他对视三秒钟还不脸红的女生，都是瞎的。"

"我脸红是因为累的。"唐桃赶紧声明。

"行行行,赶紧休息,明天你还要去佛堂守夜不是?只剩三个小时了。"

夏炽的信唐桃没看完,也不知道该回什么,只能暂时搁置下来。

寺庙中,每两个组员共用一个单间,因为女生比男生多一个,寺庙也没有多余的宿舍,所以唐桃和卢希辰是住一起的。好在他从没回来睡过,也不知道找了哪里过夜,以他活泼好动的程度和敏捷的身手,唐桃觉得他大概是睡在树上的。

唐桃囫囵睡了两个小时,爬起来随便找了口吃的,准备一个人去守夜。

"晚上凉,多加点儿衣服。"林潇潇的眼中充满同情,往她手里塞了几颗糖。

守夜的罗汉堂在后山偏殿,平时少有人去,沿途荆棘丛生。听说山里有猴子经常去搞破坏,屋顶的瓦都是被猴子掀开的。管事交给她一盏油灯,再三叮嘱:"见到猴子就敲手里的锣,它们怕响声。等天一亮你就回来,注意安全。"

晚上九点钟,唐桃一手拿着锣,一手举着油灯,向后山进发。

因为幼年遭遇的变故,唐桃比一般人怕黑,在黑暗无人的地方会心跳加速,冷汗能把整个后背浸湿。后山幽静,风吹动树叶发出"沙沙"的响声,唐桃打了个激灵,裹紧外套朝罗汉堂一阵狂奔。

风吹开头顶的云层,月亮像只水盘挂在天上,明亮皎洁。跑到罗汉堂前,唐桃才敢站定喘口气,心脏快跳出胸腔来了。

灵修寺地处偏僻,香火不旺,大多建筑都年久失修,罗汉堂是其中最破的一间。大殿的面积不大,两侧是黑漆漆高耸着的罗汉像,正中间是供奉用的箱子和蒲团,房顶上垂下许多莲花形的挂幔,不知道是做什么用的。

唐桃贴着墙走进去,紧紧攥着锣和油灯。

她左右打量了一下堂内,不敢去看夜色中罗汉阴影浓重的脸,找了个角落缩手缩脚地坐下来。

油灯的火苗微微晃动,四周很安静,只能听见风的声音。

唐桃没事可做,掏出口袋里的糖吃起来,佛寺没有小卖部,连糖都是从山下运来的奢侈品。

这半年她的人生顺风顺水,先是找到了自己的生父藤本直树,再是从岚组顺利毕业,又莫名其妙地升入了红石艺大,连她都觉得自己是只锦鲤。

正想得入神,殿的远处忽然传来"啪"的一声。

唐桃猛地一抖:"谁?"

Chapter 01
佛寺 × 火灾

没人回答。山风吹过,殿上悬挂的帷幔摇曳起来,缓慢地搅动着月光。

"猴子?"唐桃又问。

"我是个学生,不是寺里的,你们要拿什么请便啊,我不拦着……"唐桃立刻叛变,"有话好好说,不要动手……动爪啊。"

殿里又是"啪"的一声,声音又近了些,这次听清楚了,并不像猴子。

"我真没干过坏事!冤有头债有主,有事去找卢希辰!他才是那个坏人!"

唐桃脑子里忽然就跳出了夏炽信里的内容,说灵修寺晚上有怪物出没,要她小心。夏炽是何许人?根正苗红的无神论者,让他说句笑话比上天还难,他说寺里有怪物,岂不蹊跷?

唐桃背后的衣服被冷汗湿透了。

她一面警戒四周,一面朝门口退。

"啪——"

声音更近了。

这下唐桃听清了声音的来源,就在她身后。

死一般地寂静。她回过头,就看见一个白色的影子站在殿门口。

白影子伸出手,朝唐桃抓来。

唐桃拔腿就跑。

油灯被扔在后面,唐桃闷头一阵狂奔,来时二十分钟的路程跑回去只用了几分钟,她一把推开禅房的门,居然没找到值夜的僧人。举目远望,到处黑漆漆一片,唐桃面无人色,肩膀猛地一沉。

"你干吗呢?"男生问。

唐桃对这个声音有印象。男生叫洛子深,是林潇潇抽到的搭档,舞蹈系学剑舞的。这哥们儿每天起得比鸡早,睡得比猫晚,成天举着把剑在广场上摆pose(造型),说话神神道道的。

洛子深一对好看的剑眉此时皱了起来。

"我……我……罗汉堂有怪物,白色的!不骗你!"唐桃语无伦次。

洛子深面无表情:"难不成还是彩色的?"

"不是,真有怪物!我看见了!你相信我,它还朝我扑过来!"

"有没有怪物我不知道。"洛子深抬起头,瞳孔里有火光跳动,"不过,你是不是在那儿放火了?"

罗汉堂火光冲天，周围的树都被映成了红色。

火源是唐桃打翻的油灯。

深夜，住持和全体僧侣用了一个多小时才将罗汉堂的火扑灭，有着百年历史的佛堂烧成一片废墟。

僧人们面色凝重，以唐桃为圆心将她团团包围，学生们穿着睡衣打着哈欠站在广场上，小声交头接耳。

唐桃心里又悔又怕，头都快埋进地里了。

"守个夜也能烧房子，真不愧是我的搭档，战斗力超强。"卢希辰不知道从哪儿冒出来了，混在人群中间看戏。

"是谁丢下桃子一个人守夜的？"林潇潇反唇相讥，"天这么黑，你让一个女孩子留在山里，你有脸笑？"

"我要是去了也得把我烧了。"

"行了，别说了。"典座忽然出声，"具体解决方法，还要等学校的通知。"

话音刚落，忽然传来一阵熟悉的交谈声，那嗓音低沉而威严，唐桃立马站直了。夏长虞学园长在一群人的簇拥中走过来。

夏长虞的目光在学生中扫视一圈，锁定唐桃。

他径直朝唐桃走来："有受伤吗？"

唐桃心里一阵感动："我没事！谢谢您的关心，我不小心把油灯打翻了，才烧了罗汉堂，真对不起！"

"到底怎么回事？"

唐桃没法解释——总不能说自己见到怪物了吧？

夏长虞看着她，黝黑的双眼中情绪莫测。他转过身，面向聚在空地上的学生："这件事情学校会处理，你们都回去睡吧。"

唐桃忐忑地跟在后面问："烧了罗汉堂，我该怎么赔偿？"

夏长虞没有回答，朝着被僧人们簇拥的住持走去。

"哇，好大的面子，夏学园长亲自开了一个多小时车来看你呀……"

"一定是把你当儿媳妇看了吧！小弟以后就靠你罩了啊！"

"大姐，您看我这胳膊怎么样？我这雄壮的肱二头肌，给您提鞋够格不？"

回去的路上，卢希辰苍蝇一样围着唐桃转。

Chapter 01
佛寺 × 火灾

"我的信呢?"唐桃问。

"罗汉堂都烧没了,你还想着信呢?"

"唉,算了,你该去哪儿去哪儿吧,我没心情跟你吵。"唐桃知道跟他说也没用,叹了口气。

卢希辰忽然止步。唐桃回头的时候,夜风吹拂,风将他黑色的卷发轻轻扬起,他的笑眼里倒映着静谧的月光。

"我知道你看见了什么。"卢希辰忽然压低声音,神神秘秘地说。

唐桃一愣,后背又是一凉:"你也见过罗汉堂的怪物?"

"不然你以为我这些天都和谁玩呢?我睡哪儿呢?"卢希辰眨眨眼,"你应该想想,为什么之前守夜的人都没出过状况,也没嚷嚷见过怪物,只有你看见了。"

唐桃眯起眼睛,露出不信任的神情。

卢希辰颇有兴趣地打量着她,从上到下,巨细无遗:"这样吧,平白无故抢别人男朋友的书信也不是好事,只要你能找到那个'怪物',我就把信还给你。"

"要是找不到呢?"

"那我就把你的信当着所有人的面读出来。"卢希辰表情一变,用想象中夏炽的声音刻板地念道,"唐桃,这两天Lukas教授派给我一个新任务,回你的信晚了些。红石艺术大学也请了四川厨师……"

"行行行,我怕你了!"唐桃涨红了脸。

卢希辰嘿嘿一笑,一转身就没影儿了,留唐桃一个人站在禅房的台阶下。他的话引起唐桃的沉思,之前半个月确实每天都有学生守夜,除了有一个说看见猴子的,确实没人见过怪物啊!

唐桃左思右想,不得其解。

这时,她伸手进口袋里摸钥匙,摸到了几张糖纸。

第二天清晨,林潇潇一见她就喊:"妈呀!你眼睛被谁打了?"

"昨晚估算了一晚上罗汉堂值多少钱,失眠了,睡不着。"唐桃顶着两个黑眼圈趴在餐桌上,"今天早上吃什么?我好想吃烧饼和油条,还有撒了葱花的煎饼。"

"拉倒吧,你没看到今天谁主厨?"

林潇潇的眼神落在了著名剑术表演家洛子深背上。

洛子深眉毛微皱,端着铁盆朝二人走来。

"昨日我夜观天象,紫微星冲煞,不日恐有大事发生。南瓜属土,可赈灾,宜多吃。"

说完,往两个人的饭盆里丢了两块水煮南瓜。

林潇潇当场急了:"紫微星冲的是煞还是你的脑子?就不能好好做顿早饭吗?今天还要下地摘菜呢,就吃这个,饿晕了你负责?"

洛子深白净的脸忽地涨红了。

学生们对食物的怨念是深重的,连续半个月没进油水,个个都像饿急的狼,看鸡舍的眼睛都是绿的。

今天全体学生都要帮寺里的僧人摘蔬菜,唐桃把萝卜当成卢希辰的脸,一根一根拔得特别起劲。

差不多半个小时后,四周忽然一片骚动。只见夏学园长的司机带着几个僧人走过来,每人手里都拎着一只木桶。

"绿豆汤!我闻到了绿豆汤的味道!"

林潇潇一声高喊,农田里瞬间竖起七八个学生的头。

还真是绿豆汤!还有红枣银耳羹、皮蛋瘦肉粥、夹心小面包!学生们在僧人那儿领了碗,直接坐在地上吃开了,一个个赞不绝口。唐桃领了一碗银耳羹,手里被司机塞了什么东西,摊开一看,一块绿豆糕?

司机冲她眨眨眼,微微鞠了一躬。

唐桃掰开后,发现里面叠着一张纸,上面用钢笔画了一只熟悉的灰猫。画风抽象,也就唐桃能认出来。

"茄子!"她兴高采烈。

"红烧的?油焖的?"林潇潇立刻扭头。

唐桃赶紧闭嘴,在这里说出任何食物的名字都容易引起骚动。她知道这是夏炽特意画的,心里有些甜蜜,忽然觉得即使身在深山中,还闯了祸,但在遥远的世界另一头,总有人关心和惦记着自己。

晚上,唐桃决定再去一次罗汉堂。

"别去了,罗汉堂都烧光了,你还去干什么?"林潇潇左右看看,用气声说,"你不是说那儿有怪物吗?"

"事情因我而起,我怎么也得回去看看,不然不安心。"唐桃说,"上次你给我

Chapter 01
佛寺 × 火灾

的糖还有吗？"

"有是有，不过你真打算自己去啊？我今天晚上有安排没法陪你，要不叫卢……算了，你还是自己去吧，他在更添乱。"

这次唐桃做足了准备，手机充满电照明，比油灯好用多了，还穿了厚外套，在外面过一夜都没问题。

她摸黑来到罗汉堂的废墟旁，焦黑的房梁裸露着，泥像没有完全损毁，被搬出来整齐地排在一边，表情狰狞，仿佛在瞪着唐桃这个罪魁祸首。

唐桃往手上哈了口气，搓搓，把从林潇潇那儿拿到的糖放在院子中央的石头上，躲在最粗的柱子后面，守株待兔。

山里风大，吹得唐桃口干舌燥，手脚冰凉。

哎呀，忘带水了，唐桃舔着有些干裂的嘴唇，心里想，对方又不是猴子，难道真能被几颗糖引出来？

可除了糖之外，她也想不到别的了。

忽然，院子里传来窸窣声。

月光下，竹林里钻出一个熟悉的白色影子。

距离很远，隔着院子和柱子，唐桃还是吓得脸色惨白，整个人僵在原地。这回看清楚了，妈呀，真不是猴子，头是头脸是脸的，披着黑色的头发，眼睛还很大呀！

只见白影小心翼翼地左右张望了一会儿，确定没人，才踮着脚靠近，弯腰捡起石头上的糖果。她一屁股坐在石头上剥糖纸，齐肩的头发随风飘动，白净的双脚碰不到地，一晃一晃。

唐桃的心怦怦直跳，她用力揉揉眼睛，强迫自己去看。

不是什么怪物，是个小女孩。

小女孩坐在烧毁的佛堂前，一点儿也不害怕，她吃完糖，拍了拍手，把糖纸仔细叠好揣进口袋，蹦蹦跳跳地钻回树林里，发出"沙沙"的声音。

唐桃赶紧跟上去，扒开茂密的竹林，发现有条只容一人通过的小道，延伸到黑暗的后山深处。

隔天上午，唐桃和其他学生一起被叫进禅房。

一个留着小胡子的中年男人背着手，煞有介事地站在禅房中央，冷面住持站在他身后。

唐桃心里一紧,不会是来找自己算烧毁佛堂的账吧?

这座寺里的东西都是古物,一块瓦片的年龄都比五个唐桃加起来都大,她真的赔不起啊……

"小胡子"清清嗓子,环视了学生们一圈,嗓音尖细:"我是胡老师,舞美系的系主任,你们应该知道我。"

当然知道,是把他们送进山里的"罪魁祸首"。

林潇潇鼻子一皱,冷哼了一声。

"很不幸,寺里的罗汉堂被烧毁了,夏学园长和住持商议的结果,是让你们付起这个责任。罗汉堂有百年历史,重建困难,你们将有机会重新改造罗汉堂,让新的罗汉堂成为本寺庙的景点,吸引更多香客。"

四下顿时一片哗然。

七八道仇恨的目光立刻投向唐桃。天天烧饭、种菜、擦地还不够,现在还要帮人设计改造房子?

"小胡子"抬高下巴,岿然不动:"别以为这件事和你们无关。在座的十个……九个人中,有五名舞美系的学生,舞台美术不只存在于舞台上,对香客来说,寺庙就是一个舞台,是为他们展示佛法之庄严的。"说着他举起一只鼓鼓囊囊的信封,"这是我向夏学园长申请的奖金,得到住持认可的设计方案,不仅能获得奖金,还外加减免一年学费。"

"看这厚度有五六千呢!"林潇潇大喊。

唐桃的耳朵立刻呈兔子状竖起来——奖学金!世界这么大,就没有她拿不到的奖学金!

"小胡子"见反响热烈,满意地点点头,转身和住持低声说了几句。接下来的几天,晚课时间,学生们一改打瞌睡看漫画的"优良"传统,开始组队一批一批去罗汉堂考察。

罗汉堂估计自建立伊始,就没见过这么多人。

唐桃找不着卢希辰,只能厚着脸皮跟在林潇潇身后。洛子深很不耐烦,不停用那双细长的眼睛瞪她。

"改造罗汉堂听起来简单,其实有很多讲究。"林潇潇冷静地分析道,"我怀疑胡主任让我们来寺里,本身就打着小算盘。你想啊,×市有这多寺庙,为什么偏偏挑中最没有人气的这座?如果像他说的要磨炼我们的心性,去大寺庙不是更有意义?

Chapter 01
佛寺 × 火灾

他还全程架了摄像机,那种专业摄像机一天租金一万块,难道真给你瞎拍?"

唐桃"哇"了一声:"你懂的好多!"

"事实摆在眼前。红石财团不缺钱,也不缺地,筹建新的大学,最缺的就是知名度。如果能成功改造一座破败的寺庙,本身就是很好的广告。恰好你烧了罗汉堂,胡主任借题发挥,就让这件事更名正言顺了。"

洛子深忽然严肃起来,他转身面向唐桃,眉峰蹙起:"我昨日夜观天象,荧惑守心,是不祥之兆。唐桃,你要多吃蔬菜,并且远离寺庙,不然将有大难。"

林潇潇给他脑袋一巴掌:"脑子进水了?"

洛子深看她一眼,叹了口气:"佛曰不可说。我说了还没人信。"

唐桃当然也不信了,要远离寺庙,难不成飞起来?

三个人一起来到罗汉堂前,林潇潇非常专业,掏出一卷纸开始画平面图,唰唰几笔就把构造搞清楚了。

她围着烧毁的建筑走了几圈,露出沉思的表情,说:"真的很难。罗汉堂在寺庙最深处,如果只是按照原样建造,是没法吸引游客的。但如果改动太大,又和寺庙的整体风格不符。"

唐桃环顾四周,当然没看见那晚的小女孩。

她见林潇潇和洛子深准备讨论方案,自己也不好打扰,于是拨开竹林,好奇地寻找那晚小女孩所走的小路。

今天太阳很大,四周明亮耀眼,竹林里的小路像翡翠的矿道一般漂亮。唐桃心想,顺着这条路去看看也没什么吧?

她拨开竹叶,向深处走去。

深山里并没有想象中安静,野鸟和蝉虫此起彼伏地鸣叫,越往深处走越响亮得惊人。

后山比想象中要大很多,唐桃走了五分钟,还没见到任何人迹。

几步外有一条窄窄的山溪,旁边有棵巨大的榕树,唐桃想去洗把脸,走近了才发现树荫下站着一个人。

冷面住持。

住持不苟言笑,长相清秀,少言寡语。

此时他身披袈裟,手持念珠,站在溪边对着明亮的溪水出神。浅色的波光落在他

脸上,令他严肃的表情柔和了许多。

唐桃不敢打扰,但掉头就走也不太礼貌。

住持忽然弯下腰,轻轻从溪水里捧起什么东西。那是一盏常见的供奉用灯,用纸扎的花瓣此刻已经沾湿了。

住持的眉宇间透出少见的温柔,用指腹摩挲着花瓣,不知道在想什么。

唐桃只好轻声说:"好漂亮的花灯。"

住持的手指一顿,目光扫来,表情瞬间恢复了冷漠。他不疾不徐地转身,向唐桃轻轻颔首:"唐施主。"

唐桃汗颜,别说施主,她简直是这座寺庙的"灾主"。

"我和林潇潇他们考察罗汉堂,看到这边有条小路,就过来瞧瞧。"

住持眯起眼:"这条路隐在竹林深处,并不好找。"

"啊……我偶然发现的,可能是因为来的人少,这儿才这么漂亮吧。"唐桃没话找话,"住持也是来看风景的?"

住持表情威严,高冷地不接话。唐桃却感觉到一股莫名的敌意,从住持那双平静的眼中传出。

"不久便要午斋,一起回吧。"

住持把花灯放入怀中,做了个请的手势。离近了,唐桃闻到住持的袈裟上有股奇特的味道,不同于寺里的熏香,让人印象深刻。

罗汉堂旁,林潇潇还像侦探一样围着毁坏的建筑转圈。

"想出方案来了?"唐桃问。

林潇潇自己不说,看了洛子深一眼。

洛子深立刻挺起胸膛,表情严肃,像小学生向老师汇报工作一样大声说:"我的方案是,在这里搭一座台子,坐北朝南,集天地之灵气,聚日月之精华。我在上面表演剑舞,正北处放置编钟伴奏,编钟声一起,声振林木,响遏行云,岂不美哉?"

"神经。"林潇潇点评。

洛子深向唐桃投去询问的目光,唐桃遗憾地表示林潇潇说得很对。

"不过啊,桃子,着火的那天晚上,你只拎过去一盏油灯对吧?"林潇潇问。

"对,怎么了?"

"奇怪了,我刚才检查佛堂时发现,罗汉堂里有两个着火点,分别在东南角和西

Chapter 01
佛寺 × 火灾

北角。"林潇潇说，"照理说一盏油灯，没法同时烧一条对角线啊！"

唐桃说："这我就不知道了，毕竟那天天太黑，什么都看不清。"

风吹过竹林，发出诡异的"沙沙"声。云覆盖住太阳，一瞬间罗汉堂落入阴影。

"这座寺庙非常不祥，不日恐有大事发生。"

洛子深看了眼天色，神神道道地说。

Chapter 02
住持×阿玲

午休时，唐桃抽空回了趟禅房，想稍微眯一会儿。

禅房是连在一起的长廊型木质建筑，共有六间屋子，唐桃和卢希辰的房间在最里面，隔壁就是洗漱室和浴室。

唐桃推开卧室的门，居然发现有双男人的鞋。

卢希辰回来了？

卢希辰回来了！

她飞速扫了一眼，卢希辰不仅回来过，甚至行李都放在床上，还是打开的。她当即抬手落锁，麻利地扑向卢希辰的运动大包，此人一直玩失踪，行李都贴身带，此刻居然如此大意！

正是抢回信的好机会啊！

唐桃毫无罪恶感，手伸进包里就翻，掏出好几件夏季衬衫和小孩子才会喜欢的小玩具和小零食，甚至还有几张男士面膜，唯独没见到夏炽的信。

"哗哗"的水声从隔壁房间传来。

唐桃紧张地吞了口唾沫。

僧人还在院内打扫，红石艺大的学生们都围在罗汉堂前，浴室里十有八九是卢希辰。确实，他是能睡在树上，但总不能在河里洗澡吧？九月份的河水也很冷了。

唐桃闭着眼，虔诚地祈祷远在意大利的夏炽同学能宽容——她真不是贪图卢希辰的美色，她就想拿回那封信。

卢希辰浑然不知，站在淋浴头下一边冲着头发，一边哼着歌。

唐桃缩头缩脑地来到淋浴室外，脱了鞋，猫着腰走进去。

第一关是浴室看门的僧人，本来浴室不用人管，可这次来了些女学生，只好派人在这里守着，等男生们出来了才放女学生们进去。此时僧人趴在桌子上，脑袋枕着胳膊，睡得正香甜。

第一关，安全！

第二关是浴室厅里横七竖八晾着的僧人衣裤。唐桃眯着眼睛一路小跑过去。

第三关就简单了。浴室的门半掩着，传出"哗哗"的水声，唐桃拖出装卢希辰的换洗衣物的竹筐，掏遍所有口袋，还是没找到夏炽的信。

难不成给他吃了？

浴室里轻轻一响，什么东西从半敞开的门里滑出来，在墙壁上撞了一下，直接滑到唐桃脚边。

Chapter 02
住持 × 阿玲

一块肥皂。

"欸？"卢希辰的声音。

唐桃暗叫糟糕，赶紧把衣服袜子都塞回去，忽然看见筐底有一个东西。那是一个造型古老的心形吊坠，和瓶盖差不多大，盖子已经弹开了，里面有张老照片，匆忙间看不清楚。

洗澡才会离身，唐桃直觉这东西对卢希辰很重要。她当机立断把吊坠塞进口袋，逃出浴室。

唐桃逃到院子里，对着光看，相片只比指甲盖大一点儿。画面里昏黄的光晕笼罩着狭窄的房间，阳光在室内切出清晰的斜角，像电影里的剧照。一个漂亮女人坐在光影之间，表情柔和，带笑的双眼神采飞扬，和卢希辰有七八分相像。

血缘真是奇妙的东西，一眼即知此人多半是卢希辰的母亲。

唐桃倒没想拿吊坠怎样，只打算用它来要挟卢希辰还信。

她组织了半天语言，一鼓作气回到房间，没想到卢希辰已经离开了，随身的行李也带走了。这位洗完澡之后，大摇大摆地从禅房正门晃出去，还顺走了唐桃放在桌上打算午睡后吃的苹果。

胡主任在广场的空地中央摆了张桌子，听取学生们的设计方案。

"我的方案是这样的，我搭档学街舞，到时候让他在山脚下给大家表演头顶碎大石，把气氛炒热，再跳创意街舞。"同学A说。

"喂，你等等！"搭档同学B说，"我没答应表演什么头顶碎大石啊！"

"佛曰，你不入地狱谁入地狱。"

"胡说八道，回去重想。"胡主任大手一挥，"下一个。"

同学C说要把罗汉堂改成小吃店，因为食乃民生之本。可以开发"佛手红豆汤""蒲团蒸萝卜""菩提素面"之类富有佛性的小吃，并开创会员制，充值满一千送保温杯，满五千送佛寺住宿一晚。同学D附议。

胡主任的脸色更难看了。

轮到林潇潇和洛子深。林潇潇摊开自己的图纸，说了大概五分钟，声音很小，大家都没听清。

胡主任惊讶地看了她一眼，又盯着图纸看了会儿，露出耐人寻味的表情。

洛子深从头到尾一句话没说，眯着眼睛观天象。

终于轮到唐桃这组。唐桃头都快埋地里了,她的搭档一天到晚玩失踪,自己的理论知识也不够,说到底舞台美术这种东西,每次的环境场景都不一样,死读书还真没什么用。

"我们的唐大小姐,既然能烧了罗汉堂,肯定有法子重建吧?"胡主任问。

唐桃的嘴巴动了两下。

"什么?没听清。"胡主任说。

"……我还没想好。"

"你烧罗汉堂的时候倒没犹豫。"胡主任笑了。

唐桃心不在焉。经林潇潇的提醒,罗汉堂着火确实有其他疑点,比如自己确实把油灯丢下了,但油灯的油量很少,为什么能那么快烧起来?林潇潇也说了,罗汉堂的着火点有两个,并不像是意外。可为什么有人要蓄意纵火?是为了诬陷唐桃还是有别的目的?

唐桃觉得,还是得找到当晚那个小女孩。

林潇潇听了她的看法,也觉得小女孩很可疑,表示要和她三探罗汉堂。那天正好又轮到林潇潇和洛子深当班,洛子深手拿扫把,从口袋里摸东西。

"别给我你那什么破符啊,我不信这个。"林潇潇嗤之以鼻。

"手电筒,太阳能充电的,我早上充好了。"洛子深说,"大晚上的小心点儿,有事就喊。"

唐桃一愣,这哥们儿正经起来还挺像那么回事。

林潇潇瞥了他一眼,一把夺过手电筒。

去罗汉堂的路上,到处都黑漆漆的。两个女孩聊天壮胆。

"你和洛子深什么时候认识的?你们感情挺好的。"

"发小啦,我妈妈和他妈妈是同事,上同一所幼儿园、小学、初高中,连大学都一样,太没意思了。"

"哦!"

唐桃想说,我也有个发小。

话到嘴边,她顿住了。

"他这人真的蛮讨厌的,跟个小女生一样神神道道,他喜欢研究星座,天天什么上升星座下降星座,双鱼和天蝎配,金牛和双子不配,烦都烦死你。"林潇潇怒气冲

Chapter 02
住持 × 阿玲

冲地说,"以后他要跟你说这些,直接无视就好。"

"嗯。"唐桃笑,"我觉得他还挺有趣的。"

"还有你,你的搭档也不靠谱,要多长个心眼。"林潇潇左右看了两眼,"知道卢希辰为什么这么无法无天还没人管吗?听说红石艺大的董事之一是他叔叔,红石的芭蕾系就是为卢希辰开的,专门用来捧他。"

唐桃惊讶:"有这回事?"

"不过你也挺厉害的,柳原社家主的独女,红石学园长的准儿媳。"林潇潇挤挤眼睛,"你倒不用怕他,正义公主和邪恶皇子的对决,我相信你能赢。"

黑暗中唐桃的脸又红了。

两个人来到罗汉堂,今天晚上天气转阴,月亮被遮在云层里,唯一的光源就是林潇潇的手电筒。

唐桃在树林中摸索了一会儿,说:"就是这条小道,一直往里走有条小溪,我在那儿看见过住持。"

"住持?"林潇潇笑了,"他倒挺有兴致的,还赏花呢。"

唐桃打前锋往里走,手电筒的光线传出很远,照亮幽谧的竹林。身边都是细细的竹竿,枝叶轻轻摩擦着肩膀和手臂,林潇潇打了个寒战:"怎么这么冷?"

唐桃有点儿迷惑,她记得上次来时竹林没这么深,走个五分钟就到空地了。

"唐桃,你确定路对吗?"

"对的呀,我们进来以后就一条路,应该不会错吧。"唐桃嘴上说对,声音却不太肯定,"我们再走两分钟,要是还找不到小溪,就回头。"

"你还冷吗?要不我把外套给你。"过了会儿,唐桃问。

唐桃举着手电筒回头,白色的光束打在竹竿上。

林潇潇不见了。

唐桃的头发全部参起来。

"林潇潇?"唐桃颤抖着声音喊,"你不要吓我啊,你在哪儿呢?"

手电筒的光芒将竹竿映成青紫色,寒冷像水一样钻进单薄的外套。光芒照耀处,一个矮小的白色影子忽然闪过,像一只跃过山涧的鹿。

"谁?谁?"唐桃嗓子都破音了。

她的牙齿"咔咔"打战,转身,拼了命地往竹林里跑。

白影如影随形,穿梭自如,始终跟在她身后半米处。唐桃吓得嘴里发苦,手心都

是冷汗,她是坚定的无神论者,不要在她成年后才来挑战她的世界观啊!

脚底忽然一低,她冲出了竹林,连滚带爬地扑倒在地上。眼前就是那条神秘的小溪,连大榕树的位置都没变,唐桃挣扎着扭身,拿起手电筒就往后照。

那个人的瞳孔在强光下紧缩,拿手遮住眼睛。

黑色的卷发,高挺的鼻梁,嘴角微微上扬,以至于让人觉得他时刻都在笑。

也是巧了,之前起的风掀开了云层,月亮一点点从云后露出来。唐桃看清了眼前的小溪,以及眼前带着笑意的人。

"卢……卢希辰?"

卢希辰眼睛里像缀着星星:"嗯?"

"你……你在这儿干吗?"

卢希辰不回答,伸出手,把唐桃拉了起来。

"你看见没,刚才有个白色的影子跟在我后面,就……就是那天我在罗汉堂看到的人!"唐桃语无伦次。

卢希辰点头:"你看见的是阿玲。"

"阿……阿什么?"

"阿玲。"卢希辰转身,对着竹林喊,"这个姐姐不是坏人,你出来吧,她给你带糖了。"

过了大概半分钟,一个身高只到唐桃腰部的小女孩,犹犹豫豫地从竹林里钻出来。她真如林间怪物一般,穿了条白色的麻布裙,赤着脚,头发垂到地上,有一双大而好奇的漂亮眼睛。

卢希辰背对着小女孩,冲唐桃点了点自己的嘴唇,又指了指自己的脑袋。

唐桃没看懂。

小女孩磨磨蹭蹭地走过来,也不看唐桃,只对着她伸出手。

唐桃没明白,小女孩却大着胆子走近了,目光一直盯着她的口袋。唐桃连忙从口袋里掏出昨天剩下的糖果,弯腰递给她。

小女孩高兴坏了,嘴里发出"咿咿呀呀"的声音,剥开糖纸使劲塞进嘴里。卢希辰抱着手臂站在一边,看着小女孩,目光轻柔。

"她是谁呀,这么晚还待在外面?"唐桃小声问。

"老住持,也就是上一任住持的孙女。老住持去世后,她就住在后山的屋子里,每天有专人照顾。"卢希辰又点点嘴唇,"她不会说话。"

Chapter 02
住持 × 阿玲

唐桃这才明白过来。小女孩六七岁的模样，行为举止却像幼儿，恐怕智力也不大健全。

小女孩对两个大人毫不理睬，吃完糖就坐在地上捡了根竹枝玩，嘴里"咿咿呀呀"地不知道嘟囔什么。

"她……"

卢希辰颔首："大脑天生有缺陷。我第一天来寺庙的时候到后山瞎逛，就认识她了。她挺有意思的，比我们那些古板的同学有趣多了。"

卢希辰眸光一转，落在唐桃身上，笑着说："当然了，我们唐大小姐也比大部分人有趣。"

唐桃背后一凉。

"阿玲，不早了，该回去睡觉了。"卢希辰声音低沉地哄劝，冲小女孩招手。

小女孩回过头，两只白嫩的小手举起来，在胸前合在一起，动作虔诚，眼神亮闪闪的。

卢希辰笑了，从口袋里摸出什么东西："真拿你没办法，放完灯就跟我回去。"

卢希辰走到溪水边，把一只纸扎的莲花放进溪水里，用手拢住，掏出打火机点燃烛芯。

莲花灯悠然漂出去，烛影憧憧，像游弋在夜之河中的萤火。小女孩兴奋地在溪边乱跑，看一眼花灯，看一眼卢希辰，两只手高高地举起来，很兴奋的样子。

卢希辰便蹲下身，把小女孩抱起来。

微弱的光线中，一大一小两个人站在溪边，影子交错在一起，画面有些温情。唐桃倒对卢希辰刮目相看了，平时无恶不作，对孩子还挺有耐心的。

"是不是迷上我了？"卢希辰问。

"有梦想是件好事。"唐桃反唇相讥。

卢希辰低声叹息："我曾经也有个妹妹，很小的时候去世了。她要是还活着，和阿玲一般大。"

唐桃"啊"了一声，露出遗憾的神色。

卢希辰笑了："你真信？"

唐桃无语："你！"

"行了，不逗你了，我带阿玲回去，你也早点儿睡。"卢希辰朝竹林的某个方向努努嘴，"你进来的时候走错路了，完美避开正确选项，回去的时候从这儿走，直接

通往罗汉堂。"

唐桃惊叫一声:"对了,林潇潇!"

林潇潇才不用她担心,在竹林走丢之后,她凭借强大的直觉,成功摸黑回到了寺庙,正要动员全体同学去找唐桃。幸好唐桃及时回来了,不然又要引起不小的骚动。

回到房间后,唐桃坐在床上整理思绪。

竹林里的小女孩是前住持的孙女,她肯定不可能烧了罗汉堂。卢希辰倒很可疑,他每天和小女孩在一起,也方便出入罗汉堂,关键是有作案动机——比如让大家不得安生。

唐桃躺在床上,却睡不着。她想起卢希辰的那个心形吊坠还放在她之前的外套里,目光在房间里扫视一圈,居然没看到。对了,今天是集体洗衣服的日子,她出门的时候顺手把外套丢进走廊的收纳筐里了。

洗了。

洗了!

唐桃从床上跳起来,箭一样冲向后院。

吊坠里的相片是不防水的,遇水等于毁了。唐桃开始觉得洛子深的话还是有道理的,她是应该远离寺庙,半个月来都闯多少祸了!

僧人们当然不知道唐桃的外套里有重要的东西。几排洗好的衣服迎风招展,在夜色中翻飞,外套里侧都绣着学生的名字,唐桃找了半天,也没找着自己的那件。

"哦,有一部分衣服院子里挂不下,挂到后山去了。"一个小沙弥说。

"看到没,就在住持的屋子旁边。"另一个小沙弥补充,"后山上,最高的那间,住持和我们分开住的。"

"那我能去吗?"唐桃问。

"可以去啊,自己去找喽。"小沙弥回答。

用过早饭后,唐桃见僧人们开始上早课,同学都趴在禅房里画图,赶紧独自偷偷摸摸地溜到后山。她只见过帅住持几面,直觉这人不太好亲近,也对,人家都出家了,怎么可能天天笑得像卢希辰似的。

通往后山的路很好找,唐桃走了十来分钟山路,就踏入住持居住的院子。

住持独享一间房舍,简简单单的禅房坐落在空旷的院子里,显得有些冷清。唐桃

Chapter 02
住持 × 阿玲

躲在竹篱后暗中观察，确定房里没人，才飞快地跑到后院，找到自己的外套。

"谢天谢地！"

唐桃伸手进口袋，摸了个空。

"不对啊！明明放在这儿的啊！"

唐桃仔仔细细地围着院子搜索，把水井边、竹篱下都找遍了，还是没影儿。

一阵风吹过，将住持房门吹开一道缝，晦暗的光线里，能隐约看到房间正中央的木桌。

这仿佛在提示她，东西就在里面。

唐桃咽了下口水。

她最近运势低迷，不知道得罪了哪路神仙，要是再私闯住持的房间，保不齐要出什么事。但屋里是她最后的指望，这儿再找不到，她就真的把卢希辰的宝贝弄丢了。

唐桃双手合十，乞求八方神佛的谅解。

原谅她吧，以后她每年都去佛寺里烧香。

住持的房间里空得惊人。即使是僧人，多少也该有些私人用品，可住持的房间几乎空无一物。桌上放着一把小巧的茶壶，一只茶杯，还有几本账本和一些文件。记得两天前，林潇潇还念叨住持到底用了什么护肤品，皮肤能那么好——大概是山风吹多了吧。

唐桃不敢乱翻，站在书桌前张望几眼，很快就失望了。也对，住持这样的大人物，怎么会对一只吊坠感兴趣？

唐桃的目光扫过文件，忽然定住，封面名称吸引了她的注意——**孤儿海外领养申请**。

白纸黑字在眼中跳跃，唐桃的头皮发紧，好像有根绳子拴着她的头发，拉着她的耳朵，把她像只钟摆一样高高地吊起来。

她认识这样的文件。在她漫长的孤儿院生涯中，院长为她填了很多份领养申请，冰冷锋利的白色纸张，贴着自己面无表情的照片，连接的是完全陌生的国度、父母与未来，踏错一步就是深渊。

唐桃眼前眩晕，呼吸急促，她立刻闭上眼睛，稳定心神。

真没出息，她已经不是孤儿了，她的父亲在中国和日本有很多地产。她的家坐落在寸土寸金的市中心，推开门就是高楼大厦簇拥的流水庭院和百年樱树，可唐桃依旧恐惧，依旧风声鹤唳，那些无助的记忆烙入她的骨骼，如同卑贱的奴隶标记。

唐桃没忍住,伸手翻看文件——空白的,没填信息也没贴照片。

可寺庙里需要被领养的,似乎只有一个人。

"你在干什么?"冷漠的声音传来。

一回头,住持站在门外,面无表情。

"我……我来找我的外套!"唐桃赶紧把手背到身后,明明什么都没拿,却心虚得很。

住持的声音没有情绪:"外套在院子里。"

"哦,那我再找找,对不起啊!"

唐桃拔腿往门口走,路过住持的时候,连头都不敢抬。

住持也没拦她,只侧身为她让出通道,望着她背影的双眼若有所思。

心慌的时候,无助的时候,别人通常第一个想到家人,唐桃却想到夏炽。

她很想写封信给他,跟他说说最近的见闻——学业不太顺利,搭档很不靠谱,自己天天闯祸,可能还被人栽赃烧了罗汉堂。可唐桃又不想让他担心,她一个人低落,总好过夏炽跟她一起发愁。

唐桃开始发了疯地想他,甚至动了立刻去找他的念头。她在脑海里一遍遍描摹他的面孔,他漂亮的眼睛,紧抿的嘴唇,他或是严厉或是温柔的眼神,他说话的时候脖子紧绷的弧度。

还好,还历历在目,她不曾遗忘他,过多久都不能。

唐桃的手伸进衣领,抚摸着脖子上挂着的那枚小小的纽扣,它曾经长留在夏炽的心脏部位,如今悬于她的颈间。力量缓慢却源源不断地涌出来,唐桃在油灯下展开宣纸,掏出毛笔,既然没法从卢希辰手中拿回那封信,那就写点儿别的。

再三斟酌,千言万语,提笔在手,却终究放下了。

要用什么文字才能表达——我有多么想你。

林潇潇发现唐桃变了。

她本来天天到处逮卢希辰,现在却变成躲着他。

"卢希辰,卢希辰在哪儿呢?今天轮到他去菜地。"典座在院子里喊。

"我来我来,我来帮他做!"唐桃急忙说。

"卢希辰人呢?他设计图要出了吧?"胡主任发牢骚。

Chapter 02
住持 × 阿玲

"我画我画,给我两个小时!"唐桃喊。

生怕卢希辰在寺庙里出现似的。

"你没毛病吧?"林潇潇眼神讶异。

唐桃没法解释,卢希辰的宝贝被自己弄丢了啊!他居然会把一个女人的老照片贴身携带,可见其分量之重。唐桃巴不得卢希辰就此消失,再也不要出现。

可谓怕啥来啥,临近中午,卢希辰居然在饭厅里现身了。

他的外表是英俊的,姿态是挺拔的,穿着是前卫的,神情是惨淡的。卢希辰一反平日吊儿郎当的形象,甚至都没什么笑容,惨白着一张脸坐在唐桃身侧,端起桌上的碗沉默地喝粥。

他甚至都没有像往常一样讽刺唐桃的眼睛就跟粥里的豆子一样小。

斋堂里的女生们纷纷侧目。保护俊美少年几乎是女性的本能,她们露出或心疼或怜惜的眼神,把卢希辰恶劣的性格忘到了九霄云外。

林潇潇才不吃这一套,拿胳膊肘捅捅唐桃:"他咋了?"

"不知道呀!"

"问问啊。"

唐桃不愿意。

林潇潇于是问:"卢大少爷怎么了,跟只落水狗似的?"

卢希辰看她一眼,轻叹口气:"东西找不到了。"

唐桃后背一僵。

"一个吊坠,装了我妈的照片,大概指甲盖那么大。"说着,卢希辰低下头,漂亮得过分的眼睛里闪过一丝悔恨,"那是我妈唯一的照片,过两天就是她的忌日,我……我真对不起她。"

唐桃的脸快埋进碗里去了。她等着卢希辰开玩笑说"这你也信啊,是不是傻,我妈活得好好的"。

卢希辰喝完粥,神色落寞,放下碗走了。

唐桃像只淘金的猎犬,几乎把整间寺庙刨遍,到处向人打听,依旧一无所获。

倒有些别的传闻被她打听到了。

比如老住持和新住持一直不和,老住持不赞成新住持接任寺庙,为此发生多次冲突;比如老住持离世后,新住持一直想办法送走他的孙女,也就是阿玲,想摆脱这个

小麻烦。在全是男人的寺庙里,有个逐渐长大的小姑娘,毕竟不合适。

可每当唐桃凑上去想问个究竟,那些议论的和尚们便一哄而散,吃斋念佛去了。

林潇潇教育她:"你这么问别人当然不会说,套话要有技巧。看我的。"

隔天中午,午休时,林潇潇端着一小碗桂花甜汤来了。

斋堂的前院散坐着七八个和尚,闭着眼睛晒太阳,林潇潇左右环顾一圈,冲唐桃使了个眼色,往两个小沙弥那儿走。

林潇潇深谙诱敌之道,她今天负责斋饭,特地把粥熬得很稀,吃不饱,才显得手里这碗甜汤更有分量。

果不其然,林潇潇刚坐下,香味儿一飘,两个小沙弥的鼻头就动了动。

"甜汤还剩一碗,你喝吗?"林潇潇问唐桃。

"我不喝了,吃饱了。"

"我也吃饱了,好浪费啊,这汤用桂花熬了两个小时呢,倒了多可惜。"

身侧明显传来咽口水声。唐桃回忆着事先串好的台词:"喂,你知道不,我听说寺庙里还住着一个小女孩,是老住持的孙女,要不我们给她喝,小孩子会喜欢这些。"

"不可能吧,我怎么没见过?"

"藏得可深了,在后山呢。新住持挺喜欢她的,总往她那儿跑。"

"新住持才不喜欢她呢。"小沙弥瞪着圆溜溜的眼睛,忽然插嘴。

林潇潇说:"不可能,肯定喜欢。"

"是真的!"另一个小沙弥赶紧抢话,眼睛盯着林潇潇手中的甜汤,"我们住持和老住持关系不好,一直想把阿玲送走呢,我上次偷听到的!"

唐桃心想,果然那些收养文件是为阿玲准备的。林潇潇又套问了几句,见小沙弥只知道这么多,便把甜汤递出去,问唐桃:"你打算怎么办?"

唐桃思考片刻:"我想他应该有办法。"

他,当然指的是卢希辰。

夜晚,月光明亮。

唐桃在竹林前确认了半天入口,这次找对了路,很快来到小溪边。

"卢希辰!"唐桃喊。

几乎是两秒钟之后,脖子就被人吹了口气,卢希辰从身后探出头:"找我?"

Chapter 02
住持 × 阿玲

他脸上的笑容十分轻佻。唐桃不打算跟他纠缠："阿玲呢？"

"在房间里，我出来帮她找点儿好玩的回去。要不要一起玩？"

卢希辰摊开手，几根树枝，几块漂亮的鹅卵石，还有一些野果子。他挑挑拣拣，把一颗白色的鹅卵石递给唐桃，左手背在身后，微微鞠躬："这个送给你，公主殿下。"

月光下，卢希辰的双眼明晰透亮。

唐桃微微一愣，没去接那颗石子。她从口袋里掏出一把糖果，说："我给阿玲带了糖，你带我去见她吧。"

卢希辰问："难道你知道了？"

"阿玲真要被送去领养？"

卢希辰看了她一会儿："哦，原来你不知道。"

什么跟什么啊……

唐桃梗着脖子："你究竟带不带路？"

卢希辰把石子塞回口袋，眯着眼睛，定定地盯着她看，像只狡黠的狐狸端详着自己的猎物。

"跟我来。"卢希辰忽地收了笑意，向山上走去。

路上黑极了，树林里不时发出诡异的窸窣声，不像风吹的，也不像有小动物的样子。唐桃忍不住往卢希辰那儿靠。

"男女授受不亲，我可不想你男朋友误会。"卢希辰说。

唐桃"嗖"一下弹出去好远。

身侧的人低低地笑。

唐桃有点儿生气："你和阿玲关系很好吧，不打算帮帮她？虽然这事儿没我说话的份儿，但跨国领养也不是那么简单的，更何况……"

更何况，这个女孩身体还有残障。

卢希辰只耸耸肩，没接话。

沿着山道走，半山腰有栋矮矮的房子，藏在几棵樱花树之间，月光低低地从枝丫间透进来。

卢希辰刚一踏进院子，阿玲就像小动物一般从屋子里冲出来，一头扑进卢希辰怀里，嘴里"咿呀"地哼着，像在埋怨。

"我在路上捡到这个姐姐，回来晚了。"卢希辰摸摸阿玲的脑袋，"她给你带了糖。"

阿玲立刻伸手要糖，也不认生了，拿着糖兴高采烈地跑到一边儿，开始剥糖纸。卢希辰推开门，说："进来坐，热茶没有，凉水还是有的。"

房间并不小，家具齐全，不像是小女孩一个人生活的地方。木门正对着一张大桌子，桌上点着几根粗蜡烛，旁边有张木板床，地上放着一个睡袋，用衣服卷起来做枕头，大概是卢希辰过夜的地方。

放着宿舍不睡，跑到半山腰来睡地板，确实是他的风格。

有些东西吸引了唐桃的目光。

房间四壁贴满了画，铅笔的、蜡笔的，几乎把整面墙壁占满。画的内容很杂，有山上常见的杜鹃花，有房间外院子里的小草，最多的还是罗汉堂和罗汉堂周围的竹林，画得简单却又栩栩如生，辨识度很高。

"我的房东画的。"卢希辰朝阿玲挤挤眼。

"老住持经常带阿玲去罗汉堂玩，所以这里的大多数画作都和老住持有关。阿玲的父母在她很小的时候就去世了，她又傻又哑，只能和老住持生活在一起。可惜老住持死了，这世界上关心她的人一个也没有了。"卢希辰倒了杯凉水，仰头灌下去，"估计等红石的学生一走，寺里不忙了，阿玲就要被送走了。"

"你就看着她被送走？"

"不然呢？"卢希辰挑眉。

"以她的情况，很难找到愿意领养她的人，就算找到了，对方也不一定能善待她。"唐桃语气有些急促地说，"我想帮她！"

"怎么帮？难道你们柳原家喜欢在大街上捡来历不明的孩子？"

唐桃一愣。

"人不是狗，没法随便捡，你说要帮她，也不过是嘴上说说。"

还是那张漂亮得让人自卑的脸，还是那样精致如艺术品的五官，卢希辰身上却陡然生出一股锐利的光，像箭一般射向唐桃："别太天真了，不是每个人都和你一样幸运，都能重新找到真正爱自己的人。"

烛火晃动在二人之间。

唐桃心里憋着股气，但其实她知道，卢希辰的话是对的。

阿玲从门口跑进来，手里握着几朵花，不解地看着俩人。

Chapter 02
住持 × 阿玲

"呀……"阿玲说。

唐桃冲阿玲笑笑,看着她那张白嫩天真的脸,心里更难受了。

离暑假实践活动结束还剩十天,大家重建罗汉堂的方案基本成型,胡主任表示十分不满,这是他带过的学生中最差的一届。

同学们显示出了宽阔的胸襟,充分接纳胡主任的修改意见,表演胸口碎大石的那组改成了表演吞剑;想在山顶开演唱会的那组表示可以改唱《大悲咒》,只不过要做个混音版;林潇潇的方案是唯一没被胡主任调侃的,她计划在罗汉堂的原址请主妇们前来煮腊八粥,布施给山下的村民。

林潇潇解释说:"你会发现,没人提议重建罗汉堂,因为时间根本不够,胡主任的本意就是在半个月内完成从构思到产出的策划。我是这样想的,食物本来就有亲和力,场地布置方便,实施简单,再加上腊八粥又名佛粥,本来就有佛缘,可惜腊八节在冬天,不然就更切题了。"

唐桃惊叹:"这点子好!"

"没你厉害,你空手套白狼。"胡主任阴阳怪气地来了一句。

也对,唐桃连方案还没有呢。

吞剑组和唱经组被胡主任合并到"广场舞组",被扔到山下充当活动当天的拉客节目。其他组的企划也在进行中,围绕着林潇潇的主活动进行调整。唐桃觉得自己没必要再挣扎了,但本着多年的学霸精神,还是每天去罗汉堂前坐着想方案。

从日出想到日落,她头顶的头发都快抓没了。

巧合的是,她在那儿常常会见到阿玲。

那个活泼机灵的小家伙,平时找不见人,只要唐桃一落单,便立刻从竹林里蹿出来,像一只敏感的小动物。唐桃随时准备着糖果,久而久之,阿玲像被喂熟的小鹿似的,和唐桃越发亲近。

唐桃想方案的时候,阿玲就坐在一旁的大石头上画画。她画的都是罗汉堂烧毁前、老住持还在世时的场景,用漂亮的绿色涂出竹林,每根竹竿上都点个黄色的小圆点。见多了,唐桃很好奇,试着问她:"这个黄的是什么?"

"咿……呀……"阿玲举起一只手。

见唐桃满脸疑惑,她站起来,转着手腕,做出摇晃的动作。

"丝带?"

摇头。

"竹笋？"

摇头。

"……铃铛？"

"呀！"阿玲眼睛亮了。

唐桃想了想道："原来这些竹子上有铃铛吗？"

阿玲点点头，用手拍拍头，意思是老住持爷爷给挂的。

唐桃忽然觉得这点子很妙，罗汉堂地势奇特，四周风大而连贯，满山的铃铛声响起一定很美。不过毕竟是寺庙的活动，光美是不够的。

阿玲爱画画，经常坐在唐桃身边，膝盖上放着画纸，用蜡笔涂抹出图画。除了自己和老住持，画纸上也经常出现第三个人。阿玲穿红裙子，老住持总是披着黄色的袈裟，而第三个人的五官用几条横竖线表示，脖子上脏脏的，看不出是谁。

阿玲画画的时候很高兴，摇头晃脑，嘴里哼着歌。每每这时，唐桃总有些焦虑，她怕自己一旦走了，阿玲就变成断了线的风筝，无依无靠地飞向异国他乡。

这天晚上，唐桃例行发愁，一个小沙弥跑过来跟她说，有她的电话。

居然是莫明雪打来的。

"你搞什么鬼？夏炽查岗都查到我这儿来了，听说你在寺院里和小帅哥走得很近，还一把火烧了佛堂，并且认了一个七岁的干女儿打算偷渡到美国？"

这都什么跟什么啊！

"你可真是厉害了，事迹都传遍整个红石了，还荣登《红石日报》头条，真给我长脸。"莫明雪刻薄的嗓音尖厉地传来，"您现在是柳原社的继承人，夏'男神'的征服者，红石学园长的儿媳妇。多少双眼睛看着呢，做事能不能低调点儿？"

唐桃简直无语，她与世隔绝的这些天，已经被外面的人黑成这样了？

她一五一十地把发生的事情和莫明雪说了，顺便请教她，有没有把阿玲带出去的方法。

莫明雪沉默了三秒钟："这件事你就别管了。"

没等唐桃反驳，又说："老住持去世，阿玲没有别的血亲，我想她现在的监护人应该是新住持。你作为外人，没办法插手他们的事，那个姓卢的说得对，你把事情想得太简单了。"

唐桃像被人泼了桶冰水，浑身凉透了。

Chapter 02
住持 × 阿玲

"热心是件好事,但你毕竟不是救世主,不可能拯救所有人。"莫明雪缓和了语气,叮嘱道,"你一直不回信让夏炽很担心,记得实践活动结束后给他打个电话。"

话筒中声音嘈杂,莫明雪又叮嘱了两句,挂了。

唐桃确实是个小人物,是个整天闯祸、一身蛮劲、想法天真,连策划案都写不好的小人物。

可她曾处在阿玲即将面对的境地,经历过那些令人心碎的往事,她怎么能眼看着阿玲失去笑容?

唐桃唯一能做的,就是给阿玲从厨房里偷各种好吃的:糯米团子、红枣糖、桂花糕。

有天阿玲又在画画,画里还是三个人,并排站在罗汉堂前。唐桃忍不住问她:"阿玲,这个是你,这个是老住持,这个人是谁?"

阿玲露出疑惑的表情,偏着头,像是自己也想不起来了。很久之后,她才站起来,身体绷得笔直,一脸严肃地看向远方,显得有些滑稽。唐桃对这样的表情似乎有印象,偏偏雾里看花似的记不清楚。

阿玲越来越黏着她,唐桃内心的歉疚也越发深重。她有时望着庄严的佛像,心中想,如果有只手能从天上伸下来,把阿玲带出苦难就好了。

这天凌晨两点钟,唐桃在床上睡得迷迷糊糊的,窗子被人推开。

卢希辰像只猴子似的,敏捷地从窗台上跳下来,轻轻推了推唐桃:"醒醒,你带感冒药没?"

唐桃睡得迷糊:"谁感冒了?"

"阿玲,有点儿低烧,在房间里躺着。"

"有!我带了!"唐桃瞬间清醒,麻利地滚下床找药,说,"药能随便吃吗?要不要喊医生?"

"荒郊野岭哪儿有医生?先吃药压一压,不行再说。"卢希辰从房间里拿了条毛巾,纵身跳上窗户,"我先去,你找到药赶紧过来。"

唐桃一阵手忙脚乱,把行李全部倒出来,终于翻到了感冒药。她又拿了点儿可能用到的东西,拔腿朝竹林跑去,路过前堂的时候,差点儿撞到一个人身上。

居然是住持。

运气真差……唐桃赶紧把东西藏在背后，可惜来不及了。

"谁病了吗？"住持问。

唐桃对他没有太多好感，不愿意透露阿玲的病情，可仔细一想，如果要找医生还得靠住持。她只好说："阿玲病了，您知道吧，就是住在后山上的小女孩。"

住持脸色微变。

他让她在原地等着，转身回大堂里拿了什么，很快又出来，手里举着一盏油灯。

"我和你同去。"

住持很熟悉后山的路，步伐不大，却走得飞快。

他的脸依旧板着，但举手投足间透露出焦虑，毫无往日的从容，唐桃不得不小跑才跟得上。

"阿玲！"住持推门而入。

床上鼓起来小小的一团被子，掀开被子，阿玲面色微红地躺在里面，额头上有细密的汗珠。

住持的大手覆在她的小脑袋上，想了想，说："药。"

唐桃立刻抠出一颗退烧药。

"胶囊太大了，小孩子吞不下去。"住持扫了一眼屋子，"把胶囊拆开，把药粉化到热水里。"

唐桃照做。住持接过碗，用手臂支撑起阿玲的背，把她圈在臂弯里，小心翼翼地喂药。阿玲嫌药苦，不肯张嘴，住持的神情柔和下来，轻轻拍哄着阿玲，安慰她小口小口地把药喝掉。

唐桃目不转睛地看着。她一会儿看看阿玲，一会儿看看住持，一会儿视线又飘到墙上的画上。

药很有效，半个小时后，阿玲的呼吸明显平稳了，体温开始回落。住持替她掖好被子，转向唐桃："谢谢你。"

"是卢希辰发现阿玲的病情的，我也没帮到什么忙。"

"还请你替我在这儿多待一会儿，一旦有事，立刻通知我。"住持站起来，"我手上还有急事，要先回去一趟。"

住持起身整理袈裟，往门口走去。唐桃的眼睛盯着跳动的油灯火焰，忽然冒出一句："罗汉堂是你烧的吗？"

Chapter 02
住持 × 阿玲

住持的背影明显一震。

"罗汉堂是你烧的吧？"唐桃又问。

住持回过头，跳动的光线中，他的眼睛像远星般晦暗不明。

"罗汉堂是用灯油泼在两个对角处烧起来的，那天我在溪边遇见你，你的袈裟上有股明显的灯油味儿，因为采洗日未到，你没法洗袈裟。你计划把阿玲送到国外，可阿玲不愿意走，这里有她和老住持的回忆，这里有她经常玩耍的罗汉堂，也有她的竹林。你不希望她对寺庙有所留恋，撤掉竹林里的铃铛，又为了营造出这里并不安全的氛围，放火烧了罗汉堂，让她更容易被慈善机构收养。"唐桃逼上前一步，振振有词地说，"可她没受到丝毫影响。对阿玲来说，珍贵的不是竹林，不是罗汉堂，而是她和老住持，还有和第三个人的回忆。"

"阿玲的画上，第三个人是你对不对？"唐桃指了指自己的侧颈，"我今天才看到，您的后脖子上有一块胎记，阿玲把这个细节也画下来了。"

住持的背影如一块石碑，矗立在夜色之中。许久，他转过身，脸上不再冰冷，反而带着一抹悲伤。

"我怎么会舍得送走阿玲……她是我的女儿。"

夜那样安静，偶有蝉鸣声传来。

唐桃的表情凝固在脸上，眼里充满了震惊。

"这件事寺里除我和老住持外，没有人知道。"住持说，"我不是在寺中长大的，二十二岁那年因为家庭变故，一心出家，等知道阿玲的存在，已是几年之后。她的母亲去世了，把阿玲送进寺里时，我已是下一任住持候补，为了寺院着想，老方丈为我瞒下事实，对外称阿玲是自己的孙女。"

住持轻声道："你看到了，阿玲智力发育缓慢，也不会说话，这个小小的寺院无力治疗她的病，只有送去美国，还有一线希望。之前找的领养人家是我的旧识，与我佛有缘，我们沟通了近一年，终于决定让他们领养阿玲。"

住持朝床上的小女孩投去爱怜的一瞥，声音轻柔："如果可以，我怎会不让她在身边长大？"

唐桃说不出话来。她忽然想到藤本直树也说过类似的话——如果可以，怎会不让女儿在身边长大？

"世间一切皆因缘果报，阿玲和我分离，但我们并非缘尽。"住持没再回头，只低声说，"时候不早了，还要烦请你替我守着阿玲。"

卢希辰回来的时候,唐桃坐在院子里的石头上发呆。

漫天繁星,钻石般的星星洋洋洒洒铺满夜空,天幕下的佛寺却一派香烟袅袅的祥和。

卢希辰拿手在唐桃面前晃晃:"喂,傻了?"

"你听到了吧?"唐桃问。

"嗯,我藏在屋顶上。"卢希辰拍拍裤子上的灰,往唐桃身边一坐,"我觉得要聆听伤心往事,还是女孩子比较合适。我一个大男人戳在那儿多煞风景。"

唐桃怀疑卢希辰早就知道事情的始末,但她明白问了也没用。卢希辰像一只贝壳,光华亮丽地闪着光的时候,往往也是心门紧闭的时候。从这个角度来说,两个人并非没有相似之处。

"我想到改造罗汉堂的方案了。"唐桃说,"明天早上,我们一起去找胡主任。"

卢希辰盯着她看,长长的睫毛下瞳仁亮晶晶的。过了会儿,他回答:"不。"

次日,胡主任盯着唐桃的图纸看了半天:"你这是什么?"

"风铃,罗汉堂的旧址有一大片竹林,那里风势很大,可以定做刻有经文的风铃,风吹过的时候如同诵经。"唐桃急切地说,"如果今天就下单做,来得及在五天内完成。"

胡主任思考了片刻:"你的方案确实不错,和诵经筒的理念很像,做成这样的景点,对游客也更有吸引力。"胡主任突然用锐利的眼神看向她,"可惜的是,罗汉堂已经提供给林潇潇他们组施粥用了,场地拥挤会让你的方案如同鸡肋,所以不能采用。"

唐桃难掩失望,她想在阿玲离开前重现罗汉堂的旧况,至少博她一笑。

"胡主任,我和洛子深可以把施粥的地点改在斋堂的空地前,对我们来说地点并不重要,但唐桃的方案希望你能考虑。"林潇潇忽然插嘴。

"哦?"胡主任抬头,"你可要想好,唐桃的点子很妙,如果你让出罗汉堂的位置,可能拿到奖学金的就不是你喽。"

"我不在乎。"林潇潇说。

洛子深站在一边,不发表意见。

唐桃感激地看了林潇潇一眼。

Chapter 02
住持 × 阿玲

"可以。"胡主任的视线落在两个女孩身上，透出少见的欣赏，"舞台设计本就是合作的艺术，你们懂得权衡利弊，也算入了门道。"

距实践活动结束还有五天。

唐桃想方设法联系上常清，请他帮忙定制一大批铃铛。

"把数量和预算给我，我尽快给你送来。"常清说话简洁高效。

铃铛定制最快也要三天，换句话说，唐桃只有两天时间给无数根竹子拴上铃铛。唐桃考察了罗汉堂周边的竹林，根据风向将竹林分为三个大区，不同区域铃铛的数量和位置都不同。

阿玲虽心智发育不全，但出乎意料地机灵。她似乎知道唐桃想做什么，病好之后裹着厚厚的衣服，跑来跑去地替唐桃递工具。林潇潇深有感慨，卢希辰一米八的个儿，还没人家一米的孩子有用。

定制的铃铛赶在第三天中午送到，常清半句话没多说，卷起袖子留下来帮忙。两个人紧锣密鼓地整整挂了两天的铃铛，以至于唐桃睡觉的时候都觉得指尖冰冰凉，拇指和食指指尖都麻木了。

他们效率非常高，就连胡主任也连连称赞。因为细心计算了竹林的位置，结合了山中的风速，风一起，便是满山悦耳的铃铛旋律，整座山头仿佛清脆的编钟，被自然的手指悉心演奏。

胡主任做了传单，让"广场舞"组去山下派发，万众期待中，暑期实践活动结束的那天终于来临。

每个人所期待的不一样。僧人们期待着寺庙的蓬勃发展，香客们期待着山上的活动，而红石艺大的学生们期待着赶快回家，有巧克力和肉吃。

唐桃想给阿玲留下美好的回忆，关于这座寺庙，关于她的童年。

美国的医疗技术发达，领养人家也经过千挑万选，阿玲能生活得更好，她不会步自己的后尘。

那天参加活动的人很多，寺里从来没这么热闹过，许久没人通过的小径旁的杂草都被踩扁了。香鼎里插满了香，好闻的青烟向高空汇聚，许多人烧完香就聚在斋堂前，喝一碗热乎乎的腊八粥，听其他小组普及这座寺庙的历史故事。

更多人聚集在罗汉堂前，驻足、拍照。铃声回荡在山峰庙宇间，像蓬莱胜境，妙不可言。

阿玲也在其中。她张着嘴巴,眼睛雪亮,直勾勾地盯着漫山的风铃看,头随风摇摆,不知道在想什么。

唐桃一直忙到当天傍晚,和常清道别后,她累得要晕厥了。洛子深抽空给她递了一碗粥,说:"林潇潇要我传话,住持在找你。"

大家的行李都收拾好了,放在红石的校车上,活动一结束大家就会返校,入住装修完毕的新宿舍。

住持站在戒坛前,明黄的袈裟随风摆动,背着双手,仰望天边的云彩。

"住持。"唐桃说。

住持对她点头:"这是阿玲昨天晚上在屋里画的,我想应该给你。"

住持从袖中抽出一个纸卷,唐桃展开,是一幅眼熟的蜡笔画。背景是竹林,高细的竹竿顶端被风吹出柔韧的弧度,三个人站在竹林前,阿玲左手牵着一个帅气的哥哥,右手牵着一个苗条的姐姐,笑得十分开心。

"阿玲的事情,谢谢你,不以住持的身份,而以父亲的身份。我不打算再躲着阿玲,她去美国前,我会带她去别的城市转转,让她记住自己的祖国。"住持说道,"还有,出家人不打诳语,罗汉堂不是我烧的,你误会了。"

"你们学校的校车就在那儿,去吧。"

说完,住持冲她再行一礼,右手端举着念珠,走了。

戒坛离寺门很近,唐桃顺着山路走,第一个到达校车前。

胡主任还在组织收拾东西,学生们窝在林潇潇那儿蹭腊八粥喝。至此,唐桃才算真正喘上一口气,一个月的疲惫瞬间涌上来,她现在只想扑到新宿舍的床上,结结实实睡上一觉。

唐桃望着停着校车的小山坡,心中一动。她像被什么神秘的力量所指引,慢慢向小山坡上走去。

夕阳落在山间,树叶火红,像在燃烧。

唐桃微微闭上眼睛,轻轻哼着调子,心里舒坦。

绕到校车后面,到了山坡的尽头。夕阳下是远方富饶的城镇,那里背对唐桃站着一个人,身形挺拔,红色的头发随风飞扬。

唐桃的心揪起来。

她不受控制地"啊"了一声，慌忙捂住嘴，怕自己认错了，想错了。

怎么可能认错？在她心中，那样望着夕阳的人始终只有一个。

夏炽听见动静，慢慢回头。他穿着白色的衬衫，休闲西裤，袖子整齐地挽到手肘，眉宇间有一丝淡淡的倦意。然而那双眼睛却热烈明亮，一瞬间锁定了唐桃，仿佛从未从她身上移开过。

"忙完了？"他轻声问。

像随意的寒暄，含着隐忍的思念。

唐桃眼眶瞬间热了，她咬着嘴唇，开心得直掉眼泪。

"你回来了？"唐桃问。

夏炽默默地望着她，片刻后，嘴角微扬，露出熟悉的笑容。

"我想你了。"

Chapter 03
偏颇×公平

×市医大。

教务处。

大学新生的名单刚刚发布,第一时间落到了任萱手上。她皱着眉,浏览着按照首字母排序的新生姓名,嘴角慢慢下沉,看起来很不满意。

"主任,我不赞同您的处理意见。"任萱把之前就攥在手上的试卷拍在桌上,"夏姜的能力没有问题,我认为应该给他补考机会。"

×大的入学考试很特别,除了数理化之外还有一张附加卷,是考医学知识的,60分及格。桌上的试卷只有59分,然而试卷只填写了一半,其他的部分全部空着。

"那天是意外,我解释过了,夏姜那天得了重感冒,考到一半就发烧了。"任萱表情焦虑,两只手用力撑在桌上,"主任,您看到了,夏姜很有学医的天分,年纪也小,可塑性高,他值得再给一次机会。"

主任平静地端起紫砂茶杯,抿了口茶,缓缓说道:"任教授,我记得你原来不赞同这孩子考医学院的,为什么现在又来找我开后门?为什么会改变主意?"

任萱一时语塞。她向来是个冷静的人,刚拿到入学名单就冲到学校找主任理论,确实不像她的风格。

有句话怎么说来着?关心则乱。

"他很有才能,是学医的好苗子,我愿意带他,只要您给他机会。"任萱语速急促,"卷子题目相当于大二的医科生水平,只要是他答的,都对了。落选是身体的原因,不是他的能力问题。"

主任扶了扶眼镜,放下茶杯,茶杯在垫着玻璃的桌面上发出轻轻的响声。他看向任萱:"任教授,我知道你为什么着急。你联系不上那孩子,对不对?"

任萱放在桌上的手一抖。

"那孩子今年多大?16岁?17岁?×大是全国最好的医科学校之一,不乏学医的天才,你也曾是其中之一。但那孩子和你不同,你当年比他成熟太多了。"主任缓缓说道,"你想,就算学校破格录取,他顺利毕业,拿到了学位,你放心他上手术台吗?那么小的孩子,你放心让他面对家属和医院复杂的人际关系吗?"

任萱语塞。主任的每句话都像转动的绞索,把她沉没的理智慢慢拉回。

任萱拿回夏姜的试卷,有些汗颜。

是啊,急什么?夏姜的人生还长着呢。今年不行,明年再考,学医人哪有一帆风顺的?怎么能这么经不起打击?

Chapter 03
偏颇 × 公平

可任萱的心怦怦直跳，怎么都冷静不下来。

是，他年纪小，还有很多机会，还有大好前程。

怕的是，他不给自己这个机会。

任萱想了想，走出办公室，拨通了夏姜的号码，话筒传出忙音。

这是今天的第十个电话。

夏姜待在家里。

医大的录取名单出来之后，他就把自己关在房间里，不吃不喝。

管家向夏长虞报告了情况，夏长虞只说不要打扰他，让他一个人静静。于是夏姜的房里很安静，那些低垂着的窗帘，散落着的游戏机和书本，窗外透进的阳光，都像是死的，是封存在琥珀里的碎片，动弹不得。

夏姜盯着自己的手指看，脑袋里胡乱地想事情，比如大脑是怎么发出信号？神经元怎么接收信号？手指怎么通过弯曲把东西拿起来？这其中的过程是多么精妙。这些都是他在医学书里看到的，看过就刻在脑子里了，很难忘。其实大家的担心多余了，夏姜没有伤心，没有想不开，他只是很平静。

平静到仿佛不存在。

"夏姜。"管家轻轻敲了敲房门。

夏姜漆黑的瞳仁中有了一丝波动，他沉默了一会儿，轻声问："怎么样？"

"还是不行，我问过医院了，真夜老师目前的情况不适合探视。"管家据实以报，"您要想开些，真夜老师搬出学校也是迫不得已，他需要接受更专业的治疗。等他的身体好转了，我第一时间通知您。"

"知道了。"夏姜回答。

管家还想再说什么，盯着门把手看了好久，叹了一口气。

"晚上熬一些粥，看着他吃下去。"管家吩咐下去，"家主已经为真夜先生的事焦头烂额了，家里不能再倒下一个。"

校车上，所有人的脖子都像断了似的，回过头死死盯着最后一排。

唐桃坐在夏炽身边，时不时偷偷看他的脸，又很快转回去。心还在怦怦直跳，周遭的一切如此不真实。

"要看就好好看。"夏炽转过头，深红色的瞳仁定定地落在她脸上。

"你怎么回来了?意大利那边忙完了?"

"忙完了。"夏炽说,"我被教授派回国进行一系列歌剧活动,会在这里留一段时间。"

唐桃又惊又喜:"真的?"

夏炽咳嗽一声,点点头。

夏"男神"自然是被"派"回来的。

远赴意大利后,夏炽一边在Lukas教授的指导下进一步学习歌剧,一边在学院的安排下出席各类音乐活动以及进行新生指导。很快他们就发现,夏炽真是学院一宝,没有事情能难倒他,没有任务是他完不成的,再难再艰巨的活儿,一到他手上就"丝般顺滑"。

为此学院还给Lukas教授颁发了一面锦旗,称他是最有眼光的园丁,为学院栽培了一棵好苗。

好学生夏炽在意大利呼风唤雨,志得意满,唯一放心不下的,就是在山里打杂的唐桃。

没网,没电话,这些他都忍了,居然连信也送不到?

一开始两个人还有问有答,隔几天联系一下,直到唐桃信里某三个字出现的频率越来越高,成功引起夏炽的注意。

卢希辰。

夏炽很快搞到了他的资料。他和唐桃一届,芭蕾舞系,年纪轻轻就获得无数国际大奖,叔叔是舞蹈系系主任,也是红石艺术大学的投资人之一。继菊毕业后,红石艺大的卢希辰荣升"男神"御座,以死皮赖脸和捉摸不透为卖点,成功飞上天,与高冷"男神"夏炽肩并肩。

夏炽蹙眉。

唐桃那个花痴。

过了几天,一切事实都证明唐桃经不起考验,寄过去的信石沉大海,一直没有回音。

次日,夏炽敲响Lukas教授办公室的门,往桌上扔了一堆材料,号称要回国接洽一个歌剧项目,对学院的招生和国际影响力很有好处。

Lukas教授倒没什么意见,夏炽的实力本来就比同龄人高出几个级别,出去锻炼是好事。可学院里就不同意了,好不容易搞到的好学生,万一放虎归山,不回来了怎么办?

Chapter 03
偏颇 × 公平

Lukas教授不知道夏炽用了什么方法，或者施了什么魔法，几天后，他收到学院的正式通知，派夏炽代表学院回国接洽项目，资助全程生活费及部分工资。

就这样，夏炽在"学院的首肯下"回到了祖国的怀抱。

当然这些事夏炽是不会说的。

唐桃沉浸在相聚的幸福里，红光满面，在众人的注目中娇羞地低下头。夏炽目光平静，扫过一张张好奇的脸，着重审视一下男生，没看见卢希辰。

他抬起手，把唐桃的头轻柔地按在自己肩上。

众人呜呼——这是在宣示主权啊！

校车驶进红石艺大，建筑风格与红石的高中部很像，西式的教学楼气质卓然，漂亮的红色尖顶在夕阳下熠熠生辉。校车在校门口放下众人，唐桃刚想拉夏炽到旁边去，夏炽就先开口："你先回去，我得走了，今天还要去见一个项目组的负责人。"

"啊，这么快？"唐桃失望，"就多待一会儿不行吗？"

"和别人约好的，为了见你，已经推迟了两个小时。"夏炽面色柔和，轻轻揉了揉唐桃的头顶，把她垂落的鬓发捋到耳后，"头发长了？"

"嗯。"

"很好看。"夏炽轻声笑。

周围响起一片啧啧声。通过一个月的相处，唐桃已经和同学们处熟了，立刻禁不住红了脸。

宿舍楼在学园的东北角，非常漂亮精致的五层小楼房，楼顶还有硕大的露台，可以边看星空边烧烤。大学部没有"岚组"的特殊待遇，唐桃和其他女生一样，有一个室友，共用卫生间和厨房。

林潇潇举着分配宿舍的名单，喜笑颜开地说："猜猜你的室友是谁？"

"是你？"唐桃又惊又喜。

"本小姐现在就去买菜，今天晚上在宿舍里开火锅party（聚会）！"

唐桃的宿舍在五楼。

她乘坐电梯，看着显示楼层的黄灯一点点向上攀爬，像条绑着彩灯的小蛇，扭动着要吃树上的苹果。她的寝室是501，推开门，浅粉色的装修淡雅大方，迎面是占据整面墙的落地窗，绑着淡黄色的窗帘，落地窗两边各摆放着书桌和床，厨房是开放式

的，厕所则在门的另一边。

屋子里光线很好，唐桃坐在自己的床上，抚摸着床单上红石的校徽，有点儿恍惚。

多不可思议，不过半年时间，她高中毕业，有了父亲，有了家，有大学上，还有自己喜欢的专业，甚至夏炽都回来了，毕业后的苦楚和想念一扫而空，唐桃感觉自己从没这么幸福过，她觉得一切都很不真实——像顶替了别人的身份，钻进了别人的美梦。

唐桃思绪纷乱，向后仰躺在床上，想象着夏炽忽然出现，嘴角扬起幸福的笑意。不过关于一个月的暑期实习，还有一事不明——烧毁罗汉堂的真凶，既然不是住持，那么，十有八九是卢希辰。

没有道理可言，只是一种感觉，他的目的应该不是陷害唐桃，而是拯救阿玲。联系前因后果，只有一个理由，就是为了让住持狠下心，快点儿送阿玲离开。

可，烧毁建筑未免也太绝了吧？

落地窗的窗帘忽然一动，打断了唐桃的思路。她立刻从床上坐起来。

"谁？"

"嘿嘿嘿。"窗帘后发出熟悉的怪笑，那个人先伸出一双手，细细长长的手指，朝她比了个胜利的手势，再伸出胳膊，最后探出头，露出黑而有神的大眼睛。

"淳子！"唐桃惊喜。

"姐啊，我想死你啦！"柳原淳子跑过来一把抱住唐桃的腰，"你不知道我最近多无聊！我都有姐姐了，还没人陪我玩，天天待在家里快闷死了！"

"柳原堂那儿呢？没找你过去帮忙？"唐桃问。

"得了吧，就我这手艺，开水都能烧煳，还帮忙呢。"淳子不屑地努努嘴，"柳原家是你这个继承人的，我才不要管。"

唐桃点点头。

她刚和柳原家主相认不久，家里的事务都不熟悉，亲戚也不认识几个，确实有很多东西要学。她拍拍淳子的肩膀："今天留下来吧，晚上有火锅party，重庆火锅底料，一起吃！"

淳子点点头，从随身的包里翻出一沓纸："对了，这是家主要我带给你的。"

"什么东西？"

"柳原家子女助学文件，我小时候也被迫看过这破东西。"

唐桃粗略翻了翻，文件中明确了柳原家对唐桃的义务，包括提供她的学费、住宿费、伙食费等一切基本费用。最后的两张附录很有意思，罗列了柳原社在各个领域的业务分类，最后还标明了上班地点及时薪。

"柳原家喜欢玩西方人那一套，讲究自食其力，不会白给你零花钱的。这个文件不具有法律效力，约束你一下而已。"淳子跷着脚直晃，"我推荐你还是去柳原堂那里打工，你有经验，时薪又比较高，划算。我很小的时候就有钢琴比赛的奖金，所以没怎么打过工，也不好给你推荐别的。"

唐桃点点头："明天我抽空仔细看看。"

她的目光还落在文件上，过了会儿，发现淳子在看自己，那双又圆又亮的大眼睛眨了眨，似乎有担忧一闪而逝。

"姐姐。"

"嗯？"

"你现在是有家的人了，不是街边的流浪狗了，没人敢欺负你，瞧不起你，你有依靠，你有我，在我心中，你是世界上最好的姐姐。"柳原淳子难得认真地说，"无论有什么困难，我都相信你能克服。"

"能有什么事啊？"唐桃失笑，"别说得好像要有什么大灾难发生一样。"

"也对！"柳原淳子打了个哈欠，用力伸了伸懒腰，"晚上有什么菜？我想吃牛肉卷和贡丸！"

新学期很快开始，唐桃终于真正体验了一把大学生活。

红石艺大刚起步，第一年各专业的学生都收得很少。唐桃所在的舞台美术系只有十三个学生，一间教室都坐不满，除了理论课和英语课，下半年还有一根手指头那么厚的实践课资料。

系主任胡老师亲自给他们上课，唐桃是舞美的门外汉，却也觉得他讲得特别好。唐桃白天上课，晚上写策划、做方案，周末去柳原堂帮忙打打杂，或者和同学们聚一聚，晚上累得半死回到宿舍，一觉睡到天大亮。

有时候，唐桃的手放在宿舍门上，会有一阵恍惚，仿佛推开门，房间里洒满了夕阳，厨房前，餐桌边，有个俊美的男生坐在那里，一头红发，拿着报纸，手里端着咖啡杯。

不过唐桃很快融入了新的环境，活得滋润，人也胖了两斤。这天，唐桃正趴在课桌上给夏炽发短信，林潇潇走过来，对唐桃说："帮我个忙吧？洛子深有急事找我，我得赶快去，胡老师又要我送文件。"

"没事,我帮你送,给谁的?"

"还能是谁啊,混世魔王卢大爷呗。小唐唐你真是帮大忙了,我一点儿都不想见他。"

"行啊,我帮你送吧。"唐桃答应,"他在哪儿?宿舍?"

"听说他们今天有舞蹈课,你去练舞房找找?"林潇潇朝她挥挥手,"现在就去送啊,听胡主任说挺急的。"

练舞房唐桃还没去过。她从小只是学习好,琴棋书画一样不会,也没条件培养。上小学的时候,回家路上经过一家卖舞蹈服装的商店,橱柜里的那些蓬蓬裙,裙摆轻得像云一样,还有粉色的芭蕾舞鞋,系着修长的缎带,骄傲地在柜台上昂首挺胸。唐桃为了红石舞会学过交谊舞,然而交谊舞毕竟和芭蕾舞不一样。

唐桃迫不及待地想见识下舞蹈系。

练舞房在二楼,唐桃去的时候里面正在上课。虽然都是新生,然而招收的学生都有舞蹈基础,他们右手握住栏杆,左手指尖高高向上扬起,抬起修长的腿,身形异常优美。唐桃看得口水都要流下来了,开始幻想自己哪天也能摆出这么好看的造型。

扫视了一圈,俊男美女中少了卢希辰。

"哦,你问卢希辰?他常翘课,很少来。"靠门的一个学生说道,"卢希辰来不来很好分辨。你看哪天练舞房门口全是围观的人,还时不时尖叫,肯定是他来了。"

"我有急事找他,你知道他可能在哪儿吗?"唐桃问。

"看你和他有没有缘分了。"那个学生撇了撇嘴。

唐桃只好抱着文件,灰溜溜地往回走。

到了一楼,唐桃走过寂静的走廊,隐约听到有脚步声。她循着声音来到走廊尽头,伸头往教室后门的窗口看,居然看见了卢希辰。

也对,她和他是挺有缘的。在寺庙里闹了一个月,大概也算孽缘吧。

唐桃不想打扰他,把材料抱在怀里等候。

这间教室不是舞蹈房,卢希辰却在练舞,桌椅被推到教室两边,他的身形舒展如雨燕,在不算宽敞的教室里来回穿梭。

没有音乐,没有节拍,卢希辰在寂静与沉默中舞蹈,光裸的脚踩在教室的地板上,紧绷的脚背能看见柔韧的筋骨。他在跳跃,像一个轻快的音符从乐谱的一行跳入另一行,他闭着眼睛旋转,点地,再起跳,他的头发在跃动中甩开,又在收力时猛地覆盖住眼睛。

好奇怪，唐桃的视线一旦落在他身上就挪不开了，她几乎忘记了呼吸，只能由着自己的视线追随他。

卢希辰的腿很长，腰肢柔韧纤细，他沉默的舞蹈优美却有力度，渐渐地，唐桃似乎看见了某个画面。挣扎的、彷徨的、与某种力量拉扯着的青年，他在无声中沉默地嘶吼，他要像暴雨一样夺回自己的自由，他的目标不是光芒与荣耀，而是恸哭与抗争！

风吹动窗帘，光透进来。他的身形忽地变得柔软，手臂向内收回，明亮的光线中他的侧脸像是透明的，带着细细的汗珠，胸膛轻微地起伏。

纯白的，恶魔。

不是天使，是恶魔。

唐桃看得呆了。

她熟悉这种感觉，浑身的细胞都在战栗，脑袋里的血液都在轰鸣。她当初听到夏炽的歌剧也是这样，他们的才能是爆发的恒星，他们的光彩是如此夺目。

天才。

他和夏炽一样，是天才。

卢希辰发现了唐桃，那双漂亮的凤眼里闪过一丝惊讶，又忽地泛上笑意。他微微勾起唇，轻佻地吹了个口哨。

"公主，来了？"

不知道为什么，卢希辰老喜欢叫她"公主"。

"行了，别瞎扯了，胡主任有东西给你。"唐桃说，"你跳得真好，难怪大家都夸你。"

"瞎跳的，不是什么经典曲目，好久没舒展了，闷得慌。"卢希辰把毛巾搭在肩上，单手拧开一瓶水，"最近怎么样？听说你男朋友回来了？"

"这都听说啦？"

"可不，夏'男神'为了女朋友，千里迢迢从意大利飞过来，轰动一时啊。"

"没没没。"唐桃说，"他是为了项目回国的，不是专程为我。"

卢希辰看她一眼："这你也信？"

"他和我不一样，事业第一，他对待歌剧是很认真的。"唐桃把资料递出去，"这东西好像很重要，你收好。"

卢希辰只扫了一眼，便把资料往凳子上一扔，开始换衣服。

唐桃赶紧转过头："你不现在看看？"

"不看也知道，是我今年的演出项目书。"

"哇，这么厚？"

"可不，三天一个演出，五天一个秀，我都习惯了。"卢希辰说，"饿了没，去吃饭？"

唐桃脑袋里不知道为什么闪过夏炽的脸。

"你去吧，我不饿。"

"哇，要不要这么无情？"卢希辰表情夸张地看着她，"我没带饭卡，请我吃个饭都不行？"

"你……"唐桃实在不想跟他啰唆，"行吧，你想吃什么？"

唐桃有时候怀疑，夏学园长本身也是个吃货。不然为什么食堂都建得这么好？

由于学生总人数较少，红石艺大的食堂规模比高中部小了很多。建筑面积小了，花样却成倍翻新，除鲁、川、粤、苏、闽、浙、湘、徽八大菜系外，还推出自助西餐，豪华的五米长桌横穿食堂中央，只要三十块钱，牛排、意面、糕点随意畅吃！

卢希辰胃里空空的，端了两盘牛排过来。唐桃抱着各色糕点埋头吃，时不时赞叹下厨师的手艺真是好。

"吃这么多甜食不怕胖？"卢希辰看她一眼，"我们系运动量那么大，女生都不敢随便吃甜食。"

唐桃拿着叉子的手顿了顿。

"而且有人说，摄入大量的糖分容易衰老，一天不能吃超过两个蛋糕。你怎么也吃了五六个了吧？"

唐桃的腮帮子还在动，速度却慢了下来。

"我看你是胖了点儿。"卢希辰问，"长了两斤？三斤？"

唐桃把叉子一扔："还让不让人吃饭了？"

卢希辰笑得花一样："不好意思，职业病。"

唐桃决定再也不和他一起吃饭了，添堵。

第二天，课间。

唐桃翻看老师留下的厚厚的作业，感慨大学和高中也没什么不一样嘛。

Chapter 03
偏颇 × 公平

"完了完了，下周五前交一个一万字的策划案啊！"林潇潇趴在桌上直哼哼，"怎么办，桃子？我周末还想去外头玩呢！"

"和洛子深啊？"

"拉倒吧，我和舞蹈系的小帅哥去，前两天刚认识的。"林潇潇忽然坐直，望着门口，"那是谁？好气派。"

唐桃闻声回头，看见一个留着短发、穿着短裙、戴金色大圈耳环的女人站在教室门口，定定地望着唐桃。对，是女人，她的穿着、气质都证明了她已经不是学生，五官精致干练，一双细长的凤眼夺目逼人。

她踩着八厘米的细高跟鞋，径直向唐桃走来。

"你好。"她伸出手，"初次见面，我叫徐琳。"

唐桃觉得这一幕有点儿眼熟，她干练的气质和莫明雪很像。周遭的同学围了一圈，在这个班里，唐桃的家世是最显赫的，也是最有热闹可看的。

"我是唐桃。你找我？"

"我一个小时前刚下飞机，直接过来见你。"徐琳打量着她，眯起眼睛，"和我想象中的不太一样。"

徐琳？徐琳是谁？唐桃艰难地在脑海中搜索，甚至把在柳原堂打工时常客的脸都回忆了一遍，根本没这号人物。

徐琳很惊讶："你不知道我是谁？柳原淳子没把文件交给你？"

唐桃这才想起来，那天吃火锅吃得太开心，玩到凌晨两点多钟，根本没来得及看那沓文件。她赶紧把文件掏出来，在徐琳的注目下飞快地翻阅，徐琳很有教养地等候着，嘴角却露出一丝玩味的笑意。

翻到倒数第二页时，唐桃的手停住。

她从一目十行，变成一个字一个字细细地读，翻来覆去，像看不懂一样。

"这是怎么回事？"

唐桃抬起头，脸色苍白。

柳原堂。

晚高峰刚刚过去，豪车载着主人们陆续驶离，精致的院落重新安静下来。小李正在院子里扫地，迎面看见唐桃气势汹汹地冲过来，立刻喊："小唐，吃过饭没？锅里有热的红豆汤。"

唐桃充耳不闻，径直走进后厨。

小刘正在水池边洗碗，一手泡沫，看见唐桃喜上眉梢："哎哟，看看谁回来了！还有红豆糯米丸子汤，要不要吃点儿？"

小李和小刘都跟在她后面，觉得唐桃今天看起来很怪，脸白得吓人。曲婶放下擦碗的抹布，只看了她一眼，就说："家主在卯月间，你去找他吧。"

"这是怎么了？"小刘问。

曲婶摇摇头："回去干你的活。"

唐桃穿过狭窄细长的红木走廊，脚步轻飘飘的，心怦怦直跳。一个人影映在卯月间的纸门上，室内点了支蜡烛，人影跳跃如鬼魅。

藤本直树斜靠在椅背上，手中端着一杯酒："进来吧。"

唐桃拉开纸门，她看着这个英俊的中年男人，嘴里涌动着"父亲"两个字，却难以出口。

"怎么，上了两天课，连爸爸都不认识了？"藤本直树转过头，给她一个和蔼的笑容，"坐吧，今年新酿的梅酒，刚从老家运过来的，尝一点儿？"

唐桃在对面坐下。

藤本直树替她斟酒，精致的骨瓷杯还没半个巴掌大，上面用金箔描着两朵梅花。

"文件看过了？"

"看过了。"

"别怪爸爸，这是柳原社的传统，想要零花钱就得自己打工，我觉得开出的条件还不错。"藤本直树淡淡地说，"你可以继续待在柳原堂学做糕点，一旦上手，正式成为店里的大厨，工资会涨的。"

"徐琳是怎么回事？"唐桃轻声说，语气却像是质问。

淳子给她的那份文件，最后两页，是关于柳原社继承人的详细内容。

她和徐琳都是候选继承者。

"徐琳是你什么人？她也是你女儿？"唐桃问。

"怎么可能？我只有你这一个女儿。"藤本直树忽然笑了，"记得徐管家吗？当初去红石学园见你的那个老头子。徐琳是他的掌上明珠，今年三十岁了，非常能干，之前一直负责柳原堂的海外事务。"

藤本直树又抿了口梅酒，舒畅地低叹一声，说："可惜'芳菲'没了，要是用'芳菲'酿酒，一定是人间至品。"

Chapter 03
偏颇 × 公平

"既然有别的继承人,为什么还要找我回来?"唐桃说,"你们是不是已经确定了,让徐琳继承柳原社?"

这不像唐桃,非常不像。

唐桃有礼貌,很谦和,不在乎名利,甚至面对财富和地位会本能地退缩。可这次不一样,柳原社是她寻找了十几年的家,藤本直树是她的父亲,答应了要好好补偿她。唐桃不怨恨藤本直树把她送进孤儿院,因为情有可原。

可现在呢?

一纸文件送到她手上,说她的家有可能属于另一个人。

柳原直树缓缓说道:"这份协议是二十年前签下的,那时候柳原社的内斗很严重,再加上那个人的事情……不怕你笑话,那时候我捉襟见肘,支撑得非常辛苦。徐管家非常有能力,管理柳原社他不可或缺,为了拉拢他,我才签了这份协议。事实证明,这么多年过去,柳原社里有半壁江山都是他打下的。"

"徐琳很能干,在找回你之前,大家确实一直默认她为继承人,但既然你回来了,又是我的女儿,当然有权竞争柳原社。"藤本直树说,"有句中国古话怎么说来着,立贤不立长?"

唐桃心里五味杂陈。

她不确定藤本直树的话里有多少是真实的,她这位父亲并不简单,微笑下是深藏不露的心思。让她直接退出让位徐琳?肯定不甘心。让她勇敢地去和徐琳竞争?一边是经验丰富的海外贸易总管,一边是刚满十八岁的大一舞美系新生。

如果把这场竞争比作赌马,那徐琳是蒙古血统的汗血宝马,自己则是院子里拉磨的驴。

唐桃都想押徐琳赢啊!

"你别想得太悲观,你父亲说的很有可能是真的。"电话里,夏炽淡淡地说。

唐桃不信:"你确定?我怎么感觉不靠谱啊,我爸爸说起话来总神神秘秘的。"

"柳原社确实有过一段相当困难的时期,那段时间股权变动剧烈,不是秘密。"话筒那端传来翻阅文件的声音,"我不认为藤本直树会拱手让出自己的家业,他既然找回了你,就不会让你输。"

唐桃说:"我挺担心的,其实如果真让我继承柳原社,我不知道该从哪里做起。"

唐桃坐在宿舍外小花园的长凳上。已入秋，夜风越来越凉，唐桃看着天上的星星，耳朵紧紧贴着手机："你知道吗？有时候我也不知道未来该干什么。我策划了红石的毕业舞会，只觉得喜欢，没多想就报了舞美系，但从继承家业的角度考虑，我是不是选错专业了？红石学园的产业也很大，你学歌剧的时候没想过这一点吗？"

夏炽的声音低沉坚定："没有。从我接触到歌剧的那天开始，我就知道自己没有第二种度过人生的方式。"

唐桃被小小地震撼了一下。和夏炽认识很久，交心很久，还是会为他对歌剧的热爱而动容。有时候她心疼夏炽，有时候她羡慕夏炽，有一颗从不动摇的坚定的心，所以才能像恒星一样热烈地燃烧吧。

"是继承人也好，不是也好，我希望你能记住一点。"翻阅文件的声音停下来，夏炽从桌子前抬起头，把嘴唇贴近话筒，"无论面对怎样的选择，我都希望你能遵从自己的内心。"

唐桃心口一热，慢慢地点点头。

周日，唐桃起个大早在宿舍的镜子前折腾好久，因为今天要回本家去见奶奶。

其实在大学开学前，藤本直树带唐桃回过一次本家，不过那时奶奶出国度假了，没见到。妈妈那边的亲戚都在日本，姥姥和姥爷也去世了，算下来，奶奶是唐桃唯一的年龄大些的长辈。

唐桃极其欠缺和老年人接触的经验，对此非常紧张。

她向淳子讨教经验。

淳子说："哎呀，你别担心，奶奶人可好了！知道什么叫'世界第一好奶奶'吗？就是她！你马上就要见到了！"

唐桃说："真的假的？"

淳子说："我们的奶奶，是人人都想拥有的好奶奶，你千万别担心，安安心心地去吧。"

唐桃这才放下心。淳子都赞不绝口的话，那奶奶一定脾气特别好。

藤本直树亲自来接她。

他看着穿着红裙子、特意化了妆的唐桃，失笑道："你不用太正式了，你奶奶喜欢干净清爽的女孩子。"

唐桃大惊失色。她今天的着装可是往高端大气上档次上靠的！

Chapter 03
偏颇 × 公平

第二次回本家，方一进门，唐桃还是要为柳原家的财力感叹。当初买下这个院子，藤本直树大兴土木请人重建，听说设计师拿过很多个国际大奖，以唐朝屋宇为原型，色彩浓烈又不失大气。唐桃最喜欢朝向院子的窗户，朱红色的，叫不出名字的圆形窗棂，像漫画里富家小姐的闺房。

藤本直树把车停在院子里，手搭在唐桃的肩上："走吧，我和你一起进去。"

奇怪了，唐桃居然觉得他也有点儿紧张。

奶奶住的小楼是开放式设计，屋子与屋子间用米色的门帘分割，有风的时候视线异常开阔。唐桃和藤本直树在茶台前坐下，桌子上摆着两盘精致的甜点。

明明是自己家，藤本直树却绷着背坐得笔直，很不放松。

唐桃瞥了一眼桌上的甜点，没敢动。

一位头发花白的老太太从帘后走了出来。她穿着一身黑色的对襟长衫，赤着脚，怀里抱着一只长尾的波斯猫，耳朵上戴着巨大的珍珠耳坠，整个人看起来朴素却又华贵。她的白发在耳朵旁边卷成精致的卷，一双深邃的眼睛在藤本直树身上一晃。

"来了？"老太太说。

"来了。"藤本直树站起来，用眼神示意唐桃，"唐桃，给奶奶问好。"

"奶……奶奶好。"唐桃的脸"唰"地红了。

老太太只点点头，神情庄重严肃，目不斜视地慢慢走到茶台前，没有一点儿对小辈亲昵的样子。

唐桃手心都捏出汗了，说好的平易近人呢？说好的全世界最好的、人人为之疯狂的奶奶呢？

她确实没有淳子讨喜，但也不是很讨厌吧……

唐桃备受打击地低下了头。

藤本直树赶紧给老太太斟茶，老太太抚摸着猫咪，手指上戴着镶嵌着半颗珍珠的戒指。藤本直树说："妈，我特地带孙女来给你见见。"

"看见了。"老太太淡淡地问，"怎么样，大学还适应吗？"

唐桃愣了两秒钟，忐忑地答道："挺好的，我学的是舞台美术专业，这个月刚开始上课。"

老太太"嗯"了一声，慢悠悠地摸着猫，又不说话了。

"妈，今晚有空吗？我们一家人一起吃个饭吧，饭店我已经预订好了。"藤本直树说。

"你没有别的事做吗?"老太太语气异常冷淡,"有事就回吧,我要单独和孙女聊聊。"

唐桃立刻用求救的眼神看向父亲,藤本直树也犹豫了一下,有些不放心。老太太眼帘半阖,一下下摸着猫,等藤本直树屈服。

最终,藤本直树站起来,对唐桃说:"和你奶奶好好聊,结束了给我打电话。"

怪不得清朝的慈禧太后能干政,老太太的威慑力就是不一样啊!

唐桃冷汗一滴滴往外冒,垂着头不敢吱声。

老太太用眼角余光往门口瞅了一眼,车子发动,藤本直树走了。

她忽然把桌上的点心往唐桃跟前一推:"囡囡,快吃,饿了吧?这是红豆麻薯,我听店里的曲婶说你喜欢吃的。"

唐桃一愣。

"哎呀,你爸爸我看着就生气,天天在外面跑生意养成的坏习惯,见谁都绷着劲,害得我也跟着绷着。"老太太一把放下白猫,戴着大戒指的手就往唐桃头顶摸来,"囡囡受苦了吧,我那个不争气的儿子,让你在外面孤苦伶仃那么多年!我们家的孩子,就算从小吃苦,也没你这么苦的!"

唐桃怔怔地听着。老太太的脸舒展开,每一条皱纹里都写着怜爱。

"小桃,以后你有任何烦恼,尽管找奶奶,没钱花了,也找奶奶,你爸爸亏欠你的,奶奶全部加倍补给你!"老太太紧紧攥着唐桃的手,慢慢地眼眶就红了,"我待你妈妈就像待亲女儿。你妈妈去世早,这么多年,我一直惦记着你,为了你的事情,还经常和你爸爸吵架。现在好了,你回来了,这儿就是你家,奶奶永远是你坚强的后盾,知不知道?"

粗糙的大手抚摸着孙女的脸蛋,老太太的脸上老泪纵横。

唐桃也哭了。

淳子说的没错,她们的奶奶是世界上最好的奶奶。

甚至是最酷的奶奶。

仅仅一个下午,两个人就成了光脚坐在回廊上吃西瓜,还一起吐槽西瓜为什么要长籽的关系。

"奶奶,你跟我说说我妈妈的事情吧。"唐桃啃着西瓜口齿不清地说。

"你妈妈呀,是个好女人,又有能力又有担当,还没有一点儿大小姐的脾气,我真的很喜欢她。"老太太坐在旁边，替唐桃把切好的西瓜的籽剔掉，"那时候你爸爸和她谈恋爱，一开始我因为她是日本人，还不太同意。可是啊，人不能越老越糊涂，你出生的时候，我真的比谁都高兴，天天抱在手里不撒手。你长得很像你妈，眼睛尤其像。"

"嗯，我看过妈妈的照片。"唐桃伤感地说。

"你爸爸太忙，平时不一定有时间带你玩。有机会，跟奶奶一起出国，什么法国瑞士西班牙，玩个一个月再回来。"老太太把西瓜递给唐桃，忽然眯起细长的眼睛，"不过奶奶听说，你交了个意大利的男朋友？"

唐桃不好意思地笑了："不是意大利人……他在意大利留学的，现在也在国内。"

"哦！"老太太说，"帅吗？"

"帅……"

"那必须，我的孙女，肯定要找世界上最帅的帅哥。"老太太腿一盘，趾高气扬地说，"想当年，你爷爷也是我们村里最帅的，多少小姑娘追着跑呢。"

晚上九点半，在依依不舍的告别下，唐桃带着奶奶给做的点心，被藤本直树送回宿舍。

一路上藤本直树都在问"奶奶没有为难你吧""奶奶没说我什么吧"，可见这位奶奶异常耿直，因为当初送走唐桃的事情，始终不肯给儿子一点儿好脸色。

唐桃今天真的很幸福，沉浸在被长辈疼爱的粉色泡泡里。她推开宿舍门，想给林潇潇一个大大的拥抱，谁知林潇潇背对着她坐在床上，连门开了都没察觉，低头抱着手机，逛着朋友圈。

唐桃蹑手蹑脚地走过去，想吓吓她，从后面看见她的手机屏幕上是某个女生刚发的状态。

感谢老弟陪我逛街，大大的赞！

配图是洛子深和一个非常漂亮的女生，两个人勾肩搭背，女生笑得很灿烂。

唐桃的头发落在林潇潇肩头，林潇潇吓了一大跳："你回来了？"

说话间赶紧把手机藏在背后。

林潇潇没照镜子，所以看不到自己一脸的沮丧。

"你昨天不是说和舞蹈系的小帅哥跳舞吗？才回来？"唐桃装作什么都没看见。

"不好玩。"林潇潇说，"下次不去了。"

　　唐桃把点心盒子往前一递："喏，柳原堂秋季特产，二十种日式甜点倾情大放送！"

　　"哇！"林潇潇表情夸张地跳起来，"很贵吧？我还没吃过呢！"

　　"你挑你喜欢的，我去泡壶茶。"

　　唐桃走到厨房，心里还在犯嘀咕，这是怎么回事？

　　迟钝如唐桃也一直以为，洛子深是喜欢林潇潇的。毕竟他看着她的时候，眼睛里就像有无数烟花绽放一样。

　　"桃子，你那个漂亮大姐姐的事处理得怎样了？"林潇潇抓起一个草莓味的点心塞进嘴里，说，"全校都在传你多了个亲戚争家产，不会是真的吧？"

　　唐桃遗憾地点点头，手往天花板上一指。

　　"什么意思？"

　　"听天由命。估计再过几天，柳原家就有正式通知了。"

　　谁知等了几天，柳原家的通知没等来，徐琳却天天不厌其烦地往学校跑。

　　她每隔两天就带着助理，捧着文件，戴着大耳环，在下课的间隙堵唐桃，要向她汇报自己负责的海外业务进展状况。

　　唐桃哪里听得懂，就感觉数字像蚊子一样在脑袋里乱飞，各种德文法文的名字层出不穷。

　　而且徐琳还一改初次见面时的轻蔑，毕恭毕敬地叫她"唐小姐"。这招相当毒辣，看似是自降身份，其实明褒暗贬，更让唐桃没面子。

　　"她的目的还不好猜吗？给你下马威啊。"林潇潇说，"她负责柳原社的项目这么多年了，现在忽然冒出个你，当然要让所有人知道你不如她，根本什么都不懂。"

　　"我是什么都不懂。"唐桃说。

　　"你……你要记住！她和你是竞争关系！不要忘了！"

　　唐桃"哦"了一声。可惜唐桃是白羊座性格，天生不懂什么叫"吃一堑长一智"。

　　星期五，徐琳又来了，她穿着白色大领结衬衫，戴了副银色的花朵耳坠，站在教室外毕恭毕敬地等唐桃下课。唐桃正在上自习，看着门外考虑了一会儿，对林潇潇说："我出去一下。"

　　"哦，正面对峙？"

Chapter 03
偏颇×公平

"我去找她谈谈。"唐桃说。

徐琳站在走廊上，看见唐桃推门出来，微微一笑："唐小姐，我来向您汇报一个刚在德国结款的项目。"

"项目的事情你先不用跟我说，我没做过生意，听不太懂。"唐桃陈述事实，"我知道你很忙，每隔几天就过来挺辛苦的，但你手上的项目我都不熟悉，听了也没什么用。"

徐琳微一挑眉，她没想到唐桃会这么直白。

"不久前我才和父亲相认，别说管理柳原堂，即使让我在堂里收银我都不一定能够做好。其实和你竞争，我心里很没把握，只能说我尽力而为，我们公平竞争。"

徐琳那双锐利的眼睛打量着她，唐桃面不改色地与她对视。过了会儿，徐琳空姐般彬彬有礼的笑容消失，嘴角出现一丝轻蔑。

"小妹妹，你真的觉得我们是公平竞争？"

唐桃一愣。她很聪明，小时候生活又坎坷，对他人的话向来比较敏感，所以十分擅长察言观色。

她立刻抬头："是不是我爸爸做了什么？"

"他做了什么，你很快就会知道了。"徐琳目光沉沉地看着她，慢悠悠地说，"唐桃，我不会输给你。好自为之。"

好自为之。

唐桃做事从来问心无愧，如今真有点儿委屈。

或许藤本直树真的背着徐琳使了什么不光彩的手段，让柳原堂的继承权归自己所有。如果真从继承人的角度公平考核，她八十个唐桃也比不上一个徐琳，不使手段，能赢吗？从柳原堂发展的角度考虑，也肯定是由徐琳继承更好吧？

唐桃彻底混乱了。

放学后，唐桃想约林潇潇去校外吃冰淇淋，顺便散散心，谁知林潇潇说她要回家过周末，陪陪爸妈。

这很反常，平时周末林潇潇总是和洛子深一起逛街，还总是嫌弃他品位不好，不能帮她挑衣服。掐指一算，这两个人也冷战挺久了。

唐桃决定去一趟舞蹈系，问问上次林潇潇出去跳舞的时候到底发生了什么。

舞蹈系刚下课，盘着发、像天鹅一样的女孩子们陆续从唐桃身边穿过，唐桃就

像小矮人穿行在美丽的杉树林里。系和系之间差距惊人,比如舞美系,因为经常要和建材打交道,还要准备随时往场地跑,一个个穿着都以舒适方便为主,很少有女生穿裙子。

唐桃记得林潇潇是跟一个脸上有痣的男生去跳舞的,说来也巧,正好和他在二楼走廊遇见。男生点点头:"哦,你问那天啊……其实那天玩得挺开心的,我们四五个人一起跳舞,后来潇潇跳累了出门去透气,回来就说要回家。"

"你知道为什么吗?"唐桃问。

"不知道啊,我也挺纳闷的,我们也没有得罪她啊。"男生摊手。

唐桃打算再找人问问,男生给她指路,说四楼还在上课的班里也有那天一起去跳舞的人。唐桃"吭哧吭哧"地爬楼,才爬两层就累了,闷头上台阶的时候迎面撞上一个人。

"对不起!"唐桃在楼梯上猛地晃了下,站稳后赶紧道歉。

那个人却不领情,一双蛇一样冰冷的眼睛冷漠地看着她。

那是个瘦削的中年人,四五十岁,长相相当英俊,而且非常眼熟。他都没问唐桃有没有事,扭头哼了一声,留唐桃一个人揉着撞疼的额头。

唐桃往走廊里瞄了一眼,居然看见了卢希辰。

那是卢希辰吧?明明一样漂亮的眼睛,俊美的脸,可表情是唐桃所不熟悉的。没了调侃与笑容,双眉深锁,卢希辰低着头站在走廊中央,眼神中甚至透露出一丝锐利。

唐桃背上微微一寒,像潮湿的皮肤骤然接触到海风。

卢希辰的感情波动如此汹涌,即使旁观者也感受得到。

卢希辰的眼角余光注意到唐桃,他很快抬起头,阴沉的表情瞬间从脸上散去。

"哟,好巧啊。"卢希辰笑嘻嘻地说。

唐桃有些惊愕地看着他:"刚才那个人……我在楼梯上撞到一个人,和你长得挺像的。"

卢希辰语气夸张:"他是我叔叔,你不认识啊?卢青,我们舞蹈系系主任,是出了名的铁面阎王。"

"你们吵架了?"

"不算吧,小摩擦。"卢希辰走过来,亲热地揽住唐桃的肩,"来都来了,请我吃个饭再走吧。"

唐桃赶紧捂口袋。怎么老要她请吃饭啊,她每个月的生活费就是普通大学生的标

Chapter 03
偏颇 × 公平

准，老请吃饭就没钱买别的了！

"你这么有钱，要不要这么小气？"

唐桃说："我没钱，我生活费都是固定的！"

"你请我吃饭，我就告诉你那天林潇潇为什么不开心。"卢希辰眨眨眼睛。

唐桃张开口，看着他真挚的眼神，吞了口唾沫，闭嘴。

该死，每次的目的都能被他看穿。

"只能点两菜一汤，不能再多了。"

卢希辰酒足饭饱后，神神秘秘地递给她一张卡片。

"晚上去这里找我，我就告诉你。"

卡片是黑色的，上面有一只烫金的蝴蝶，看起来有点儿可疑。

晚上九点半，唐桃捏着卡片，站在名为"蝴蝶风暴"的酒吧门前，心想——我就知道。

卢希辰还能去什么好地方……

两个几乎比门还高的黑人保镖站得笔直，用狐疑的眼神看着唐桃。

唐桃被盯得有些发毛，想掉头就走，黑人保镖忽然出声："等等，你是卢总的朋友？"

唐桃一愣。

"这张卡片，是卢总给你的？"

黑人指着她手里的卡片，中文很好，甚至带点儿四川口音。唐桃点点头，两个黑人哥们儿就往她身后一站，也不知道是护送还是胁迫般把她带进了店内，唐桃的视线一瞬间被灯红酒绿淹没。

保镖把她带到一个明显很豪华的卡座里，打个响指，很快有人送来了果盘和饮料。那个果盘，哇！简直有半个人高，十好几层，华丽得像红磨坊舞女头上的鸡冠。那个饮料，哇……椰树牌椰汁？

可能是看出她确实不会喝酒。

唐桃立刻坐不住了，这里的东西超级贵好吧！

"免费的，你的卡是VVIP（超级贵宾）。"黑人哥们儿特意强调了两个"v"。

唐桃疑惑："卢希辰这么大面子？"

"这家店是卢总的，他在那儿，和朋友在一起。"黑人兄弟指指远方的卡座，

"要我帮您去叫他吗?"

唐桃看过去,同样豪华的卡座,七八个人围在一起,簇拥着一颗黑卷发的脑袋,欢声笑语飘过来。

说来也是奇怪,在这么混乱的灯光嘈杂的环境里,她还是一眼就能看到卢希辰,他深沉忧郁的五官和略带孩子气的发型,像导演钦定的主角,观众跟着他移动目光,镜头随着他走。

卢希辰笑起来尤其漂亮,也从不吝啬笑容。

唐桃不太方便过去,只能坐着等。她环顾四周,灯光中俊男美女们闭着眼跳舞,DJ(负责播放唱片的职业)在中央舞台上疯狂打碟,舞曲激烈却不失韵律,唐桃发现自己不讨厌这样的气氛,也没有局促或紧张。

她伸手拿了一粒葡萄吃,听着音乐逐渐放松下来。VVIP还是有好处的,最高级的卡座禁止别人接近,自然也不会有人骚扰。

唐桃没意识到,她放松,很大一部分是因为这里是卢希辰的店。他们认识不久,了解不多,但唐桃的潜意识里,他是不会害她的。

手机振动。

唐桃看一眼屏幕,吓得葡萄都掉了。

夏炽?

他怎么打电话来了?

唐桃像偷打游戏被家长抓住的小孩子,脸色铁青地盯着屏幕,脑袋里已经浮现出夏炽面无表情但暗地里生气的样子。真不公平,夏炽天天忙得见不着人,唐桃也没意见,现在自己去个酒吧,搞得还像做贼一样!

唐桃心一横——接吧!

谁知这时电话却挂断了。

刚松一口气,夏炽又打过来了!

唐桃颤巍巍地接起:"喂?"

"在哪儿?"夏炽问。

"我在外面。"

夏炽明显停顿了一下,问:"怎么这么吵?"

"啊……他们有人在放音乐。你今天不是说要工作吗?怎么有空打给我了?"

"刚结束,想着见你一面。在哪儿?我去接你。"

Chapter 03
偏颇 × 公平

可怜的唐桃，一颗心都快蹦出来了。

"不用，我自己回去，我们学校里见吧！"

唐桃手心忽然一空，一只修长纤细的手接过了电话，卢希辰狐狸般细长的眼睛闪动着狡黠的目光。

"来了不找我，在这儿打电话？"卢希辰把手机贴到唇边，轻声笑，"你是夏炽吧？你女朋友在我这儿。"

长久的沉默。唐桃心惊肉跳，在沙发上直接僵住了。

电话那头清晰笃定地吐出三个字："卢希辰。"

"是我。"卢希辰笑。

时隔两个月，两位红石的票选"男神"，终于因为唐桃直接发生了第一次冲突，仿佛有火花在手机上溅开。

唐桃"唰"地站起来："电话给我。"

卢希辰本来就高，一抬手臂，整个人就跟热带雨林里的树一样，根本够不着。他随口报了酒吧地址，挂断电话，把手机还给唐桃："走吧，跟我去见见我朋友。"

"见个鬼！我走了！"唐桃气急败坏。

"你不管林潇潇了？"卢希辰又笑。

行吧。

见就见吧。

可那些脸上写着"狐朋狗友"的朋友们，一上来就拉她胳膊是怎么回事？一口一个"弟妹"喊得那么勤快又是怎么回事？

卢希辰跷着长腿坐在她旁边，眼神明亮又无辜。

他一点儿没有来解围的意思，眼神淡淡地飘向舞池。他今天难得穿着正式：黑西装，白衬衫，没系领带，懒洋洋地靠在沙发上，乍一看像是一位社会精英。他的视线有些迷离，仿佛透过酒吧的墙壁，看向了更加宽广、更加遥远的某处。

唐桃见过在佛寺后山玩泥巴的他，看过在教室里起舞的令人惊艳的他，却没见过这样的他。

有点儿心不在焉。

有点儿……堕落。

一个酒杯忽然凑到唐桃嘴边，染着金发的年轻男生嬉皮笑脸地说："弟妹，喝一

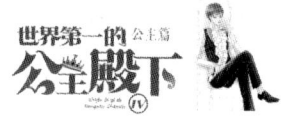

口,给哥哥点儿面子。"

周围的人立刻开始起哄。人都是欺软怕硬的,卢希辰是这儿的金主,大家都哄着他,现在卢希辰不护着唐桃,那些人自然以为唐桃能任人鱼肉。

唐桃像八爪鱼一样躲着酒杯,卢希辰支着头淡淡地看着。

有一瞬间他的神情是冰冷的,像极了他的叔叔。

金发男生的手忽然顿住了,他的脸上露出痛苦的表情,越来越扭曲,酒杯倏然落地,他痛呼出声。

唐桃抬头。

一个熟悉的、高挑的人站在她面前,低着头看她。

红宝石一样的双眼,酒吧混乱的光影都无法夺去其中的神采。

夏炽。

唐桃是真心想呼唤一句——"男神"好样的。

夏炽看了唐桃一眼,随即眼神瞟过那群惊呆的狐朋狗友,越过面无表情的卢希辰,落定在桌上的酒杯。他端起红酒,轻描淡写地说:"我替我女朋友喝一杯。"

他一饮而尽。

唐桃心里"咯噔"一下。

完了,夏炽能喝酒吗?

"还愣着干什么?"夏炽说,"跟我走。"

"等等。"卢希辰忽然把腿往桌上一放,挡住去路,"既然来了就一起玩玩,现在走像什么话?"

"就是,打了我们的人,还想走!"狐朋狗友们这才反应过来,纷纷站起来,此起彼伏地吆喝着。幸好酒吧音乐声大,几个人的争端没引来保安,当然,主要原因是卢希辰没有表态。

卢希辰就那样淡淡地看着夏炽,眼睛像略带薄云的天空,偶尔闪过疏离的光彩。他冲朋友们摆摆手,放下跷在桌上的腿,想要站起来,没想到一摇晃,侧身向唐桃倒过去。

夏炽敏捷地伸手一拉。

卢希辰直挺挺地倒下去,脑门砸在红绒毯上,一声闷响。

几个黑人死活不让走,非要把夏炽和唐桃扣留在酒吧,等到卢希辰醒来为止。夏炽掏出手机就要报警,被唐桃拼命按下去——以自己老爸的性格,看起来民主但骨子里非常老派,被他知道自己来酒吧,到时候死的还不定是谁呢……

于是尴尬的一幕出现了,卢希辰被黑人保镖抬到楼上的休息室,盖好被子,等他醒来。唐桃和夏炽站在床前,大眼瞪小眼,不知道该说什么。

黑人保镖嘀咕了几句,带上门出去。这间休息室位于酒吧内侧,隔音非常好,四处散落着拆开的零食和书本,到处可见生活的痕迹,比起休息室更像一个男生的房间。卢希辰很有可能是常住这里的。

唐桃站在床前,坐立不安。

"不用担心。"夏炽缓缓开口,"从门卫的反应看,卢希辰晕倒不是第一次发生了,应该是酒精过敏,睡一晚上就好。"

他坐在沙发上,眯起眼睛看着唐桃。唐桃一呆:"怎么了?"

"解释一下,大晚上出现在这里的理由。"

唐桃把林潇潇的事情从头到尾详细地说了一遍,表达了自己对继莫明雪之后第二个好朋友的担心,并再三申明,来这里是被逼无奈,绝对不是自愿。

夏炽看起来并不相信她,他忽然站起来,往前走两步,贴近唐桃。

一股熟悉的气息向唐桃袭来。

愠怒的、压抑的、已然非常陌生的气息。

唐桃惊恐地仰头——他好像真的生气了。

"你不了解卢希辰,更不该信任他,他不是你想象中人畜无害的小狗,他很可能是一条毒蛇。"夏炽的声音低沉,"岚组的那群人对你好,不代表世界上都是好人。我要你保证,以后别再接触卢希辰。"

"我知道他看起来吊儿郎当的,但他真不是坏人。"唐桃立刻反驳,"刚入学去寺庙做任务的时候我们就是一组,还住在一起,什么事都没发生。他还帮着照顾住持的女儿,对同学也很好……"

夏炽的脸色更加阴郁。唐桃猛地收声,脸色煞白——完了,怎么把住一起的事情也说出来了?

"你们住一起?"夏炽立刻问。

"没没没,我们分了一个房间,他天天都不在,他都在寺庙的山顶睡!"

"所以之前写信给你不回,是因为他?这些天我不联系你,你也主动消失,是因为和他在一起?"夏炽攥紧拳头,语气有点儿失控,"你喜欢他什么?舞跳得好?长得帅?有钱?"

  他漂亮的眉眼紧拧着，表情咄咄逼人，嗓音因为怒意而显得陌生。

  唐桃忽然很委屈，说不出地委屈，卢希辰是朋友，林潇潇也是朋友，朋友有难就应该帮助，什么害不害人、毒不毒蛇？难道像夏炽一样对谁都冷漠，对什么事都置身事外，就能交到真正的朋友吗？

  唐桃气得脸色涨红，呼吸急促。夏炽离她很近，看着她气鼓鼓的样子，忽然就有些后悔。

  该死，肯定是因为喝了酒。

  这些事说出来干吗？显得自己多小心眼，可卢希辰一定要远离。唐桃太单纯，想法太简单，他不愿意任何人和事伤害到她。

  夏炽平复着呼吸，离远了一些，努力心平气和地说："菊对你好，所以你和他亲近，我不管你。常清对你好，愿意帮助你，所以你和他关系好，我也不管你。卢希辰不一样，和他在一起对你没有好处……"夏炽深吸一口气，语气带着一丝无奈，"唐桃，你要自觉。"

  要有身为我的女朋友的自觉。

  夏炽自以为这番话说得很有道理，而且用词恰当，不会伤害到她。他用手搭住唐桃的肩，目光温和，等待着那张白净的脸上露出或是犹豫，或是愧疚的表情。

  可唐桃没有。

  她的双眼浮现出少见的愤怒，往后退一步，夏炽的手落了个空。

  "什么叫我和菊亲近？什么叫我和常清亲近？菊几乎是我半个哥哥，在我没有家人，没有钱，人生中最困难的时候，是他伸出手帮我，我也愿意为他做任何事情。至于常清，他在我被绑架的时候帮过我，还处处为我解围，我们关系好，是朋友，哪里对不起你了？我什么时候做过对不起你的事情？"唐桃的话像子弹一样往外冒，"我不联系你？是我不愿意联系你？我们半个月能见到一次吗？什么时候打电话过去，你不是在工作，不是在忙？"

  不想联系的是谁？

  冷落对方的又是谁？

  唐桃足够懂事了，她逼着自己懂事，哪怕夜深人静的时候辗转反侧，满肚子心事想和夏炽说，哪怕在她需要他帮助的时候，也总想着自己先把问题解决。白天不敢打电话，晚上又怕打扰他，从来不主动要求见面，偶尔见一次就高兴得像过节。她知道他忙，年纪轻轻就才华出众，舞台需要他，观众需要他，世界需要他。

Chapter 03
偏颇 × 公平

可她何尝不需要他?

唐桃眼里泛起泪光,握紧拳头,强迫自己和他对视。

不能服软啊。

一服软,就好像自己隐忍的思念全成了任性,对他的体贴都成了自以为是。

视线逐渐模糊。

过了会儿,她的头顶传来一声叹息。

"随便你吧。"

他轻声说完,转身出门。

Chapter 04
夏姜×真夜

这不是两个人第一次吵架,然而每次都会主动道歉的唐桃,这次决定不退让了。她没做错什么,如果错了,也是夏炽的错。

卢希辰什么事都没有,早上醒来,支使黑人保镖买了两碗豆腐脑、三根油条、四个包子,十分钟就吃完了。唐桃一整晚没睡,僵坐在沙发上,红通通的眼睛盯着豆腐脑里的葱花,眼泪扑簌簌地往下落。

卢希辰难得保持着沉默。他吃完早饭擦了擦嘴,和唐桃一起坐公交车回学校,临进教室时说:"林潇潇的事情,其实没什么大不了的,她出门吹风,正好看见洛子深和一个女孩逛街回来,大包小包,有说有笑的。她就不高兴了,丢下我和其他人回去了。"

"这么点儿事情,确实不值得你亲自跑到酒吧去。"卢希辰叹了口气,漂亮的脸上浮现一丝懊恼,"昨天不该让你来的,抱歉。"

三天后,一件大事引起了红石艺大师生们的注意。

×市著名青年导演刘媛来到红石艺大,为新片《海上芭蕾师》开展大型甄选会。

一时间甄选会的宣传铺天盖地,海报贴得像牛皮癣,大家茶余饭后谈论的都是这个鬼才导演,走在校园里四处可听见刘媛的大名。

唐桃咬着一只包子,赶在上课铃响之前坐到座位上,就听见林潇潇说:"桃子,甄选会你参加吗?"

"我又不是演员。"

"不,这次的甄选会面向很多系,包括演员的选定、配乐的甄选,就连舞台美术也对外征集,我们可以参加!"林潇潇激动地把传单推到她面前,"甄选分为五个部门,共半个月。每个部门得第一名的人,奖金五万块,不仅能正式进剧组跟进项目,还能抵扣十个学分!"

"哇,大手笔啊!"唐桃嘴里的包子都快吓掉了。

"这个导演很奇葩的,以前拍片子也敢于启用全新的团队,为此还有专家专门写过论文,把这个导演的作风称为新时代商业模式。绝对靠谱,我跟你说,离投稿日期还有一周,我们一组,一起搞吧!"

唐桃想了想,答应了。她需要钱,需要学分,但主要还是为了分散注意力,免得总是想着跟自己吵架的那个人。

"事不宜迟,今晚动工。"唐桃认真地说。

Chapter 04
夏姜×真夜

深夜一点半，两个女生吃完了四十块钱的麻辣烫、二十五块钱的烤串和两大杯奶茶，觉得准备工作做足了，趴在书桌前开始想点子。针对舞美的甄选要求很明确，就是根据《海上芭蕾师》的场景进行舞台设计，相关资料都能在官方网站上找到。

"我看看啊。"唐桃手里拿着打印出来的资料，"《海上芭蕾师》讲的是身为船长儿子的男主角，在游轮上成长为一名芭蕾舞演员的故事。船长的游轮出过重大事故，船长没有以身殉船，后来遭到媒体大众的指责，在男主角的生日当晚自杀。从此男主角不敢再踏上土地，一直生活在船上，直到遇见了女主角，生活才发生改变。"

唐桃脑中忽然闪过卢希辰。

"有点儿像《海上钢琴师》那部电影啊。"林潇潇说。

"好像更惨一点儿。"唐桃补充。

官网提出的甄选题目，是针对男女主角初遇时的船舱舞会进行场景设计。

唐桃说："船舱舞会，是不是就是装饰很华丽，到处是香槟和甜点，像婚礼现场的那种？"

"你《泰坦尼克号》看多了吧……"

"那是什么样？"

"推陈出新，知道不？这个导演要用新人，为的就是新人的脑洞。"不愧是获过舞台设计奖的林潇潇，一张口就很专业，"这个甄选可是面对×市所有的大学展开的，我们要在合理中博人眼球，新鲜感很重要。"

"哦！"唐桃说。

"最好还能在创新中减少预算，增加方案的可行性。"

"哦！"唐桃又说。

经过一星期的彻夜奋战，两个人光叫外卖就花了八百块钱，像真正的剧作家一样闭门不出，专心写作。舞台设计说明写了将近五千字，设计草图出了十张，包括场景的所有细节，精确到墙壁的装饰和桌上蜡烛的数量。

唐桃把整理好的方案发送到官网的邮箱里，然后和林潇潇倒在一张床上呼呼大睡，熬夜实在太累了。再睁眼时，天已大亮，唐桃揉着眼睛爬起来，邮箱里有一封新邮件。

"潇潇……潇潇……"唐桃喊道。

林潇潇迷迷糊糊地揉眼睛，看见唐桃在屏幕前映着蓝光的脸。

"我们过了！我们过初选了！没想到这么快！"唐桃兴奋地说，"这周日去见导

演！参加第二轮甄选！"

第二轮甄选是面试，唐桃和林潇潇坐公交车来到市中心公益图书馆的一楼，乌泱泱的都是人，排的队比红石食堂大厨做川菜时队伍还长。林潇潇志得意满地戴着墨镜，手机上开着录取邮件，找工作人员询问。

"我们是舞美的，来参加甄选。"

"哦，去那儿吧。"工作人员指着倒数第二长的队伍。

"这么多人？"唐桃惊讶。

"初选几乎没怎么刷人，听说是按字数排的，低于五千字的方案直接不看，高于五千字的，今天都叫来见见。"

"我们多少字？"林潇潇问。

"五千一百二。"唐桃小声说。

两个人雄赳赳的气势灭了大半，灰溜溜地走到队尾，看见别人手里都捧着A2纸大小的设计图，半本书那么厚的文件夹，显然有备而来。

进入第二轮的有七十二个方案，唐桃她们等了三个小时，前面还有十几个人。

"我的天啊，快累死了。"林潇潇蹲着捶腿。

"我想去趟厕所……那边有售货机，要不要给你买瓶水？"

"随便什么果汁，越冰越好。"

唐桃摸了摸口袋里的零钱，向着卫生间走去。路上，她掏出手机看时间，所有社交软件都没有新消息，夏炽似乎失踪了。

她的心像被一只手用力揪着，完成了方案，胡思乱想的时间就多了，脑海里时不时就跳出他的脸。他坐校车来寺庙找她的样子；他送她到学校门口的样子；他在酒吧里为她解围的样子；他生气出门时失望的样子……

不能心软，不能打电话，不能主动联系！唐桃用力把手机塞回口袋，深呼吸，洗完手出门去给林潇潇买饮料。

回去的路上，一间大教室的门微掩着，这是甄选演员的场地，进入时非常严格，要出示收到的面试邮件，核对身份后才能进。也巧了，门口的保安正好去上厕所，唐桃有点儿好奇，往门缝里偷偷看了一眼。

桌子被清到教室两侧，一群芭蕾舞演员们拘谨地站在后面，由工作人员叫号，一个个上前表演。

Chapter 04
夏姜 × 真夜

评委有三个人，正中间坐着一个年纪轻轻的女生，扎着高马尾，五官很清俊，跷着二郎腿，看起来像是快要睡着了。

想必她就是刘媛了。

唐桃在参赛选手的脸上一个个扫过去，忽然定住——

欸？

卢希辰？

她这个星期除了上课就是关在宿舍里写方案，很久没见到卢希辰了。此刻，他正抱着双臂，靠在教室的墙角，闭目养神。

甄选已接近尾声，还有两个人才轮到他，评委们也疲乏了，于是便缩短了甄选时间，最后几个人草草打发了事。

轮到卢希辰上场的时候，其中一位评委已经开始收拾东西，另一位简短地说："给你三分钟，开始吧。"

卢希辰双手插在口袋里，懒洋洋地回道："三分钟不够。"

评委有些不耐烦："不想演就下去，我们都很忙，没工夫折腾。"

卢希辰充耳不闻，把视线投向教室后方的选手们，目光锐利，像在挑拣货物。他轻声叹了口气，摇头，收回视线，却忽然与唐桃的目光相对。

唐桃脑袋里响起夏炽的话，下意识地往后躲。卢希辰脸上却绽开微笑，从容又快速地朝她走过来。

他伸出手，抓住唐桃的手腕，一把将她拉进教室。

"我需要人和我对戏。"卢希辰看着唐桃，"就你了，没问题吧？"

寂静的教室。评委们和教室后方的数十双眼睛一起盯着唐桃。

唐桃的脑子停转了。对什么戏？她在工地上专业搬砖一百年，根本不会跳舞啊！

"别紧张，剧本里的女主角也不会跳舞。她乘坐游轮旅游，性格腼腆，很紧张，在舞会上遇见男主角，男主角带她跳舞。"卢希辰低着头，轻而缓慢地解释，"你跟着我，我教你跳。"

收拾东西的评委停下手上的动作，坐正了，戴上眼镜。

"放音乐。"评委对助手说。

卢希辰笑起来。他的眼里像星河遍洒，闪烁着耀眼的光辉，好像瞬间变成了那个喜爱舞蹈，自信又从容的男主角。

"跟着我。"

他双手还插在裤子口袋里,两只脚在地板上轻轻敲击,发出愉快的响声。他的身体随轻快的音乐摇摆,发梢随着动作轻轻晃动,修长的双腿却异常灵活,在地板上清脆而有节奏地律动。

唐桃知道这是什么,这是踢踏舞。

他不打算表演评委要求的芭蕾舞。

唐桃的心怦怦直跳,她害怕给卢希辰搞砸,但又不知道该做什么。卢希辰愉快地围着她转了两圈,忽然牵起她的手,说:"别那么拘谨,跟着我,先迈左脚。"

唐桃只好迈左脚。

"右脚跟上,脚后跟用力,听到没,这是跳舞的声音。"

卢希辰用脚打出漂亮的节奏,乌黑的眼睛在眼前放大,带着鼓励。

唐桃用眼角余光瞥了眼评委,两个人都全神贯注,注意力都在卢希辰身上。

唐桃只好克服羞耻心,跟着他笨拙地动着腿。

"很好,没错,就这样!注意听音乐!"卢希辰旁若无人地开心地说,忽然松开唐桃的手,背着双臂,语调上扬,"开心点儿,小美女!"

唐桃忍不住嘴角上扬,他的表情、声音、动作,那么有感染力,唐桃几乎一瞬间忘了自己还在甄选场地,在无数陌生人的注视之下。她脑腆地跟着卢希辰的指导,不停地观察他的表情,笑容浮在她的脸上,就连教室里的选手们也不由自主地笑了。

一曲很快结束,音乐停下,卢希辰也停了下来。他拍了拍唐桃紧张出汗的脑袋,冲评委说道:"我的表演完了,就这样。"

之前还在呼呼大睡的刘导演不知道什么时候醒了。

她仰着头,整个上半身前倾,趴在桌子上,瞪大眼睛,全神贯注。

卢希辰挑挑眉。

刘导和他直勾勾地对视了十秒钟,开口:"你晕船吗?"

"还好,我以前在游轮上表演过,不吃油腻的就不晕船。"

"就这么定了,你下个月进组。"刘导忽地从椅子上站起来,左右动了动脖子,疲惫不堪地说,"大家散了吧,累死我了,赶紧吃饭去。"

"卢希辰那家伙进组了?"林潇潇满脸的难以置信。

"好像是。"唐桃说。

"他都不用二选?直接是男主角?"

"好像是。"唐桃说。

"你还帮他搭戏?把我一个人晾在二选场上?"林潇潇都快哭了,"你知道我一个人多尴尬吗?图没印,就靠一张嘴,我快被别人笑死了,还好评委不是很毒舌……"

"哎呀,对不起啦。"唐桃很内疚,"我请你吃消夜,你随便点!"

"这还差不多。"林潇潇抢过外卖单。

"那我们的设定究竟有没有通过啊?要改吗?"唐桃问。

"改什么改,直接枪毙。"林潇潇拉过桌上的书,"十个学分没指望了,还是好好学习吧。"

于是唐桃也只有好好学习,把一夜暴富的梦想抛诸脑后。

学校不断传出消息,今天是配音组的冠军名单,明天是特效组的获奖选手,红石艺大的表现很好,几乎获得了一半的参演名额。

卢希辰再次名声大噪,能用五分钟通过那个堪称地狱级挑剔的刘导的甄选,就算不是神也是半个仙了。

卢希辰的票选暂时超越了夏炽,一跃成为红石"男神"榜上的第一名。

唐桃关掉贴吧页面,握着手机,心里好忐忑。她从没这么久和夏炽失联过,脑袋里不断闪过那些道听途说的心灵毒鸡汤,什么情侣间千万不能冷战,冷着冷着,感情就没了。

她对夏炽的感情无人能够取代,她相信夏炽也是同样。

可……可她应该主动吗?

毕竟被夏炽那样冤枉,自己心里也不好受。

过了一天,没联系。

又过一天,还是没联系。

唐桃开始心神不宁,天天抱着手机拼命刷夏炽的朋友圈。可惜夏"男神"的朋友圈寡淡得很,几个月才发一条,每条都正式得像《新闻联播》似的,不是跟时事有关,就是跟天气有关。

唐桃魂不守舍,吃个面条能塞到鼻子里去。林潇潇终于看不下去了,她一副经验丰富的模样,认真地提议:"我教你一招吧。"

"什么?"唐桃抱着手机。

"我称这招为'姜太公钓鱼,愿者上钩',你发条朋友圈来引起对方的注意,用词要暧昧,场景要模糊,你信不信,他绝对立刻来联系你。"

"这么神?"唐桃耳朵立刻竖起来了。

林潇潇拉她去学校附近的咖啡厅,叫了两杯卡布奇诺和一大盘小吃,放在桌子中间,然后眼睛在咖啡厅里乱瞟。她随手拉了个路人坐在唐桃旁边,开始拍照,唐桃感到莫名其妙。

"这你就不懂了,照片里露出男生的半个肩膀,说明你在和男生吃饭,但夏炽又不知道是谁。再加上什么'心情不好啦''还好有好朋友安慰啊'之类的模糊用词,给他营造出你很抢手,需要珍惜的气氛。"

"这招我女朋友用过。"路人说。

"有用吗?"

"特别有用。"路人点头。

林潇潇拍好照片,选了唐桃最好看的一张,加了个滤镜,开始斟酌发朋友圈的用词。唐桃总觉得心里怪怪的,说:"别写了,直接发照片得了。"

"行了,你这事别管了,我来。"

林潇潇埋头打了半天字,一个不留神,居然直接发出去了。

唐桃赶紧抢过来看——最近心情不好,谢谢你陪我出来喝咖啡[爱心][爱心][亲亲][亲亲]。

喝咖啡就算了,爱心和亲亲是什么鬼?

这是要害死她啊!

唐桃说:"不行,不能这么发,我得删了!"

林潇潇无所谓地抱着胳膊:"删不删随你。不过你记住,永远都很懂事,对方才不会把你当回事。"

唐桃以为自己会很快删掉。

所以她抱着手机,一直等到了凌晨一点,连自己都觉得惊讶。

那条朋友圈下有很多人回复,岚组的朋友们打趣道"哎哟,终于舍得在朋友圈里晒幸福啦""夏'男神'怎么不露脸啊",唐桃一方面觉得羞愧,做这种事真幼稚;一方面又觉得挫败,她知道,夏炽不是会被这种小事动摇的人。

在这场感情里,他像战无不胜的王者,永远占据主动权。

Chapter 04
夏姜 × 真夜

唐桃心灰意冷，准备睡了，屏幕忽然一亮，新的赞。唐桃一看，居然是莫明雪！自从她去美国后，两个人联系就很少了。

莫明雪留言：你旁边这个人是谁？

唐桃回：一个朋友……

她很快留言：哪个朋友？

唐桃还在想怎么解释，正敲字呢，对方居然一个语音电话打了过来。

唐桃激动得快哭鼻子了，莫明雪是她最好的朋友，她真的好想她啊！

莫明雪熟悉的声音从话筒那头传来："吵架了？"

唐桃一愣："你怎么知道的？"

"发朋友圈，还和别的男生合影，要不要这么幼稚？"莫明雪嗤之以鼻，"我这儿办公呢，正好休息半个小时，有什么话赶紧说。"

唐桃心里暖暖的，这是专程抽出时间安慰她呢。莫明雪的声音还是趾高气扬的，带着淡淡的不屑，那些在岚组的时光，那些交心的好朋友，似乎一瞬间回来了，似乎从未分开过。

唐桃鼻子发酸。

她把冷战的过程跟莫明雪说了一遍，连自己都惊讶其实没什么大事，不过是因为卢希辰吵架了。莫明雪沉默了会儿，缓缓地说："我这么说你可能不爱听，但我一直觉得，你和夏炽并不合适。"

唐桃心一沉。

"你们有些地方很像，都很固执，制订的目标一定要完成，目的一定要达到，说白了，两个人都活得沉重。你们相处的时候也把理智放在感情之前，这样的恋爱说好听点儿是为彼此好，说难听点儿其实更像合作伙伴，不像情侣。"

"他忙的时候，你不去烦他，你觉得自己是在体谅他，姓夏的可不一定这么认为。谁都不想要一段沉重的感情，与其时刻都懂事，不如任性一点儿，想什么就说什么，你和他之间没什么好隐瞒的。"莫明雪叹了口气，声音有些缥缈，"如果我像你一样，能和自己喜欢的人在一起，我会愿意为他做任何事，我想时刻和他腻在一块儿。哪怕他想去外星球，我也会跟着一起去，别看我平时既爱工作又爱钱，和他一比，那些都是虚的。"

话筒那头传来风声，是莫明雪站起来，推开了窗子。

"唐桃，两情相悦并不容易。"莫明雪的声音空灵而悠远，"未来会发生什么谁

也不知道，说不定什么时候，两个人的缘分就尽了。在一起一天，就享受一天，你不需要做什么好女儿、好同学、好搭档，按照让自己开心的方式生活，你们才能相处得快乐。"

唐桃沉默了很久，问："我朋友圈发错了吗？"

"想发就发，不用管他怎么想。"莫明雪说，"要是实在想他，就打个电话呗。毕竟他都为了你回国了，这已经是最高级别的'我想你'了。"

唐桃一怔。

莫明雪的话撕开了她那层自我保护的薄膜，将她那颗脆弱的真心裸露出来，暴露在空气中。

是啊，她也不傻，其实她知道夏炽是为了她回来的，无论在国内有多重要的工作、多好的机会，都不会比留在意大利深造更加诱人。

她只是不愿意承认，夏炽不说，她便拿工作和事业做借口，或许她也怕相信，自己对夏炽非常重要。

一旦相信了，肩上就有了责任，要更加体贴他、珍惜他，不能让他失望。

唐桃也怕。

怕自己辜负他的期待，怕自己其实是个普通的、不值得他倾心付出的人。

唐桃想了整夜，早上七点钟，顶着黑眼圈拨打夏炽的电话。第一次，没人接，第二、第三次，还是没人接。

其间却有个少见的号码打了进来——"任萱"。

唐桃记得她是夏姜考医学院时的导师。

"你好，任老师。"

"是唐桃吗？我联系不上夏姜，我知道你认识他的家人。"任萱的口气焦躁不安，"方便的话，能不能麻烦你跟他家人联系一下？"

当时，唐桃从来没想过，会有任何不测发生在夏姜身上。

那个聪明过人、很有主见的小男孩，那个机灵古怪、无所不能的小男孩，他完美得就像电影里的人，什么都能做成，比谁都要坚定，虽然有孩子气的一面，但灵魂坚韧而强大。唐桃佩服他的能力，佩服他的果敢，佩服他的勇气。

可这个已经长成大男孩的家伙，依然会有想哭的时候，会有需要人安慰的时候。

Chapter 04
夏姜 × 真夜

他的心像个碎掉的玻璃罐，可他拒绝任何人帮他修补好。

夏姜失踪了。

夏学园长办公室。

任萱和夏炽面对面坐着，唐桃站在一边，心急如焚。

任萱在通话后就赶来了红石艺大，唐桃陪她来到夏学园长办公室，夏炽居然也在。唐桃没法责备他不接电话的事情，因为他简直像变了个人——脸颊明显消瘦下去，眼睛里全是血丝，表情森寒而漠然。

夏炽坐在沙发上，看见她进来，立刻移开目光。

唐桃心里突突直跳，嘴巴动了动，没说话。

任萱坚持要和夏姜见面，在僵持了半个小时之后，夏炽终于说出实情——和唐桃吵架的第二天，夏炽就接到管家通知，夏姜趁夜离开家，下落不明，管家向夏炽咨询夏姜可能去的地方。

谁知道找了整整一天，依旧没有消息，夏家甚至请人联络了意大利的亲戚，茱莉亚的故居和相关地点都没有夏姜的影子。

考虑到夏姜近期的精神状态，夏家决定报警，常驻红石学园的特警们也全部出动，将整个×市翻了个底朝天，至今仍没有找到。

距离夏姜失踪，今天刚好半个月了。

唐桃吓得脸色煞白。

任萱毕竟是成年人，又做了多年医生，心理素质非常过硬。她在最初的惊讶过后很快冷静下来，沉吟道："如果是谋财的绑架，绑架犯早就会发消息来勒索，不可能等到现在……夏学园长在吗？我需要和他面谈。"

夏炽的脸色更难看了。他深吸一口气，站起来，疲惫不堪地动了动脖子："就是这个问题。我已经在办公室里堵了他一整个星期，要求他把所有家里和学校的监控交给我调查，找出夏姜的去向。但他一直避而不见。"

任萱神色一凛。

"我想你猜得出来。"夏炽神色阴沉，一个字一个字地说，"我父亲知道夏姜在哪儿，但他拒绝救他。没有给出任何理由。"

唐桃快被自责和愧疚淹没。这半个月来，她只顾着自己生气，耍各种小情绪，根

本不知道夏炽家里发生了这么大的事。她看着他明显消瘦的脸,显然没有好好休息和吃饭,又惭愧又心疼,偏偏束手无策。

任萱很快返回医院,她自有手段和夏学园长取得联系。夏炽两只手插在口袋里,望着办公室外绿草如茵的校园,疲惫不堪地缓慢眨着眼。

他一言不发,转身出去。

唐桃像条尾巴一样跟在后面。

他走得慢,唐桃就走得慢;他走得快,唐桃也走得快。学园长办公室楼下有一处漂亮的花园,入秋了,花朵依旧灿烂,阳光下玫瑰花瓣几乎是透明的,风里带着舒心的香气。

夏炽在花园的石级上坐下,抬起头深呼吸。

唐桃轻手轻脚地坐在他旁边,不出声,她不知道该说什么。夏姜失踪了,安慰是苍白的,她真希望自己能帮上他一点儿,哪怕只是让他心里好受些。

夏炽闭着双眼。消瘦并没有影响他的颜值,反而将他眉眼的深邃烘托出来,柔软的额发在风中轻轻飞舞,如同教堂里大理石的圣像,肃穆又神圣。

唐桃安静地看了他一会儿,问:"你饿吗?我去给你买点儿东西吃。"

夏炽没反应。

唐桃咬了咬牙:"有任何我能做的事情,你就告诉我。任何时间,任何地点,只要能帮上忙,我都第一时间赶到。"

夏炽依旧没应声。

唐桃觉得,可能自己的出现多余了,他心里这么乱,现在肯定不想见到自己。

唐桃沮丧至极,打算起身离开。

一只手掌突然覆上她的手背,平静而温暖,带着安定人心的力量。

夏炽依旧闭着眼,偏过头,像一株植物靠向大地,将侧脸靠在她的肩膀处。

唐桃整个人都僵住了,动也不敢动。

过了会儿,耳边传来低沉的声音,在她的灵魂间轻轻震动。

"陪我待一会儿。"夏炽说。

最近,两个人很少像这样安安静静地独处,不是夏炽打趣她,就是唐桃叽叽喳喳地分享自己的见闻,要么就是周围一圈电灯泡,又或者是夏炽很快要离开去工作。

独处的时间多么珍贵,手指相交,呼吸相闻。

Chapter 04
夏姜 × 真夜

"未来会发生什么谁也不知道，说不定什么时候，两个人的缘分就尽了。在一起一天，就享受一天。"

莫明雪的话对极了。

只不过唐桃想永远和夏炽在一起，没有什么能把他们分开。她也想要夏姜好好的，想要自己所有爱着的人都健康、幸福，想要他们的脸上总有笑容。

唐桃感觉到，夏炽现在需要她的陪伴，哪怕只是一个肩膀。

唐桃正了正坐姿，让他靠得舒服点儿，然后回握住他的手，坚定地，用力地。

两个人就这么静静地在台阶上坐了半个多小时。

直到唐桃肩膀都麻了，手都酸了，夏炽才默默地把头移开。他站起来，拍了拍裤子，对唐桃说："我没有你们学校的饭卡。"

唐桃迷惑不解。

"请我吃饭吧。"夏炽脸上终于浮现笑意，"我很多天没好好吃饭了。"

于是红石艺大的食堂出现了诡异的一幕。

一个长相极俊的男生坐在卡座里，无所事事，困倦地揉着眉心。一个女生围着食堂到处乱窜，恨不得把所有的菜都买回来，和请卢希辰吃饭时判若两人。

夏炽被眼前的"食物山"吓到了。

"来，给你尝尝，我们学校最好吃的川味麻辣烫。"

"还有这个，盐酥鸡，绝对好吃，我给你倒点儿辣油。"

"烤串，先吃羊肉还是鸡肉？我更喜欢鸡翅，也不知道你喜不喜欢，给你拿了两个。"

"还有汤。"唐桃用勺子舀起一勺瓦罐汤，"先喝汤吧，喝汤对胃好。"

夏炽失笑："你要把我喂胖吗……"

"怎么会，就算胖了也很帅啦。"唐桃肯定地说。

夏炽其实对唐桃的殷勤很受用，因为这样既能证明他的重要，又能向大学里的人宣示对唐桃的所有权。他慢条斯理地抖开餐巾，垫在腿上，身体前倾，对着唐桃的汤勺张开嘴。

唐桃脸红了。她慢慢地喂了夏炽一勺汤。

"好喝。"夏炽说。

唐桃能感觉到夏炽的心情正在以肉眼可见的速度好转。她好好伺候夏大爷吃了一

桌饭,殷勤得如同拍上司马屁的人精。酒足饭饱后,夏炽的脸色也晴转多云,反过来安慰唐桃:"夏姜的事情你不要太担心。"

"我不可能不担心啊。"唐桃说,"究竟怎么回事?夏学园长为什么不见你?"

"一开始我也觉得奇怪,我和夏姜跟父亲都不亲近,但关系也没差到见死不救的地步。在观察父亲的动向和警察的行踪后,我怀疑他们十有八九找到了夏姜。"夏炽的目光盯着餐桌中央的鲜花,"出于某种原因,夏姜不愿意回来,而这个原因让父亲愤怒,所以他搁置了带回夏姜的计划。"

"什么原因?"唐桃赶紧问。

夏炽脸上闪过一丝异样,但很快回答:"我也不能确定,不过现阶段,夏姜的人身安全应该没受到威胁,我会继续和父亲争取。说不定那个姓任的医生能帮上些忙。"

注意到唐桃低落的神色,夏炽眼神微动。过了会儿,他摸了摸唐桃的头发,说:"有个忙请你帮我。"

"什么?"唐桃"唰"地抬头。

"帮我做点儿小饼干小甜点什么的,我最近低血糖,需要吃些甜食。"夏炽微笑,"多放点儿巧克力,当然,也别把我喂太胖了。"

唐桃一个晚上都没睡好,早上起来的第一件事就是看手机。夏炽那儿依旧没有消息,看来夏学园长还没松口。

她上完一天的课,放学后回绝了林潇潇逛街的提议,打算去离学校最近的大超市买一些食材,借用学校的料理教室做点心。给夏炽的爱心甜点篮已经想好了,泡芙塔、马卡龙、可可慕斯、拿破仑,所有好吃的甜点她都打算做一遍,挑最成功的给夏炽送过去。

在超市里挑巧克力的时候,唐桃捏着巧克力包装,忽然想起刚入学的那个情人节,她和莫明雪一起做巧克力,味道很糟糕,样子也很难看,然而夏炽还是吃了,那个晚上发生的事情历历在目,记忆犹新。

那时的她从未想过,两个人会像今天这样亲密。

唐桃微笑起来。

突然,一瓶啤酒在她眼前晃了晃。

"巧克力那么好笑?"卢希辰手里还攥着一瓶打开的啤酒,喝了一口。

Chapter 04
夏姜 × 真夜

"喂,你怎么在……不对,酒你还没付钱吧?"

"拿空瓶去柜台扫,一样的。"卢希辰抢过她手里的单子,"做甜点?买那么多东西?"

"嗯……我想吃了,自己练练手。"

卢希辰一副看透她的表情,脸上都是坏笑:"买这么多的东西,我帮你拎吧。当然,有失败的作品,我也不介意帮你吃掉。"

在卢希辰的帮助下,唐桃很快找全了所有材料,结账出门。唐桃不习惯有人帮自己提东西,卢希辰却说没事,一手一个沉重的袋子,让唐桃帮他抱着啤酒。

两个人在小公园前等公交车,夕阳把两个人的背影拉得很长。唐桃说:"你已经确定是电影男主角了吧?恭喜啊,简直是传奇人物。"

"恭喜什么,在轮船上拍一个月戏,换你你去?"

"演电影啊,很厉害的,有很多钱拿吧?"

"说起钱,我倒有件事想请你帮忙,酬劳我出,干不干?"

"不干。"唐桃立刻回绝,她可不想再因为卢希辰的事情和夏炽闹别扭。

背后的小公园有不少老年人在聊天锻炼,花坛边搭了个花花绿绿的宣传台,穿绿马甲的推销员们来回穿梭,不知道在做什么宣传活动。卢希辰吹着口哨东张西望,过了会儿,忽然说:"那个小孩挺眼熟的,我记得是夏炽的弟弟。我在学校里见过他。"

唐桃一愣,立刻转头,顺着卢希辰的手指,很快看见绿马甲后方有个短发的男生,面无表情地站在那里。

她手一软,六瓶啤酒在地上摔得粉碎。唐桃浑身僵硬,心脏狂跳。

卢希辰立刻低头:"怎么了?"

"夏姜失踪了半个月,怎么会在这儿?"唐桃不敢转身,怕被发现,立刻掏口袋里的手机,"不行,我要告诉夏炽。"

手被卢希辰按住,他不动声色地扫了眼小公园,说:"先别打草惊蛇。以夏家的实力,如果夏姜真被拐走了,他们不可能找不到,也不可能救不出来。拖了半个月,我猜是夏姜不愿意回去,对不对?"

唐桃一惊。她之前只觉得问题出在夏学园长那边,从来没往夏姜身上考虑过。

卢希辰继续说:"关心则乱,夏炽来了,说不定更带不回去。这样吧,那小子认识你不认识我,你要是信我,我先去帮你探探情况。"

卢希辰的表情十分正经，完全没有平时嘻嘻哈哈的样子，目光炯炯地看着唐桃。唐桃想了一会儿，犹豫地点头："好，你先别采取什么行动，先看看到底是怎么回事。"

"放心吧，我有分寸。"卢希辰给了她一个笑容，径直朝小公园走过去。

花坛边，两个穿绿马甲的人正在卖力宣传，什么"活血化瘀的良药""包治百病的推拿法"，忽悠的都是老年人，旁边有两个老奶奶驻足观望。卢希辰先是围着花坛绕了圈，又站在老太太后面听了会儿，语出惊人道："得了吧！这些都是假的！要真有包治百病的药，华佗都能给你气活过来！"

躲在灌木后偷听的唐桃差点儿没摔出来。

两个老太太的目光立刻落在卢希辰脸上。穿绿马甲的销售人员也是久经沙场，非但没露怯，反而笑着说："你说的也没错，确实没包治百病的药，我们虽然出来推销，推销的也不是神仙炼的仙丹，但俗话说得好，'小洞不补大洞受苦'，老人家身体本来毛病就多，吃了我这药，调理好了，不生病，不就等于包治百病了吗？"

卢希辰完全没被说服，他笑得亲切，语言却很有攻击性："照你这么说，吃了你这药，平时就能不生病？生了病你能负责？如果奶奶们吃了这些药，觉得身子好了，万一真有病了不去医院查，不就大洞接大洞，身体越来越差了吗？"

奶奶们露出恍然大悟的表情，面带崇拜地看着卢希辰。

卢希辰不动声色地往夏姜处瞥了一眼。他低着头，坐在推销台后面，像木头人一样一动不动。

推销员这才有点儿急了，他从厚厚的宣传册里抽出一张证书，往卢希辰脸前送："看见没，我们的药效是有保证的，我们的开发团队都是美国人，著名的抗癌专家Peter（皮特）教授你听说过吧？我们×市医院的任萱医生，以前和他合作过，非常厉害，美国人都叫他半个上帝。"

奶奶们的脸凑过去："这么神？"

"这样啊！"卢希辰揉了揉头发，露出有些动摇的表情，"要不你也给我一张宣传单，我回去问问我奶奶。"

"好咧好咧，有需要打我电话，随时在线。"推销员塞给他一张名片，"一会儿太阳下山，我们也下班了，有什么要当面咨询的，明天可以过来。"

在奶奶们不舍的目光中，卢希辰笑得乖巧，拿着传单向唐桃藏身的方向走。他叫了两声，没回应，扒开灌木的缝隙，居然没人。

Chapter 04
夏姜 × 真夜

卢希辰立刻把头转向宣传台，心想糟了。

怎么这么沉不住气！

唐桃其实原本打算旁观的，直到她听见一会儿这些人要撤离，她今天能撞见夏姜，但明天不一定能，所以她决不能放夏姜走，天知道一晚上会发生多少变数。

唐桃借着花坛后的几棵大树藏身，一点点靠近夏姜。他面向公园，坐在高脚凳上，唐桃偷偷猫腰挪到凳子下，轻轻扯了扯他的裤腿。

夏姜冰冷的视线向下，漆黑的瞳仁里闪过一丝诧异。

然而他没有动，甚至没有出声。

"快跟我走。"唐桃紧张地用口型说道。

夏姜居然无视她，转过头，继续端端正正地坐在椅子上。

"夏姜。"唐桃有些着急，"我们都很担心你，你跟我走，没事，这儿人这么多，没人敢把你怎么样。"

夏姜依旧无动于衷。

唐桃想起以前看过的新闻，知道一旦深陷这些推销组织就很难摆脱，他们能在这儿碰见几乎是唯一的机会。她用力拉住夏姜的手："跟我走！现在！"

夏姜的嘴唇动了动，他的表情忽然从木然变为愤怒，圆而亮的眼睛里闪过憎恶。

他慢慢转过身，对唐桃冰冷地说："我的事不用你管，别来妨碍我。"

"你不是夏家的人，就别管夏家的事。"夏姜漂亮的眼睛里带着讥诮，"还是说，你就那么想讨好我哥？所以我的事你也想插手？"

唐桃的手僵住了，夏姜的话实在刺耳，但更让人吃惊的是他的表情。这不是她认识的夏姜，她认识的夏姜狡黠却善良，或许看似难以接近，但内心是柔软脆弱的。可眼前的这个夏姜，已然从小恶魔化身为魔王，不顾一切地焚毁和伤害靠近他的所有人和物。

唐桃的嘴忽然从背后被捂住。卢希辰蹲下身，把唐桃扯进怀里，横抱起来，在推销员发现之前，风一样离开了小公园。

"你放开我！夏姜不能留在那儿！"唐桃用力挣扎。

卢希辰人高马大，唐桃的那点儿踢打就像在挠痒痒。他找了个僻静的街道，把唐桃往长椅上一扔，疲惫地动了动脖子："都叫你沉住气了，看看，坏事了吧？"

唐桃屁股还没接触到椅子，就"嗖"一下弹起来，作势要回去。卢希辰哭笑不

得:"你要去哪儿?"

"我就是绑也要把他绑回来。"

"凭什么?"

"就凭……"唐桃一愣,狐疑地看着他,"什么凭什么?"

"腿长在夏姜身上,人家想去哪儿就去哪儿,你凭什么阻止?即使要把他带回来,也应该是他的家人出面,而不是你。"

卢希辰靠着墙,两条长腿交错着,双手抱胸,看起来气定神闲。唐桃憋着一口气出不来,恶狠狠地瞪着卢希辰:"那我就让夏姜留在那里?他万一出事怎么办?"

"你也才18岁,并不比他成熟多少。"卢希辰幽幽地看着唐桃,脸上的笑容不知道什么时候消失了,"没有人能决定他的人生,夏姜只是做了他认为对的事。夏学园长不去找他,不也正因为这个吗?如果他想回来,自然会回,不想回来,你也没有权利替他选择。"

唐桃的脚还冲着前方,身体扭过来对着卢希辰,她的姿势很诡异,一如她现在的心情。

卢希辰是在谬辩,但卢希辰话里的某些东西,让她几乎无从反驳。

是啊,腿长在夏姜身上。

只要他想,他就能离开家一千次、一万次,甚至永远不回来。

为了什么?他为什么深陷一眼就能识破的骗局,又露出仿佛憎恨着一切的表情?

唐桃转过身,低头沉默了很久,说:"不管怎么样,我得告诉夏炽一声。"

"很合理,我支持。"卢希辰举起双手。

他看了唐桃一眼,忽然皱眉:"你是不是忘了什么?"

唐桃左右一看,惊呼:"糟了!买的食材没了!"

小公园的另一头。

夏姜坐在面包车后座,面无表情地盯着自己的手指。

一路都很颠簸,男推销员出声打破了沉默:"小子,今天来找你的那女生是谁?不会是你家人吧?先说好啊,你想走随时可以走,我们没强迫你留在这儿,别搞得像我们拐卖儿童似的。"

"你少说几句。"女推销员出声维护。

"她是我同学,爱管闲事。"夏姜回答。

Chapter 04
夏姜 × 真夜

"夏姜，你别理他。"女推销员白了同事一眼，"今天挺热的，一会儿到厂里，我让食堂阿姨给你瓶可乐喝。"

夏姜摇摇头。过耳的黑发从鬓角垂下，遮住眼睛鼻子。

道路越来越颠簸，窗外的景色越来越荒芜，半个小时后，面包车停在制药总厂——一个位于郊区的旧工厂。男推销员下了车，叼着烟："到饭点了？"

"别老想着吃，今天就一个人签了产品，马上月底了，上头肯定要骂的。"女推销员说，"你赶紧想想办法，不然别说奖金，估计我们都要被降级了。"

"我有什么办法？要不你问问吉祥物？"男推销员瞥了夏姜一眼，"是谁说招个可爱的孩子进来，对老年人有吸引力的？就他这张臭脸，哪个活人敢来？"

"不理他，走，我们吃饭去。"女推销员搭住夏姜的肩，往食堂走。

整个厂里有十二个制药人员，五十个推销人员，然而餐桌只有八张，人和人坐得几乎贴在一起。女推销员给夏姜找了个位置，摆好碗筷，就看见一个比脸盆还大的铁盆往桌上一扔，里面堆得冒尖的白菜，发出一股酸酸的怪味。

"白菜猪肉。"厨师冷漠地说。

"猪肉在哪儿？有油渣吗？"有人大声抱怨。

"你快吃吧，一会儿汤都喝不上！"

十几双筷子伸向白菜，来不及放碗里，直接往嘴里塞完接着夹下一筷。

女推销员端着碗，拿筷子尖在白菜里翻了半天，翻出一块肥腻的猪肉，赶紧放到夏姜碗里。

"快吃，你看你都瘦了。"

夏姜无动于衷，他就像个木头人，眼珠都不转，对她的话充耳不闻。

"别热脸贴冷屁股了，人家都不领情。又不是你儿子，管那么多干吗？"有人嘲讽道。

"她一天到晚不回家，自己的女儿和她都不亲了，肯定是母爱泛滥了。"男推销员嘴里塞满白菜，口齿不清地说。

女推销员举起筷子，作势要打。夏姜的眼睛忽然动了动，他看着厂房后墙上挂着的时钟，忽然站起来。

"又去了。"男推销员看着他的背影，"每天七点半，着了魔似的。"

女推销员咀嚼着毫无味道的白菜，一脸担忧。如果夏姜真像自己的女儿一样，只是处于叛逆期就好了。

夏姜在破旧的走廊里穿梭,脚步飞快,很快来到位于厂房二楼的主管办公室。主管刚下班,正弯着腰锁门,猛地回头看见夏姜黑黝黝的双眼,吓了一跳:"哎哟!小祖宗,你怎么又来了?我下班了!"

"白天你说你没空。"夏姜说。

"我是没空啊,我忙着处理一大堆事情,你看不到我在忙吗?"主管看见夏姜像见鬼似的,"走了走了,有事明天再说!"

"我要见Peter先生,你答应过我的。"夏姜说。

"哎呀,人家Peter先生在美国,是,他是会来中国,但什么时候来不知道,他来了也不一定会见你啊。"主管焦头烂额,"你别天天来问了,人家要是从美国来了,我肯定告诉你,好不好?我要饿死了,赶着回家吃饭呢。"

主管说完把钥匙塞进口袋里,抬腿就走。这位主管,说起来是厂房里管事的,其实也不过就是调和一下员工矛盾,核算下季度效益,偶尔还要面对员工的抱怨,唯一的乐趣就是下班回家打牌。谁知道半个月前,忽然冒出夏姜这个小东西,吵着要见Peter先生。

这个孩子的眼神里有种令人畏惧的东西。热烈、顽固,像一团漆黑的火,跳动着想要吞噬一切。

主管擦身而过,夏姜没拦着。他只是转身,目送主管急匆匆地离开,听见自己的肚子轻轻叫了声。

夏姜饿着肚子,回到自己休息的房间。

说是房间,其实不过是间窄小的储物间,面积非常小,除去两张床几乎没有落脚的地方。夏姜和另一个推销员住在一起,晚上睡觉,白天就跟着面包车出去工作。夏姜推开门,推销员正在睡觉,听见动静,睡眼蒙眬地抬起头:"回来了?吃饭了吗?"

夏姜爬到床上,躺下来,闭上眼睛。被子和食堂里的白菜一样,有股肮脏潮湿的味道,夏姜常觉得自己睡在一块抹布里,像一块逐渐腐坏的奶制品。

推销员室友是个枯瘦的年轻人,今年才二十几岁,看起来却像是三四十岁。他习惯了男孩的沉默寡言,也不在意,从扔在地上的外套口袋里摸出一块威化饼干,扔到夏姜床上。

"给你。小孩子都喜欢吃这个。"

Chapter 04
夏姜 × 真夜

夏姜面对着墙，紧闭着双眼，一声不吭。

不知道过了多久，窗户外月亮升起来，皎洁白亮的一轮。隔壁床发出响亮的鼾声，室友睡着了。

夏姜这才爬起来，眼睛雪亮，毫无睡意。

他看到床单上的威化饼干，红色的包装纸上面画着一只大笑的鲨鱼。夏姜的肚子不受控制地叫了两声，除了中午休息时吃的面包，他已经一天没有进食了。

夏姜犹豫了一下，还是把威化攥在手里，穿上鞋子，出门。

黑漆漆的厂房，没有一盏灯亮着，顺着消防梯爬到楼顶，正好能看见整片天空。晚风凉爽，夏姜坐在楼顶，两条腿在风中摇摆，这才觉得揪在一起的心微微松动。

他还穿着离开家时的那套衣服，名贵的衬衫、裤子、意大利小牛皮鞋，光是衬衫上的领结就顶工人们一个月的工资，却在这个贫穷的厂房里没人认得出来。当然了，衣服鞋子都已经面目全非，全是灰尘和褶皱，一如现在的夏姜。

夏姜把皮鞋脱下来，赤着脚，任风吹拂着脚底板。他撕开威化饼干，一点点咀嚼着，嘴里好甜，他能尝到甜味。

夏姜裤兜里装着的手机已经半个多月没有开机了，像一块寂静的石头，可今天夏姜没法忽视它了，因为他今天见到了唐桃，一闭上眼睛，眼前就是那张焦急、担忧的脸。

明明在担心他，又仿佛在指责他。

夏姜把空的包装纸扔了，烦躁地揉了揉脸。他强忍了十分钟，最终还是按下手机开机键。

屏幕居然亮了，电量还没用尽，未接来电的数量很疯狂，两百八十一个。

夏姜点开记录，一条条翻阅。

一开始是管家，再接着是父亲，后来是夏炽，再后来加入了唐桃。看来他失踪的消息保密得很好，岚组的大多数人都不知道。

还有一个名字的出现频率很高，几乎每隔一个小时就来一个电话，不知疲倦，一直打了半个月。

夏姜的眼睛忽然有些刺痛，他攥紧手机，肩膀轻微颤抖。

夜风像只温柔的手，轻轻抚摸他的头脸。

月光洒在他的头顶。

朦胧的光线中，手机忽然亮了，轻轻振动。屏幕上出现两个字——任萱。

夏姜像触电一样，猛地一抖，手机滑落，掉进厂房后的草丛里。厂房只有两层

楼，手机没被摔坏，照亮了一片杂草，像只巨大的萤火虫，又像簇绿色的火苗。

夏姜的心狂跳，他的眼睛离不开屏幕上的光，从头到脚，连每根头发丝都绷紧了。

手机振动了十秒钟，黑屏。电量告罄。

夏姜又在原地坐了一会儿，爬起来，整理了一下衣服，下了消防梯，回到睡觉的房间。

手机还在草丛里，他没有去捡。

第二天早上，唐桃约好了和夏炽见面，刚出门，就被淳子截住。

淳子戴着黑色墨镜，拎着一个大包，鬼鬼祟祟地藏在宿舍楼下的草丛里，一看见唐桃，"噌"地一下扑上来。

唐桃上下打量着她："你去抢银行了？"

"怎么可能？"

"那你准备去抢银行？"

"比抢银行更重要好吧！"淳子说，"赶紧的，跟我来。"

唐桃被淳子拖到十几米开外的绿化带里，按在椅子上。淳子左右看了看，确定没人，才打开大包，从里面抽出一沓文件。

"你的继承人试题，本来还没公布的，我昨天偷听到他们谈话，就偷偷复印了一份带出来。"

"哇！厉害啊！"唐桃感叹。

"你可别不看啊，和徐琳竞争对你而言本来就不公平，你提前看题也是应该的。"淳子一屁股坐在唐桃旁边，拿手扇着风，"累死我了，你们楼的宿管大妈死活不让我进去，我等了你一个小时。"

唐桃笑着摸摸她的头，翻开资料，前半部分是柳原堂近几年的经营状况和各大分店的数据，后半部分才是继承人的试题。

唐桃毕竟是学霸，扫了一遍资料，很快明白了。

她的心一沉。

"你别这副表情啊，看得我心虚。"淳子说，"这么没把握？很难吗？"

怎么会有把握呢？试题的内容，是规划柳原堂未来十年的发展路线，如此宽泛的主题，唐桃哪能凭空想出来？别说什么发不发展，就连柳原堂点心的制作方法，她也不一定能背出来啊……

Chapter 04
夏姜 × 真夜

"徐琳那儿在做的事情,我多少知道一点儿,她的理念是发展海外贸易,在纽约、巴黎和东京都开了分店,主要是出口,现在还在申请分店的自主开发权。但你爹一直卡着不同意,说柳原社的成功就在于继承传统,自主开发权会对传统造成冲击,影响柳原社的招牌。"

唐桃和淳子对视一眼,两个人是一样的表情。

藤本直树是传统的人?骗鬼吧。

"说白了你爹在给你争取机会,所以不让徐琳完全施展拳脚。"淳子说,"你先自己琢磨着,有新动向我随时跟你汇报,要帮忙的话说一声,上天入地我都去!"

唐桃搂着淳子的肩,叹口气道:"还好有你在。"

"夏姜的事情怎么样了?"淳子也听说了消息。

唐桃摇摇头。

"真是个不省心的小叔子,你这儿都忙死了,他还给你添麻烦……"淳子的鼻子动了动,皱眉,"什么味儿?"

"哦,是这个。"唐桃把手上拎着的食盒举起来,"你吃早饭了吗?要不要吃个包子,我自己做的。"

淳子咬了口包子,表情由好奇转为复杂。她缓慢地咀嚼着,看了唐桃一眼,憋出一句话。

"你是家主亲生的吧?"

食堂,卡座里,夏炽正坐着喝咖啡。

唐桃火急火燎地跑来,满头大汗:"等很久了?我遇见淳子了。"

夏炽把咖啡往前一推:"喝口水,不要急。"

唐桃咕咚两口就把咖啡喝得见底,问:"你不是说有夏姜的新消息吗?是什么?"

夏炽从口袋里摸出一张照片,放在桌上。唐桃一看,是个胡子花白的老头,满脸堆笑,冲着镜头做出胜利的手势。

"这是谁?"

"药品推销组织的'代言人',也就是美国的抗癌专家Peter教授。"夏炽说,"我托人和Peter联系过了,昨天晚上传来消息,他根本不知道这个药品组织,其背后的科研制药团队也和美国那边没关系。"

"也就是说……"唐桃的脑袋转了两个弯,眼睛忽然亮了,"夏姜是为了真夜老师?"

夏炽看着她,深红色的瞳中闪过一丝无奈。

"没错,十有八九他听信了制药公司的说法,以为加入了组织,就能见到Peter。"

几乎同时,夏姜憎恨而绝望的眼神又闪过她的脑海。

或许,那不是恨她的眼神,而是恨自己的眼神。恨自己无能无力,恨救不了于己而言如同半个父亲的真夜。

"真夜老师住院很久了,父亲藏着他,谁都不让见,即使夏姜在家里闹绝食也没用。"夏炽缓缓地说道,"所以他才会这么极端,也不能全怪他。"

"真夜老师到底得了什么病?"唐桃着急地问,"治得好吗?"

"我不知道。"夏炽摇头,"只有一点可以确认,父亲从全球请来了无数专家会诊,也没有一个人能对他的病下定论。"

唐桃的心仿佛被一只手紧紧地攥着,又麻又痛,难以呼吸。真夜老师,全心全意爱着自己学生的真夜老师,他是世界上独一无二的好老师,他走了,不会再有第二个了。

"我还是想去找夏姜,他被人骗了。"

"没用的,解铃还须系铃人,可我们现在谁都见不到真夜。"夏炽伸手又点了一杯咖啡,"淳子来找你了?是不是继承人的事情?"

唐桃语塞。他可真是敏锐。

"夏姜这边有我,你先操心自己的事情。"夏炽困倦地揉了揉眉心,看见她藏在身后的食盒,问,"给我的?"

"啊……嗯,昨天做甜点的材料弄丢了,只好做了包子。不过你还是别吃了,好像是黑暗料理。"

"我要吃。"夏炽坚定地说。

唐桃最受不了他认真时的眼神,磨蹭了半天,还是老老实实把包子拿了出来。夏炽看着食盒里乱七八糟的造型,和显然是为了炫技但明显炫技失败的兔子包,默默地抿了下唇。

他漂亮的手指拿起一个,放进嘴里,嚼了嚼。

"你是藤本直树亲生的吧?"夏炽问。

唐桃恨不得把脑袋扎进桌面里去。

Chapter 04
夏姜 × 真夜

唐桃注意到，夏炽放在桌子上的手机一直在响。

虽然唐桃一来他就把手机扣过去了，但唐桃还是看见了来电人，某某舞台导演。隔三分钟一个电话，手机一直在振动，夏炽最后直接关机，两个人才能够安安静静地坐着交流。

夏姜的事情像块沉重的巨石，压在所有关心他的人的心上。为了夏姜，夏炽的工作已经顾不过来了。

唐桃不可能什么都不做。

当天下午她就乔装打扮，穿了身最朴素的衣服（其实她的衣服都很朴素），戴着鸭舌帽，跑到之前发现夏姜的小公园蹲点。她还特意问林潇潇借了上课用的录音笔，说不定能搜集点儿证据，以后没准用得上。

唐桃蹲在灌木丛后，使劲儿从缝隙中往小公园里看，左看右看，还是那两个推销员，却没看见夏姜。

唐桃往左边挪挪，伸着头，努力往前凑，没想到屁股撞到了另一个屁股，那个人轻轻地"啊"了声。

唐桃一转头，惊讶地说："任医生？"

任萱愕然，眯着眼睛："唐桃？你是唐桃吧，夏姜哥哥的女朋友？"

两个人的打扮出奇相似，都戴着帽子，穿着运动鞋，蹲在草丛后面，来意昭然若揭。

唐桃主动提供情报，把遇见夏姜的事情和药厂造假的事情都说了。

任萱点点头，目光投向小公园，声音冷静："你说的这些我都知道了，Peter我认识，我们一起参加过国际交流会，我已经和美方取得联系，如果要打官司，他们全力配合。"

"那是不是就能把夏姜救出来了？"

任萱修长的眉毛微蹙，摇摇头："没那么简单。你一定也想明白了，夏姜是自愿加入的，药厂并没有事实上的雇用和拘禁行为，就算打官司，也没法给他们致命一击。他们的药物我也托人去查了，几种保健品混合着卖，当然不可能包治百病，但也吃不死人。"

任萱低声说："一旦惊动了夏姜，他可能还会跑。再做出什么过激的举动，就不容易找到了。"

唐桃后背阵阵发寒。她眼前浮现一幅画面，夏姜站在山崖上，衣摆猎猎飞扬，山

下,是炽烈的熔岩和万劫不复的深渊,灰烬顺着风吹上来。他的眼神很决绝,他的意图谁都明白,所以没人敢轻举妄动。

"我每天都给他打电话,一直是关机,昨天打通了,但他没有接。"任萱脸上浮现出显而易见的苦恼,"他不该如此软弱……他不是这么脆弱的人。"

唐桃能感觉到,任萱对夏姜抱有非常浓厚的感情,如友如母,对他的关心不亚于自己。唐桃虽然不了解任萱,但莫名对她很信任,眼珠转了转,忽然开口:"我有一个想法。"

任萱回头,看见唐桃亮晶晶的双眼。

"我听夏炽说,真夜老师在一个叫'洪山'疗养院的地方。"唐桃说,"那是夏家的产业,管理很严,夏炽进不去。"

"真夜?"任萱第一次听到这个名字。

"真夜是我们的老师,夏姜从小和他感情很好,像半个父亲。"

任萱微微一愣。那天、那夜、那时刻,小小的夏姜从医院走廊的椅子上站起来,嘴唇紧抿,漂亮的双眼里燃烧着火。任萱现在懂了,那簇火苗的名字叫真夜。

那是他想守护的人。

哪怕做尽蠢事也要守护的人。

任萱脸上的表情快速变换,很快又回归平静,像是有了决定。她对唐桃说:"洪山疗养院有我认识的人,这周三他们要举办一个交流会。我马上去问院长要名额,但我不方便直接出面,认识我的人太多。"

唐桃的心怦怦直跳,点点头。

"你再带上一个人,和我一起去。"任萱想了想,"不能是夏炽,疗养院里肯定有人认识他。"

唐桃低头想了想:"我有一个人选。"

"你要我帮忙?"

舞蹈室里,卢希辰以一个妖娆的姿势压着腿,把脖子伸过来,双眼闪烁着狡诈的光芒。

"你帮我救夏姜。"唐桃很诚恳地说,"我请你吃饭,一个月!"

卢希辰故作深沉地想了会儿,摇头:"这么大的事,你也太没诚意了。"

"两个月。"

Chapter 04
夏姜 × 真夜

见对方没反应，唐桃一咬牙："半年！"

"不是时间问题，是吃饭这事显示不出你的诚意。"卢希辰把腿从压杆上放下来，舒展着手臂转动腰胯，"这样吧，帮你可以，要求我来提。"

"你说。"

"事成之后，答应我一件事，无论什么，你都不能拒绝。"

"行。"唐桃斩钉截铁。

"好，我就喜欢你这样爽快的。"卢希辰笑嘻嘻的，说，"队长，我们有什么计划？"

计划是这样的，两天后，唐桃和卢希辰打扮成任萱医院里的实习医生，和任萱一起去参加交流会，然后趁机溜进真夜老师的病房，和他直接进行接触。

任萱很忙，只说了个大概，很快就到了行动当天，唐桃是最紧张的那个。

"我问你，你是不是考试前都会彻夜复习？"卢希辰问。

"是啊，怎么了？"

"看出来了，对突发事件的应对能力差。"卢希辰摇摇头，扔给她一件白大褂，"穿上。"

白大褂明显不合身，袖子长了很多，唐桃自己往上卷了三道。再看卢希辰，平时流里流气的，谁知被笔挺的白色大褂一衬，颇有点儿青年才俊医师的风范，比之前更显眼了。

"他这么……不要紧吧？"唐桃问任萱。

"显眼点儿才好，你们是跟着我出去的，也不能丢我的脸。"任萱果断地说，"上车，我们直接去会场，记住多说多错，尽量保持沉默，跟在我后面。"

任萱的车是一辆棕绿色的甲壳虫，唐桃坐得挺舒服的，对卢希辰的大长腿来说就有点儿窄小了。

"你告诉夏炽了没？"

"还没说。"

"为什么？"

唐桃看他一眼，不回答。

"因为我？"卢希辰眯着眼笑。

唐桃心浮气躁，掏出一个随身小本本，开始鬼画符。

"这画的是什么？"卢希辰问，"屎？"

唐桃强忍着怒气:"点心……的草图!"

"点心的……"卢希辰"哦"了一声,"是不是在想你的柳原社竞争方案?你就打算做点心?"

"这你都知道?"

"学校里都传开了,你有一个既有能力又漂亮的竞争对手。说实话,你觉得你做个馒头就能赢?"

任萱看了后视镜一眼,微笑不语。她知道卢希辰在调节气氛,缓解唐桃的紧张情绪,可惜唐桃感觉不出来。

"还有五分钟就到了,你们要找的人在B座3楼,先跟我去会场,然后见机行事。"任萱说。

唐桃立刻坐直身体,严阵以待。

车子缓缓驶入会场,任萱刚下车,就被三四个人围住了。大家都恭敬地叫她任教授,其中甚至有年龄比她大一轮的老先生。任萱带着微笑寒暄,冲卢希辰使了个眼色。

"任教授,我们先去签到。"卢希辰会意,一把拉住唐桃的手向前走。

唐桃其实没握过几个男生的手,脸一下就红了,但又不方便甩开。出了包围圈,卢希辰识时务地松开手,一言不发地走在前面。

沿途不断有医生侧目,甚至还有人掏出手机拍照,卢希辰目不斜视,不动声色地将会场观察了一遍。

洪山疗养院呈圆形分布,分为四栋楼,A栋是平时医生值班及会议场所,其他三栋楼都给病人居住,这里绿化非常好,乍一看还以为是个精美的公园。

卢希辰去签到处签到,说:"我们和任教授一起来的,卢志远和唐丹。"

唐桃知道唐丹说的是自己,赶紧点头。

"好的,请问你的主要研究方向是什么?"接待处的女护士有些害羞地说。

"心脑血管疾病,有些研究部分和任教授重合,所以找她做指导。"卢希辰应对如流,对护士眨眨眼睛,"你们疗养院很漂亮啊。"

"是啊,有的时候工作不忙,我们都喜欢在院子里走走,空气很好的。"

"我对疗养院设施挺感兴趣的,会议结束后,不知道能不能去参观参观?"

"C栋D栋您可以随便去。B栋正在维修,暂时不能入内。"

卢希辰飞快地和唐桃交换一下眼色。

Chapter 04
夏姜 × 真夜

两个人签好名，任萱也到了。她特意拖延到最后入场，在包里翻找了一会儿，皱眉："我的文件呢？在车上？"

"绿皮的那个？我记得丢在副驾驶座上了。"卢希辰说。

"帮我拿过来，还有后备厢的公文包，有些资料我要发给大家。"

卢希辰接过车钥匙，正大光明地和唐桃走出会场。

"接下来怎么办？"唐桃问。

"他们把B栋隔离起来了，很显然是为了那什么老师。"

"真夜老师。"唐桃提醒。

卢希辰不接话，蹲在灌木丛后面，开始脱外套。

"你干吗？"

"爬楼啊。"

"我们……我们爬上去？有门不走吗？"

"门那边有两个保安，怎么进？粗暴的方法才最好用，来！"卢希辰蹲下来，两只手交叉着放在胸前，"踩着我的手上去，注意踩牢了，手抓住旁边的水管，一鼓作气爬上去。"

四下无人，但一会儿就难说了。唐桃只好一咬牙，抬起脚往卢希辰手上踩，卢希辰力气不小，一使劲，直接抱着唐桃的腿把她举了上去。比想象中简单很多，两个人花三分钟就入侵了B栋内部。

"小心点儿，要是被人发现，我就把人引开，你去找真夜老师。"卢希辰说。

两个人几乎是贴着墙往前挪动，避开每一间病房房门上的玻璃，成功潜到通往三楼的楼梯口。卢希辰先上去，左右看了看，唐桃才跟上，两个人成功来到三楼。疗养院的私密性很好，走廊里听不到一丝声音，唐桃只能听见自己的心跳声。

"往左还是往右？"唐桃问。

"舍卒保车。"卢希辰忽然回答。

两个人同时听见了脚步声，一个医生从走廊尽头走过来，夹着文件，看着手机。

接下来的事情发生在半分钟之内。卢希辰把唐桃一推，直接推上了通往四楼的楼梯，然后随手打开最近的病房门，里面有一位女士正在给住院的女儿削苹果，话家常。夫人乍一看卢希辰，心想哪儿来的医生这么帅？下一秒钟，卢希辰拎起放在椅子上的包包，转身就跑。

"抓贼啊！"那名女士的喊声响彻整个三楼。

医生立刻抬起头，拔腿去追，还顺手按下了警铃。唐桃趁两个人暂时离开，立刻转身朝反方向跑去。

她不知道真夜老师的确切位置，但她知道真夜老师一定病得很重，重病的患者，往往被安排在医院的最里头。

她闻到浓烈的消毒水味，一扇蓝色的大门紧闭着，旁边有机器，要扫描工作证才能打开。

唐桃急得满头大汗，她知道，真夜老师一定在里面！她用自己的工作证去刷，根本没用，她踮起脚，想看得清楚一些。

她的肩膀忽然一颤。

然后颤抖蔓延到她的下巴、她的脖子、她的手指，慢慢遍布她的全身。

天啊，天啊……

她看到真夜老师了。

她瞬间明白了夏学园长禁止一切探望的原因。那是真夜，又已经不是真夜了。那是一具灰暗苍白的躯壳，瘦得颧骨突出，身上插满了管子，在苍白的病床上，靠仪器维持着心脏微弱的跳动。

任萱提前出了会场，在医院西南角接上夺路狂奔的卢希辰，又开车围着疗养院转了两圈，正好接上从楼里逃出来的唐桃。

任萱开车很猛，一个急转弯，把后面追赶的医生甩掉，卢希辰咯咯直笑："你这样，不怕得罪疗养院的人？"

"他们不敢为难我，大不了我今年多给他们做两个讲座。"

"你和夏姜肯定很投缘。"卢希辰说。

任萱光彩湛然的双眼看着后视镜，坐在后排的唐桃一言不发，脸色十分吓人。车里安静了两秒钟，任萱驶出疗养院后，在路边停车。

"怎么样？"她摇下窗户。

"真夜老师得了什么病？"唐桃说，"你知道吗？"

"医学是个很大的范畴，即使学一辈子医，有可能也只是精钻了一门学科的知识。那个真夜老师得了什么病我不知道，但我看过他的医疗会诊表，是来自全世界专家中的专家。"任萱闭了闭眼，"那是价值千万的医疗团队，代表了当今医学的最高水平。如果他们都没办法，那大概只有神才能救他了。"

Chapter 04
夏姜 × 真夜

卢希辰靠在后座上，不出声。他用眼角余光瞄了唐桃一眼，发现她低着头，双肩轻轻颤抖，握着拳，指甲都快陷进肉里了。

卢希辰摇摇头，叹口气。

"先回去吧，我再想办法。"任萱轻声说。

疗养院的事情很快惊动了夏长虞，彼时他正在美国洛杉矶开会，接到通知，会也不开了，直接买了当天的机票飞回来。

到达疗养院时，是凌晨三点半。

夏长虞没让报警，只让保安在监控室里调出录像。监控录像上，一个女孩子趴在重症监护室门口张望，瘦瘦的，背影很眼熟。

夏长虞并不惊讶，甚至也不意外，这时候她还惦记着真夜，才不枉真夜做了那么多年的老师。

夏长虞叹口气，挥挥手，让保安关掉监控。

空旷的走廊，冰冷的地板，从意大利空运过来的大理石倒映着月光。

夏长虞不是个感性的人，也从不在意装修，但这时候他也觉得，这间疗养院未免太冰冷了。

刷卡，深蓝色的大门应声而开，他在重症监护室的监视窗前站定，背影瘦削而孤傲，像站在山崖上的守夜人。

病床上的人已经醒了，睁开双眼，望着天花板。为了保持足够的睡眠，他之前被输入了镇静剂，昏睡十个小时，刚刚才醒来。

他瘦到脱了相，颧骨突出，几乎看不出往日俊朗的面孔，只有那双灰色的眼睛还依稀有往日的神采。

病房是无菌的，不能贸然进入。夏长虞按下通话键。

"真夜。"

"你回来了？美国那边呢？"真夜的声音很轻、很慢，然而吐字清晰。

"谈完了，回来看看你。"夏长虞淡淡地说，"感觉怎么样？好些了吗？"

"我身上这么多管子，耳边七八个仪器在响，我能好吗？"真夜摇摇头，"夏姜呢？还是没找到吗？"

"找到了。"

"不想回来？"

"不想。"

"夏姜这孩子,像你,固执,谁说的话都听不进去。"真夜老师感慨地摇摇头,唇边浮现笑意,"岚组的孩子今天是不是来了?我睡得迷迷糊糊,好像听到了警报声。"

"唐桃。她是为夏姜来的。"

"你就这么不担心你儿子?"

"这是他的选择。"夏长虞声音冷硬,"他需要学会承担后果。"

真夜单薄的胸膛里发出轻轻的笑声。他忍不住想,夏长虞就像是坚冰,茱莉亚像是阳光,失去了阳光后的坚冰根本不讲情理,也越来越像一台精密的仪器,不再像人了。

真夜缓缓扭头,这间病房没有窗户,他只能看着仪器上的灯光。

"我们认识多久了?"真夜忽然问。

"二十年?记不清了。"

"二十年了,二十年,我从没有求过你任何事情,对不对?"

夏长虞点头,表情有些苦涩。

"你活得像个专制的皇帝,茱莉亚是你唯一的柔情,你失去了她,但你不能失去一颗父亲的心。"真夜轻轻咳嗽一声,"父亲是什么啊?平时严厉归严厉……但他们需要你的时候,你要站出来保护他们啊……"

"夏长虞,帮我传句话,就当是我求你。夏姜听见了,他自然会回来。"

夏长虞闷不作声,也不抬头。这行为就像是一个幼稚的孩子,而不像雷厉风行的夏学园长。

过了很久很久,夏长虞抬起头,他的表情依旧果决冷静,把手放在监控窗口,掌心贴着玻璃。

"我可以帮你传话,前提是,不要死。"

"这个……我怎么答应你?"

"答应我。"夏长虞执拗地重复。

真夜疲惫地闭上眼睛,无奈地笑了。怎么跟个孩子似的,要哄才愿意听话?

他对着天花板,微微点点头。

夏长虞深吸一口气,说:"我先回去了,明天再来看你。"

Chapter 04
夏姜 × 真夜

晚上，唐桃回到宿舍，一个人趴在书桌边发呆。

整整一个小时她脑袋里空空的，心脏像被石头压着，一直沉到底。

手机来了短信，唐桃以为是夏炽。她不敢现在回消息，她怕自己情绪失控，惹得对方担心。

可发件人非常特别。

是夏学园长。

"见到夏姜后，真夜有句话，请替他转达。"

唐桃重复读着那句话，嘴唇微微颤抖："或许他来不及救我了，但长大之后，他来得及救更多人。"

Chapter 05
斗争×营救

夏姜这几天心神不宁。

躺在工厂气味难闻的床上,硌人的木板压迫着后背,他一闭上眼睛,总是看见不想看见的东西。他能看见还在红石学园上课的时候,阳光从第三张扇窗子穿透进来,照到他正在写字的手背,手背上的血管红得透明;他能看见家里小二楼的庭院,白色的蔷薇开得正好,空气里有动人的清香;他还能看见唐桃,看见她好脾气的笑容,还有那天她找到自己时震惊的眼神;他也能看见任萱,那个表面冷静、内心温柔的女医生,每当想起她,夏姜的心里像被烙铁灼烫着。

当然,还有真夜老师。

他能看见真夜老师标志性的笑容,那双灰色的眼睛里充满温柔和包容;他看见自己小时候,每次因为想念母亲睡不着,真夜老师总能逗他开心;他看见真夜老师带他去山上摘果子;开车去郊外的河里摸小鱼,真夜老师把他扛在肩上,哼着歌,风从发丝中梳过,夏姜的视线一直开阔高远。

他看见自己奔跑在一条没有人的路上,四周都是黑暗的,无论他多么努力地挣扎、奔跑,总是走不出那个可怕的地方。

一声难听的"吱呀"传来,接着是熟悉的咳嗽声、摸索声。夏姜睁开眼睛,额头上有层虚汗,没有动弹。

室友扶着墙走进来,喘息着,疲惫地瘫倒在相隔半米的床上,床板发出沉重的呻吟。夏姜能闻到一股难闻的味道,混合着烟味、汗味和某种垂死的气息。

夏姜犹豫了片刻,还是坐起来,面无表情。

"小家伙,吵醒你了?"室友虚弱地笑笑,"不好意思啊,忙了一整天,我太累了。"

"你很难闻。"夏姜皱眉。

"你以为你好闻啊?工厂只有冷水管,这种天气洗冷水澡会生病的……喀喀……"室友捂着嘴咳嗽,肺里像破了个洞,"嗖嗖"往外漏风,"这个给你,我今天出去时买的……"他掏出一只脆脆鲨,扔到夏姜床上。

"我女儿,今年两岁了,她最喜欢吃这个。"室友说。

夏姜的喉头动了下,咽了口口水。

"吃吧,我知道你不怎么吃饭,小孩子长身体,挑食可不好。"室友把床单拉到身上,胡乱盖了盖,"睡吧,明天还要干活。"

夏姜撕开包装,慢吞吞地咀嚼饼干。他沉默了一会儿,问:"你为什么来这儿?"

Chapter 05
斗争 × 营救

"嗯?"室友闭着眼睛。

"你生病了。"夏姜顿了顿,"为什么不去医院?"

"我的病啊,很严重,医生说的那一长串名字我听都听不懂,我只知道我是农村的,家里穷,这个病我家治不起。"室友干咳两声,"然后我从医院出来,正好碰见卖这个药的人。他们说这药包治百病,美国的大学者担保的……只要我一直吃,就能治好。"

室友的眼皮动了动,说:"小家伙,帮我倒杯水。我渴。"

夏姜像没听见,喃喃地问:"你信?"

"信什么?"

"你信这药包治百病?"

"要听实话?"室友笑了笑,"我信不信,我也不知道,至少待在这里,有事做,有活干,也有人说说话。你看起来不像穷人家的孩子,我不知道你为什么来,你家人肯定很担心你。"

夏姜没接话,他紧抿着嘴唇,喉咙最深处有股苦涩泛出来。他站起来,用床头的破杯子倒了杯水,递给他:"别死在这儿。"

室友撑起身体,喝了口水:"喀喀……放心吧。"

之后两三天,夏姜出去推销的时候,总忍不住留意四周。

穿行的路人,驻足的老年人,梧桐树摇晃的树荫,灌木后一掠而过的猫的影子。他知道自己在找什么,他只是不愿意承认,唐桃来过一次,他的家人一定知道了他的消息,可他们没来找他。

就像无数个绝望、难熬的晚上,他的心事无人诉说,他始终形单影只。哪怕他生在富有的家庭,有个优秀的哥哥,哪怕他的身世人人羡慕,像是天之骄子。

"夏姜。"女推销员低头看他,"夏姜,发什么呆呢?"

夏姜抬起头,眼神空洞。

"我们下午换个地方,离这儿有点儿距离,洪山疗养院附近的公园。"女推销员说,"你中午多吃点儿,下午可能要工作很长时间。"

夏姜黝黑的瞳孔微微收缩,他脸上一瞬间闪过慌乱,摇头道:"我不想去,我累了。"

"累了?不舒服?"女推销员关切地伸手摸他的额头,夏姜迅速闪开,"这样

吧，中午你跟着车子回厂里休息下，明天再出来。天天在外面跑，你又不好好吃饭，身体怎么吃得消？"

夏姜一言不发，扔掉手里的宣传单，钻进车里。

回到厂子里后，他的心跳得很快，眼前发花，脑袋里嗡嗡作响。可能是低血糖了，夏姜蜷缩在主管办公室外的长椅上，眼皮沉重，昏昏欲睡。阳光抚摸着他鬈曲的头发，风轻吻着他的面颊，半梦半醒的时候，他的侧脸流露出疲惫与脆弱，像教堂里悲伤的天使雕塑。

透过窗子能看见外面茂盛的草坪，夏姜知道，自己的手机还在那里，像一颗脆弱的小心脏，在草丛里停止了跳动。

夏姜眼皮越来越沉，呼吸平缓，几乎快睡着了。主管办公室的门忽然被打开，主管面色惨白，大步往职员宿舍走去。

夏姜赶紧站起来，踉跄几步，跟上。

两个员工抱进来一个熟悉的人，手脚枯瘦，是夏姜的室友。他衣服凌乱，胸口有大片血迹，脸色蜡黄，不省人事。

"怎么回事？"主管问。

"不知道啊，他今天工作得好好的，忽然就吐血了。"一个人说，"我们赶紧把他带回来，要不要送医院啊？"

主管想了想："不行，他一直吃的是我们厂的药，现在送医院，万一说是我们药的问题，谁负责？"主管手一挥，"先让他躺着，再想办法。"

夏姜呆了呆，心里忽然泛出一股火辣辣的情绪，涌动着，四肢忽然有了力气，像干渴的机身注入了柴油。他大步走上前，拦在主管前面，大声说："送他去医院，他吐血了！病得很重！你看不见吗？"

主管奇怪地看他一眼："他吐血关你什么事？他本来就快死了，硬缠着要加入我们，用干活换药，这是他选择的，怪不了我们。"

"你不送医，他会死。"夏姜阴沉着脸，身体因为愤怒轻轻发抖，"他要是死了，我就把他在吃你们药的事情说出去。"

主管安静了三秒钟，他镜片下的眼睛里闪过一道光，朝旁边的人使了个眼色。

下一秒钟，夏姜眼前一黑。他被直接扔进了旁边的杂物室，门被关上，传来沉重的落锁声。

Chapter 05
斗争×营救

唐桃早上出门，看到宿舍楼门口站着一个人。

修长的身材，清爽的发型，手里拎着一个公文包，脚下蹬着十厘米的高跟鞋。唐桃恍惚了一下，以为是莫明雪，定睛一看——徐琳。

徐琳戴着两只明晃晃的圆形耳坠，衬得那张本来就漂亮的脸更加精巧，她转过身，脸上是公事公办、毫无差错的微笑："唐小姐，早。"

唐桃心里一跳，也跟着笑："早啊，这么早就过来了？"

"昨天晚上的会议你没有去参加。"

"什么会议？"

"年度销售情况的分析例会，写在上次给你的资料后面，日程表里有。"徐琳看她一脸茫然，微微皱眉，"你没有看？"

唐桃手心微微冒汗，糟了，竟然完全忘了。她实话实说："最近有一件急事要办，我没来得及仔细看资料，错过了。我一会儿打电话给我父亲，道个歉。"

徐琳没吱声，她那双颇有攻击性的美眸上下打量了唐桃一会儿，像闪着光的刀锋："看来我以后也不用再来了。本想着知己知彼，百战不殆，没想到你根本没有和我一战的资格。"

徐琳的话语里混合着失望和轻蔑。唐桃忍着怒气："我的同学失踪了，我要去找他。"

"你的同学和你有什么关系？他的安危比你的未来还重要？我得提醒你，这次的继承人选拔公平公正。"徐琳看着她，一字一顿地说，"我不管你是不是藤本直树的女儿，如果你继续轻视这场竞争，我会让你在柳原社永无立足之地。"

说完这句话，她一甩头发，踩着高跟鞋头也不回地走了。

留唐桃在原地气得像只河豚。

是，忘了开会是她的错，但夏姜的事情十万火急，她总不能抛下夏姜去忙柳原社的事情吧？唐桃看了一眼手表，藤本直树起得很早，最好现在就打个电话去认错。

刚掏出手机，一个电话打了进来，陌生的号码。

慈祥的声音从话筒中传出："囡囡，在哪儿呢？要不要来奶奶这儿坐坐？"

柳原家老太太派车把唐桃从学校接到住所。

刚一进屋，奶奶养的那只雪白的猫就凑过来，傲慢而亲昵地蹭了蹭唐桃的脚踝。唐桃蹲下去挠挠白猫的下巴，白猫惬意地眯起眼睛。

"囡囡,来啦?"奶奶端着一个小盘子,从里屋走出来,"快来尝尝,我做的红糖馒头,趁热吃两口。"

"奶奶。"唐桃有点儿害羞地叫。

"这些天都不见你和你爸爸的人,不知道在忙什么,留我一个老太太天天看电视剧,无聊死了。"奶奶倒了两杯茶,拍拍身侧浅棕色的蒲团,"过来坐,跟奶奶说说最近都在干什么。"

唐桃没有说夏姜的事情,只说同学那儿需要帮忙,耽误了柳原社的会议。老太太慢悠悠地啜了口茶,闭了闭眼睛,叹口气:"徐琳那孩子也是我看着长大的,看起来彬彬有礼漂漂亮亮的,其实性子很急,说话也冲。你告诉奶奶,她是不是去找你麻烦了?"

唐桃一愣,点点头。

"上次你没去开会,你父亲倒没说什么,反而是徐琳的反应最大,一直黑着脸。她啊,觉得你不把她放在眼里,没把柳原社放在眼里,和你争继承权是在侮辱她。"

唐桃揉捏着盘子里小巧的红糖馒头,心里沉甸甸的。她决定向奶奶实话实说。

"我觉得我赢不了,我不了解柳原社,只在厨房打过零工,该怎么做生意,怎么做糕点,我一样都不懂。"唐桃把随身的小本子掏出来,给奶奶看,"我仔细想过考题,对以后应该怎么发展柳原社,我一点儿思路也没有。我画了几种糕点的草图,但总不能拿这个去开会吧?"

奶奶瞥了眼她的草图,脸上的皱纹挤到一起,忽然撑着桌子哈哈笑起来。

唐桃的脸"唰"地涨红了:"奶奶,你别笑我啊,我知道我画画不好。"

"不……不,囡囡,你果然还是柳原家的人。知道吗,你和奶奶想到一起了。"奶奶拍着唐桃的肩膀,慢慢收了笑容,睿智的双眼认真地望着唐桃,"囡囡,你就没想过,为什么柳原社在国内建立了这么长时间,却从来没考虑过研发中式甜品?"

唐桃微一愣神。是啊,之前听徐琳的提议,也是要争取欧洲大陆的分店自主研发权,却从来没有提过研发中式甜点。明明国内柳原社的分店这么多,难道不奇怪吗?

"欧洲和日本,都有完善的甜点制作体系和传统,其中不乏大师,能够根据现在人们的口味进行创新和改良。柳原社最重视的是什么?它不排斥创新,但更注重……"

"传统。"唐桃接话。

"没错。"奶奶目不转睛地看着她,"中国的饮食文化源远流长,博大精深,但

Chapter 05
斗争 × 营救

舍得钻研的人少，大师也少。这是咱们老祖宗留下来的东西，如果要做，就要做到最好，和欧美的那些分店毕竟有别。就因为请不到大师来监管这一块的创意和革新，柳原社在国内的分店，才会只卖日式甜品。"

唐桃若有所思。她知道奶奶正在给她提示，但那团念头朦朦胧胧，似远似近，像雾里看花。

老太太从上衣的口袋里掏出一张纸，放进唐桃手心，用力按了按。

"交一份食谱，虽然不如徐琳的商业计划听起来厉害，但也不是个坏点子。柳原社不缺市场，也不缺渠道，但它缺愿意用心钻研、花时间和心血去理解甜点的人。囡囡，你有这份心。"

白猫趴在老太太脚边，抬起头看了那张纸一眼，慵懒地"喵"了一声，像在应和。

晚上，唐桃正趴在宿舍的书桌前研究柳原社厚厚的文件，像高中生一样老老实实地用彩笔画重点时，门居然响了两声。唐桃记得林潇潇今天晚上要出去玩，肯定没这么早回来，而且她平时敲门都用手掌拍，哪会这么彬彬有礼？

唐桃心生警惕，透过门上的猫眼往外看。一张绝对算不上和善的俊脸，在宿舍走廊的灯光下有些吓人。

"夏炽？"唐桃吓了一跳。

"开门。"夏炽沉声说。

"你怎么来了？我们宿舍不让男生进的。"

"红石艺大是我父亲投资的，你觉得我能不能进？"夏炽径直走进来，一屁股坐在唐桃的床上，扯开领带，疲惫地用手指梳了下头发，拍了拍身侧，"过来坐。"

他显然刚从琐事中脱身，头发稍显凌乱，额头上有层薄汗。唐桃赶紧倒了杯水，加了两块冰，老老实实地坐过去，感受到他身上略高的体温，还有一股安稳、熟悉的好闻味道。

"你怎么知道这是我的床的？"唐桃想起来，这是夏炽第一次进她宿舍。

夏炽选择沉默地喝水，他不想说，只有唐桃才会用这种粉色的有兔子图案的床单。

收到学园长的短信后，唐桃第一时间通知了夏炽，约他见面详谈，一直等到了晚上。夏学园长之前不同意去救夏姜，现在松口了，夏炽看起来却并不兴奋，眉宇间甚至有股薄薄的戾气。

唐桃观察着他的脸色，问："你怎么不高兴？"

"你和卢希辰去见真夜老师了?"夏炽深红色的瞳孔里溅出火光,"为什么不告诉我?"

唐桃眉毛一挑,好吧,夏姜都被绑架了,还有空吃卢希辰的飞醋?不过她早有准备,不动声色地把水杯从夏炽手里接过来,清了清嗓子,说:"这是任教授的主意。"

"任萱?"

"任教授说不能让你去,因为洪山疗养院的人肯定认识你,我只好找个信得过的。"

"你可以和我商量,我会派合适的人去。"

"夏姜是你弟弟,你现在真的要跟我讨论谁去比较合适?"唐桃看着他的眼睛,"我们去救他,我们去把他带回来,真夜老师说给他的话,他一定会听。"

夏炽抬起头,定定地看着唐桃诚恳的表情。过了会儿,他微叹口气,握住唐桃的手,轻轻捏了两下:"辛苦你了。"

唐桃微微红了脸。夏炽在真心道谢,反而让她有些不自在了。她问:"接下来怎么办?要和任教授商量吗?"

"我父亲还是不打算出手,我们只能自己去找夏姜,任教授能帮上忙。"夏炽说,"给她打电话。"

也巧,任萱的电话下一秒钟就进来了,声音很焦虑。

唐桃点开免提,听见她说:"明晚就行动。"

"什么?"唐桃一愣。

"我一直找人盯着药厂,今天中午他们大规模地往外搬药物和器械,雇了好几辆卡车,肯定出什么事儿了,我们要趁乱救出夏姜。"

唐桃和夏炽对视一眼,彼此眼里都有担忧。夏炽沉声问:"需要我做什么?"

"明天上午十点到下午五点,我都有手术,结束后,在医院和我碰头。"任萱迅速且果断地说,"也叫上上次那个长腿年轻人,他能帮上忙。"

唐桃心虚地看了夏炽一眼。夏炽暗红色的眼瞳中闪过一道光,只是片刻,又恢复了淡定从容。

三个人花了点儿时间,简单商量了下营救细节,挂掉电话后,夏炽脸色凝重。

他忽然说:"我给他打电话。"

"啊?"

Chapter 05
斗争×营救

"你去忙你的,不是还有柳原社的课题吗?"夏炽忽然笑了,"我来给卢希辰打电话。"

唐桃看着他淡淡微笑的俊脸,忽然打了个冷战。

老虎会笑,总没好事。

会成长的,不只是唐桃。

其实这段时间,自从卢希辰看似不经意,但非常频繁且刻意地出现在唐桃身边后,夏炽明白,是时候反省一下自己的处世之道了。

夏炽并不习惯自我反省,他生来是天之骄子,颜值满分,才华满分,未来和前途更是无量,几乎没有人能挑剔他任何方面。

可唐桃不一样,也不知道那颗小脑瓜里天天在想什么,只要夏炽表达出对卢希辰的不满,她总能找到反驳的话语。

比如卢希辰其实没存什么坏心;比如他虽然看起来吊儿郎当其实是个好人;比如他接近自己只是想做朋友;比如他去救夏姜没有什么目的。唐桃从不把人往坏处想,但夏炽可不笨,他有种明确且切实的预感,自己单纯的小羊被另一个猎人盯上了。

还是个很有耐心,笑容满面的猎人。

夏炽不着痕迹地牵了下嘴角,他的地盘,轮不到别人撒野。

接下来的那段手机通话,让唐桃感慨夏炽是不是疯了。他一改之前对卢希辰的恶劣态度,彬彬有礼,语气温和,简直像全世界最优秀的金牌客服,还是长得特帅的那种。他先隆重地感谢了卢希辰对夏姜的帮助,又和蔼地转达了明晚的计划,并着重强调,出于卢希辰对唐桃的照顾,夏炽要请他吃饭。

唐桃正在书上画着重点,手一抖,彩笔画到了桌上。

她见鬼一样地回头,夏炽正好挂了电话,脸上还挂着微笑。

"怎么?"夏炽扬眉,"不满意我的态度?"

"好诡异啊……我鸡皮疙瘩都起来了。"唐桃狂搓胳膊。

夏炽仰躺在唐桃床上,把头埋进她枕头里,蹭了蹭,一点儿也不把自己当外人。他疲惫地揉了揉眼睛,闷声说:"我饿了,还没吃晚饭。"

唐桃背对着他,嘴角忍不住上扬。

"我冰箱里还有点儿东西,想吃什么?"

夏炽想了想:"不是上次的包子就行。"

工厂。

夏姜蜷缩在房间的角落。

房间里密不透风,说是杂物室,其实什么有用的东西都没有。两把少了凳腿的椅子靠在墙边,地上铺着杂草。门外的大锁重达十多斤,别说夏姜,比夏姜大一倍的人都撞不开。

夏姜一开始还拍着门嘶吼,对着门上那块灰暗的玻璃大声咒骂。可渐渐地,脚步声远去,门外没声音了,静得吓人。反而是厂外的空地上传来响动,人声、机车声,喧嚣成一片。

夏姜无力地滑坐下来,肩膀轻轻落进杂草里。他嘴唇上起了几个水疱,额头滚烫,大滴冷汗从鬓角滑下来。长时间的精神紧张,再加上营养不良,他说不清自己得了什么病,只觉得糟糕透了。

糟透了,任萱、唐桃,包括那个非要和他套近乎的室友,全部糟糕透了。

他把脸轻轻埋进扎人的稻草里,闻到一股死灰般的气味——就这样睡吧,休息一会儿,我很累了。什么都不要想,什么都不要做,想死的人就让他死吧,和我有什么关系?

我又不是神。

困意迅速袭来,夏姜眉毛微蹙,很快被噩梦包围。梦里他像一块海绵,吸饱了海水,不断地下沉,深海中光影诡异,四周游动着长得像怪物的大鱼,它冰冷的尾巴搅动着海水,拍击着他的脸,夏姜挣扎着想要呼吸,一张开嘴,就涌入了冰冷的海水。

不知道在梦里挣扎了多久,等夏姜转醒,已经是晚上了。杂物室有扇高高的窗户,月光透过玻璃射进来,照在夏姜满是泪痕的脸上。

厂外的空地上已经静下来,即使胆大妄为的主管也不敢连夜撤离,怕引起别人的怀疑。夏姜摸了摸额头,热度减退了一些,手伸进口袋想摸一张纸巾,忽然碰到个尖利的东西。

是威化饼干的包装纸。即使吃完了,他还塞在口袋里,没扔。

夏姜坐在地上,失神地盯着包装纸看。那个室友,快死了吧?没人会救他,没人愿意救他,就这样孤零零地死在荒郊的厂房里,可能永远没人知道。

所以,信什么包治百病的良药?哪有包治百病的良药?夏姜猛地站起来,把包装纸扔在地上,用力踩,两只脚尖交替着把它撕烂。

蠢货!

Chapter 05
斗争 × 营救

都是蠢货！

他还有个两岁的女儿！他的女儿不知道她爸爸就要死了！

卑鄙！无耻！不负责任！他就准备这样死了！不声不响地死了！

太奇怪了，自从真夜住院之后，夏姜一滴眼泪也没流过。可这时，在月光照耀的角落，他无声却剧烈地痛哭起来，像是把这些天没说的话、没做的事，所有的不甘、苦闷、委屈全部发泄出来，大颗大颗的眼泪砸落，最后，他用力喘了几口气，用袖子抹掉眼泪，他的鼻子通红，然而眼神却清澈了。

他蹲下来，把威化饼干包装纸的残骸握在手里，反复揉捏。过了会儿，站起来，深深吸了口气。

我不会让你死的。

哪怕是为了两岁的女儿，你爬也要和我一起爬回去。

夏姜扫视杂物室一圈，借着月光，视线很快落在房间尽头的高窗上。杂物室几乎没人使用，那块玻璃已经粘得不牢了，夏姜把两个椅子搭在一起，摇摇晃晃地踩上去，手肘正好能碰到玻璃。

他深吸一口气，用尽剩余的力气，用手肘去击打窗户。一下，两下，夏姜咬着牙，感觉到玻璃在手肘下震动。

打到第十下，整面玻璃掉了下去。夏姜两只手撑在窗框上，头伸到外面，夜风吹拂着未干的泪痕，他一下清醒了许多。对……他忽然看见月色下的那片草地……手机还在那里，他有任萱的电话，任萱能来救他！

杂物室在二楼，夏姜艰难地挤出窗框，眼一闭，直接跳进草丛里，刚落地便忍不住"哎"了一声。脚扭了，好疼，夏姜原地匍匐了一会儿，以确保没有人发现他。

夏姜像只小小的老鼠，躲避着众人的目光，在黑暗中向草地行去。

借着月光，他能记起当时手机掉落的地方，在草丛的左边。

草地靠近厂房的地方还有些人，他们抽着烟，低声议论着什么，时不时戒备地瞧瞧四周，夏姜赶紧低下头。

他趴在草丛里，一寸寸往前摸索。在哪儿，在哪儿？手机扔在哪儿了？拜托要找到，一定要找到，他这里有个病人，再耽误下去会死的！

摸索了将近半个小时后，夏姜从泥土中翻出一个白色的东西。他赶紧握住，用衣服擦干，打开翻盖，屏幕还亮着！

夏姜嘴唇哆嗦着，手指颤抖着翻找通讯录。任萱，任教授，任萱教授……有了！

夏姜按下通话键。没人接，没人接，十秒、二十秒……电话自动挂断。

接啊！你接啊！你不是神医吗？你能救活他！我不拜托你医治疑难杂症，我不要你去救真夜老师，但这个人你救得了，这个人你救得了！

夏姜死死攥住手机，上半身用力地匍匐在地上，像在祈祷。手机依旧无人接听，十秒、二十秒……夏姜睁大眼睛，再一次拨出去。

这次很快有人接了，话筒那边传来惊讶的声音。

"夏姜？是你吗？"任萱声音激动，"夏姜，你说话啊！到底是不是你？"

"任教授，是我……"夏姜瞬间哽咽，"有人要死了，你快来救他。"

"什么人要死了，他们怎么你了？"任萱语速飞快地问，"你还在厂里吗？你在哪里，快告诉……"

听筒里的声音戛然而止。

手机本来只剩2%的电量，现在完全用尽了。

"任教授……任教授……"夏姜无助地抱着手机。

他在黑暗中啜泣着，直到背后亮起一点星火。厂里坐在外面抽烟的人发现了他，也发现了他手里的手机。

唐桃正磨着牙，流着口水睡觉，就被任萱的夺命连环call（电话）叫醒了。

"怎么了，任教授？"唐桃揉揉眼睛，口齿不清地问。这才发现她和夏炽倒在一张床上睡着了，两个人睡姿都不算优雅，她的头枕在夏姜胳膊上，口水湿了一大块。

她赶紧用力擦擦夏炽的衣服，这么一动，夏炽也醒了。

"怎么了？"

他声音沙哑地问，伸了个懒腰，困倦地坐起来。唐桃干脆开了免提，让两个人都能听见。

"夏姜刚才给我打电话了，他的情况很危险，行动提前，就在今晚。"

唐桃和夏姜都神色一凛，瞬间清醒。

"好，我们马上过去。"夏炽立刻说，"需要我带什么？"

"这个时候把搜集到的证据交给警察已经来不及了，红石学园的警卫你有没有权力调动？越多越好，越快越好。"

夏炽果断地点头。

"我和夏炽带着警卫赶过去，先吸引他们的注意。赶紧通知卢希辰，让他和唐桃

Chapter 05
斗争×营救

混进厂里,直接去找夏姜。"

"不行!"夏炽忽然沉下脸,"卢希辰可以和你带着警卫,我和唐桃进去。"

"夏姜如果想见你,为什么不给你打电话?"任萱一针见血,"他的情绪依旧不稳定,如果他排斥你,只会对行动不利。"

唐桃感觉自己有义务说些什么。她立刻举起手,向夏炽保证:"你放心,我和卢希辰保证完成任务。"

夏炽转过脸,看向她。事发突然,屋里没有开灯,屏幕发出的淡淡的白光笼罩着他的眉眼,勾勒出他英挺得有些压迫力的五官,和眼睛里深深的担忧。

"唐桃。"他忽然伸出手,握住她的手腕,用力地,"自从那次之后,我就对自己发誓,再也不会让你在我看不到的地方以身犯险。"

唐桃有些困惑地和夏炽对视着,四目相接,呼吸相闻,直到脑袋里慢慢浮现出一个模糊的轮廓。夏炽用词模糊,但唐桃慢慢明白了,还是在她刚知道自己身世的时候,柳原淳子作为人质被绑架,绑匪要求她只身前往废弃的工厂里换人,夏炽只能远远看着,什么也做不了。

时隔很久,唐桃几乎要把那段往事忘了,然而夏炽却视它为一个伤口,一个誓言——一个不再丢下她的誓言。

"你已经为我做了很多事了。"唐桃摇头,"不需要担心我,我一定不会以身犯险。"

夏炽不说话,只是手上微微用力,看着她。

"到底怎么样?"任萱不耐烦了,"他是你弟弟,到底救不救?"

"当然救,但要按照我的方法来救。"夏炽接过手机,脸贴着话筒,低沉而强硬地说,"我把红石警卫的控制权交给你,全权听从你的调遣。我、唐桃和卢希辰三个人一起混入厂内救夏姜,如果他拒绝见我,我不露面便是。"

"一个小时后,和我在医院楼下碰面。"任萱当机立断,"我明天有两台手术,早上八点之前,争取救出夏姜。"

以一个军师的身份来说,任萱无疑做得很不错。等唐桃、夏炽和一脸倦意的卢希辰赶到时,任萱已经准备好了所有要更换的衣服、厂房的平面图,精神抖擞地站在夜色中,白大褂猎猎飞扬。她甚至借到了一辆银色的小面包车。

"面包车的外形和他们厂房的车子还是有差别,但时间紧迫,顾不了那么多

了。"任萱从后备厢里掏出三套浅蓝色的工作服,发给三人,"你们换好衣服,先开车到厂房附近,藏好。我带着红石的警卫去正门,声东击西,你们再趁机混进去。"

"你打算以什么为借口?"夏炽问。

"夏姜在电话里,似乎提到有人病危了,我借题发挥,见机行事。"

唐桃抖开浅蓝色的工作服,很粗糙的面料,套在身上晃晃悠悠的。卢希辰已经穿好了,见状要帮她把袖子套进去,夏炽立刻上前一步,用手臂挡住了卢希辰的胳膊。

"不麻烦你。"夏炽耐心地替唐桃把手臂穿进袖子。

卢希辰双手抱胸,看着两个人,眼里闪过一丝笑意。

刚才电话里还说要请吃饭,这么快就显露出敌意了?

唐桃伸出手指,趁着夜色偷偷戳了夏炽的侧腰一下,夏炽皱眉。

"喂,我们是去救夏姜的,你和卢希辰别内讧啊。"唐桃小声说。

夏炽不置可否,替她把刚才睡觉时弄乱的散发别在耳后,说:"他帮助我的女朋友,去救我的弟弟,我谢他还来不及。"

唐桃瞥了他一眼——这句话怎么听起来怪怪的。

"好了,还有最后一个问题。"任萱说,"你们谁会开车?"

夏炽点点头:"我。"

夏炽发动车子,一踩油门,面包车平稳而快速地驶入夜色。唐桃坐在副驾驶座上,替夏炽看导航,厂房离市区有将近一个小时的车程,唐桃很心急。

"我们先到厂区外面等着,任萱准备好了,会联系我们。"夏炽对唐桃说,"进厂房后,你在车外把风,我和卢希辰进去把夏姜带出来。"

"我要和小桃一起进去。"卢希辰把一条长腿跷在夏炽和唐桃的座位中间,鞋底冲着方向盘,"你脸太臭了,进去肯定不和谐。"

"卢希辰,脚收回去。"唐桃拍了下他的腿。

卢希辰乖乖听话,那双妩媚漂亮的眼睛里闪动着笑意。

夏炽从后视镜看到卢希辰的脸,神色一沉,猛打方向盘。卢希辰没坐稳,脑袋"砰"的一声磕在椅子上,唐桃也被狠狠晃了下,幸好系着安全带。

"怎么了?撞到什么了?"唐桃赶紧往车窗外看。

"抱歉,走神了。"夏炽淡淡地说。

此后一路无话,卢希辰不招惹唐桃,夏炽因为担心夏姜,脑袋里思考着很多事

Chapter 05
斗争 × 营救

情,也不怎么开口。唐桃靠在座椅上,一不小心睡着了,她梦见他们闯进厂里一路过关斩将,终于救出了夏姜,结果一见夏姜,他居然对自己说,柳原社的继承人已经确定了,是徐琳,不是她。

强烈的光线直射在唐桃脸上,是工厂外亮着的照明灯的光,唐桃被吓醒了,拿手背遮住眼睛。她身上披着夏炽脱下来的外套,卢希辰和夏炽在离车不远的空地上,低声交谈着什么。

面包车停在草丛中,四周安静得惊人,夜空黑而晴朗。唐桃打开车门,跳下车,夏炽和卢希辰的眼神朝她投过来,卢希辰轻轻比了个"嘘"的手势。

唐桃蹑手蹑脚地走近,用口型问:"怎么了?"

"有动静了。"夏炽的眼神投向工厂漆黑的二楼,"仔细听,有没有听见声音?"

"听见了,好像有人说话?"唐桃竖着耳朵。

只见原本漆黑一片的二楼,忽然有灯一盏盏亮起来,几个黑影在走廊上走动,不一会儿,更多人出现在走廊上,交谈声嘈杂起来。远处,红石的车队同时赶赴工厂,三辆巨大的黑色皮卡车上载着红石的私人警卫,在任萱的带领下,声势浩大地停在工厂前的空地上。

工人们陆续拥出,工厂前的广场上爆发出响亮的争执声。夏炽瞄了一眼手机,当机立断:"就现在,跟我走。"

三个人猫着腰,贴着破败的墙壁,往工厂后门潜行。

早在来的途中,夏炽已经把工厂的平面图记下来了,现在置身于实体的建筑,哪里有路,哪里能避开大多数人,都清晰而迅速地在他脑袋里展开。一楼背阴的地方有个破旧的小门,直接通往食堂,之前是给厨师往外运垃圾用的。

夏炽贴着门听了听,确认里面没声音,才用手肘用力地撞了两下,门应声而开。

唐桃的心快跳出嗓子眼了,背后突然被轻轻一推,黑暗里听见卢希辰的声音:"你走我前面,我殿后。"

三个人紧紧相随,穿越无人的厨房,来到漆黑一片的食堂。卢希辰闻了闻,轻声说:"他们吃的是不是梅菜扣肉?夏姜这家伙,伙食还挺好。"

唐桃用手肘打了他一下:"有你吃的好?"

"当然……我昨天吃的是泡面。"

"别出声。"夏炽警惕地在前面开路。食堂很空旷,只有紧急出口的灯亮着,在

微弱而惨淡的绿色亮光里,夏炽看见食堂的玻璃门后有人走动,人影诡异地晃动着。

他示意唐桃和卢希辰躲在立式空调后面,自己则悄悄来到门边,贴着墙,听外面人说话。

其中一个人说:"广场上好像有人带着枪啊,是不是我们厂被人举报了?"

另一个人说:"不是警察,上头确认过了,不知道是哪儿的私人警卫,说问我们要个人,快死了。我们就造造假药,怎么牵扯上人命了?"

"不好说啊,厂里的人,特别是年轻的人,好多都是给劝进来的,都不是自愿的。前段时间不是有个小男孩吗?长得挺漂亮的,你发现没,最近都没见着他。"

"欸,还真是,不会来要他的吧?"

夏炽的嘴角微微抽紧,眼神晦暗不明,呼吸也越来越沉。

"我去抽根烟,顺便看看情况,一起来?"

"别,我在这儿等着吧,一会儿看事情不对,我得跑啊。"那个人说。

同伴的背影远去,留下的人从怀里掏出烟,抽出一根点燃。刚吸上一口,背后的食堂门忽然开了,他还没来得及回头,衣领忽然被从后大力一拽,膝盖发软,整个人倒在食堂的地板上。

一个人影迅速上前,用手臂抵着他的脖子,另一只手反钳住他的两只手腕,力气大得吓人。即使看不太清,也能感受到对方强烈的敌意,那个人被吓得大叫一声,头立刻被用力按进土里。

黑暗的大厅中,夏炽的双眸愤怒而深幽。他手上缓缓用力,看着痛苦无助的表情浮现在对方脸上。

"喀……大侠,你放开我吧……你抓我没用啊,我什么都不……不知道……"

"那个男孩在哪里?"夏炽低声问。

"哪个男孩……哎呀……你别……用力……其他我不知道,最近来的那个,房间在二……二楼!"

"黑发,黑眼?"

"对对对,长得很好看,但总阴着脸……就是他……"

唐桃藏身在空调后,忽然听见沉闷的"咚"一声。她吓一跳,赶紧伸头看,只见夏炽正握着那个人的双脚,把他拖到放餐具的柜子后面。

"死……死了?"

"被我打晕了。"夏炽说。

Chapter 05
斗争×营救

卢希辰一脸看好戏的表情，用下巴点点那个人："这就是你研究了一路的计划？"

"有意见？"夏炽的眉毛向上一挑。

去工厂二楼颇费了些力。

大部分工人都堵在厂房门口，阻止任萱的人强行突入，还有少部分奔走于工厂各处，急着转移资料之类的重要文件。三个人穿着工厂蓝色的厂服，学着他们的样子到处乱窜，等抵达二楼的那个房间，已经是十五分钟之后了。

夏炽暴力突破，一脚踹开门，扑面一股强烈的臭味，还混杂着淡淡的血腥味。

一个脸色蜡黄的中年人歪倒在床上，嘴角有血迹，呼吸微弱，另一个床铺空着。

夏炽大步走进房间，一把拽住中年人的衣领，几乎把这个一米七的男人从地上拎起来，愤怒地问："夏姜在哪儿？"

夏炽的手青筋暴起，动作异常粗暴，男人本来意识模糊，在强烈的晃动下又吐出一点儿血。

卢希辰立刻抢步上前，掰开夏炽的手，声音严厉："他都是个半死的人了，能害夏姜？"

唐桃心惊胆战地看着地面上发黑的血迹，怎么回事？他们不是卖药的吗？为什么这里有个快死的人？夏姜是不是也有危险？

"冷静点儿，换个地方找，夏姜一定还在工厂里。"卢希辰还算沉得住气。

看得出来，夏炽花了些工夫才把滔天的愤怒暂时压下去。他把中年人扔在地上，攥紧拳头，一言不发地低头离开。

唐桃看着他的背影，鼻子忽然有点儿发酸——这个做哥哥的看起来沉着冷静，其实，比谁都要着急吧……

三个人混入人流，继续搜寻目标。

工厂房间很多，大多都锁着，根本没有一间间查看的可能性。唐桃正着急，手肘忽然被卢希辰碰了碰。卢希辰低下头，在她耳边说："你看那是谁。"

不远处有个盘着头发、脸色黝黑的女人，没记错的话，是当时一起与夏姜在小公园里推销的大妈。

唐桃眼睛忽然亮了。她立刻拉住夏炽，说："我有个想法，不知道能不能成功，如果我失败了，你们先去找夏姜。"

大妈正在走廊上打包文件，急得满头是汗，后背就被人点了点。

"没工夫，去干你的事情！麻利点儿！"大妈着急地说。

对方走到她面前，居然在她身前蹲下了。

大妈不耐烦地抬头，就看见一个小姑娘穿着他们厂的服装，生得白白净净，双眼黑而亮，欲言又止地看着她。

大妈立刻心生警惕："你是谁？怎么到这儿来的？"

他们工厂干活的都是穷老百姓，即使有年轻的女推销员，也不可能长得这么年轻水灵。唐桃身上有种气质，很容易就和外出打工的人区分开了。

"您应该记得我，我们在小公园里见过的。"看见对方眼里的戒备，唐桃继续说，"您认识我的朋友，夏姜，那个长得很漂亮的男孩。"

大妈手一抖，文件"哗啦啦"掉了一地，她很快蹲下身，埋头拾起文件，语速飞快地说："你走吧，赶紧走，这儿不是你该来的地方。"

"我来找夏姜，我要带他回去，他的家人很担心他。"

大妈充耳不闻，把文件杂乱地抱在怀里，转身就走。出人意料，唐桃并没有阻拦，她只是站在身后，缓慢却坚定地说："我们接到了夏姜的电话。他说他受伤了，快死了。"

简简单单几个字，大妈却如同被施了定身法。

唐桃故作镇定，维持着淡然的表情，其实她的内心慌极了，已经有人注意到不对，开始频频往她这儿看。

大妈深深吐了口气，她忽然转过身，用身体挡住那些人探究的视线："你们现在还来做什么？夏姜那么好的孩子，还未成年，你就放任他一个人来这种地方，现在才来找他？这些天他吃了多少苦，你知道吗？"

"我……"唐桃无言以对。

"连我这个外人都能看出他很痛苦，他来的时候，穿着是我们中最好的，看起来就是个小少爷，但他像个没有家人的孤儿，这么久了，家人都没来找他。"大妈越说越激动，脸也涨红了，她忽然快速靠近，伸出手，唐桃猛地闭上眼睛。

她以为大妈要打她。

没想到，过了两秒钟，手心微微一凉。

是一枚铜质的钥匙。

"即使你们不救他，我也会救他。来厂里工作的都是苦命人，但我们不是坏

Chapter 05
斗争 × 营救

人。"大妈深吸口气,眼眶微微泛红,看着唐桃说,"他被关在西大楼的二层,门上有锁。带走他,别再回来了。"

三个人找到夏姜,是在十分钟之后。

夏炽拆掉门锁,踢开大门,就看见夏姜晕倒在地,脸颊上满是泪水和泥土,他的头发粘在一起,衣服也破破烂烂,像一具被人摔坏的玩偶。

夏炽大步走上前,把夏姜的上半身托起,牢牢地抱在怀里。他的眼眶发红,隐忍着泪水,嘴唇动了动,什么都没说出来。

"夏姜!"唐桃声调都变了。

她拿出之前就准备好的装水的小瓶子,掰开夏姜干燥起皮的嘴巴,给他喂了一点儿水。

几秒钟后,夏姜眼皮颤了颤,手指动了动,终于恢复了一点儿意识。

他无神的大眼睛缓缓聚焦,慢慢凝聚,最终落在哥哥通红的眼眶上。他喃喃地张嘴,扯出一个笑容,轻得不能再轻地喊:"哥……"

"是我,别怕。"夏炽的声音很轻,很温柔,"我们回家。"

"还有一个……还有一个人……"夏姜低声重复,仿佛梦呓,"他快死了……带上他……要救他……要救他……"

工厂前的空地上,任萱带着一众红石的警卫僵持着。工厂的人本来非常畏惧他们,像见着猫的耗子,谁知一旦确认对方不是真正的警察,态度立刻大变,开始贼喊抓贼,恨不得闹得越大越好。

"这里是我们的私有地盘,你们无权在这里停留,更无权进入厂里找人。"经理站在最前方喊话,"给你们两分钟时间,再不走,我们就要报警了。"

任萱双手交叉在胸前,闻言冷笑一声。她当然不怕对方报警,因为他们不敢,但如果就这样干站在这里,要不了多久,厂里人就会发现异常,说不定潜进去的三个人会有危险。

拜托了,一定要快!任萱一面神色从容地和经理周旋,一面偷偷看向厂里,没有异样,没有异样……千万不要出事啊!

就在这时,工厂的东北角忽然有一道手电筒的光束闪过,接着又有一道,一共三道,以约定好的方式划过天空。

任萱喜上眉梢,她立刻转头吩咐警卫:"撤。"

经理这才察觉出不对。他转头望向工厂二楼，忽然狰狞地说："他们带人跑了，快追！"

还没走出几步，一道尖锐的响声吓得经理一个趔趄，瘫倒在地上。

黑洞洞的枪口对着他，枪后是警卫面无表情的脸。

"不要急着送死，我们有的是见面的机会。"任萱冷笑一声，动作敏捷地跳上车子。

Chapter 06
淳子 × 食谱

夏姜在病房里躺了整整两天。

长时间的营养不良，长时间的焦虑，再加上药厂恶劣的生活环境，让夏姜整个人瘦了一大圈。他原本白润的脸上颧骨微微突出来，眼窝下陷，更显得那双眼睛黑而忧郁，仿佛酝酿着暴风雨的大海。

重回生活正轨的夏姜得到了无微不至的关照，专属病房里堆满了鲜花，床头放着一盒盒点心和水果。

莫明雪在美国听到这个消息，甚至专门让人寄来两箱重得惊人的糖果，夏姜没动一口，全让卢希辰吃了。

唐桃担心的事情一件也没发生。夏学园长没再为难夏姜，在他床边坐着陪了他一整夜，时不时低声说话，表情严肃却温和。夏炽也对他关怀备至，回家替他拿换洗衣服，还不忘捎上他晚上抱着睡觉的抱枕。夏姜也没让大家担心，很配合治疗，按时吃药，按时吃饭，注射葡萄糖的时候眉头都不皱一下。

夏姜懂事多了。可这样的懂事，多令人心酸。

三天后，在夏姜的要求下，任萱仔细检查了他的身体状况，宣布他可以出院了。之前从厂里救出来的室友已经进行了手术，度过了危险期，具体的康复计划还在制订中，所有费用都由夏家承担。任萱问夏姜："要不要去看看你那位室友？他的家人也来了，有个两岁的女儿，白白嫩嫩的，很可爱。"

"不了，我先去一个地方。"夏姜自己从床上爬起来，看着她，"回来后，我有话对你说。"

任萱默契地点点头，替他把外套取过来穿上："外面冷，多穿点儿。"

夏学园长安排了车，载着夏姜来到洪山疗养院。看到学园长的车，警卫自动让开道路，夏姜刚下车，就有穿白大褂的医生迎上来，恭恭敬敬地领着夏姜往里走。

"病人今天的状态还不错，不过不巧，刚刚睡下。"医生的声音轻而恭敬。

"没事，我只想看看他，你就送到这儿吧。"夏姜说，"我自己进去。"

医生点头，把门禁卡递给他，靠着墙等待着。

夏姜向走廊最深处的监护病房走去。

多长时间了？多长时间没见到他了？听到他生病的消息，一开始是愤怒，毫无理智地愤怒，就好像上天非要捉弄自己，要夺去他不多的亲人之一；再接着是不甘，发了疯般地不甘，为什么最发达的医疗技术治不好真夜，为什么真夜一定要死？再接着是恐惧，仿佛吞噬一切、毁灭一切的恐惧。夏姜败给了恐惧感，放弃思考，投入了一

Chapter 06
淳子 × 食谱

场明知是骗局的骗局，在荒诞中寻找真相，在谎言中粉身碎骨。

真夜，你是否会看不起这样的我？

我知道，我一定让你失望了。

隔着厚厚的玻璃，夏姜把手缓慢地贴在监控室外，轻轻抚摸着。玻璃冰冷，手指抖得厉害，一滴滴泪水从夏姜眼角滚落，模糊了眼前病床上的那个人。

憔悴了很多啊，那么瘦，那么苍白，几乎要认不出来了。明明是最为自己颜值骄傲的家伙，明明是泡妞如同泡茶一样容易的家伙，明明是最活泼、最爱捉弄人的家伙……怎么可以就这样，就这样躺在那里？

"大坏，我来看你了……"夏姜喃喃地说，把额头轻轻贴在玻璃上。

"你能不能睁开眼睛，看我一眼，就一眼。"

监测仪器的提示灯闪烁着，呼吸机发出迟缓而空洞的声音。真夜老师的胸口微微起伏，闭着眼，表情平静而安详，对夏姜的话语充耳未闻。

"你知道吗？其实我小时候第一次见到你，挺讨厌你的。我叫你叔叔，你非逼我叫你哥哥，后来你成了红石学园的老师，又逼着我叫你老师。你总是很神气，说什么都是对的。我捉弄你，你从来不跟我生气。我在你咖啡里放盐，在你鞋底刷油漆，在你钱包里放假币，什么事我没干过？当时我就想，如果我捉弄你一百次，你还没有生过气，我就不捉弄你了。

"你没生我的气，一次也没有。可你现在一定生气了，不然，你为什么要用生病来惩罚我？为什么不愿意睁开眼睛看我？"

夏姜的鼻子火辣，赶紧闭上眼睛。其实用不着啊，反正他也看不到。

"你知道吗？前段时间我报考了医学院，天天缠着任萱，想学医，想救你。我以为我能考上，这样我心里会好受一点儿，如果你哪一天真死了，至少我还能说，我努力过了，我争取过了。是不是很无耻？我一直在拼命逃避你生病这件事。"

病床上，真夜老师的眼睑微微动了动，他的呼吸急促了一瞬，睫毛颤了颤，似乎是做梦梦到了什么，表情出现一丝心疼与担忧。

"大坏，你会好起来的。"夏姜点点头，又摇摇头，自言自语，"大坏，我不会再让你失望了。"

医生在走廊里等了很久很久，夏姜还没出来，他有点儿担心，用护士的卡刷开了门禁，就看见夏姜贴着监护室的门，双手抱着膝盖睡着了，脸上还挂着长长的泪痕。

他弯下腰，动作轻柔地抱起夏姜，看似挺大的一个孩子，抱在怀里却出奇地轻。

护士在身后探头:"要叫醒他吗?"

"好不容易睡着了。"医生嘘了一声,抱着夏姜向休息室走去。

夏姜的事情终于告一段落。唐桃听夏炽说,夏姜再休息几天就会回到任萱身边,担任她的助手,争取明年考上医学院。

唐桃夸张地"哦"了一声,一脸调笑地看着夏炽,看得他莫名其妙:"怎么了?"

"天天装得你好像根本不关心夏姜。"唐桃咂了咂嘴,"在药厂我可是看到了,你的眼眶都红了,差点儿就哭了。"

夏炽的表情明显一僵。过了会儿,他面无表情地转过头来:"我没有。"

"你有!"

"你没有证据。"

唐桃直笑,好吧,夏家一家都很傲娇,她也不是第一天才知道。

下午唐桃没课,夏炽却还有工作,两个人在学校里告别。唐桃一看手机,发现几乎同时收到了两条短信。第一条是奶奶发来的,奶奶给了她一个地址,让她去拜访一位在Z市的姓秦的老人。第二条是卢希辰发来的,约她在咖啡厅见面,说要找她兑现之前的那个承诺。

"事成之后,答应我一件事,无论什么,你都不能拒绝。"

唐桃压根没放在心上,还能有什么事啊?不过就是再请他吃几次饭,或者帮他逃几次课呗。

唐桃抵达咖啡厅的时候,卢希辰已经坐在卡座里吃开了,他点了一桌咖喱牛肉、芝士蛋糕、冰淇淋,已经消灭了一大半。唐桃点了一杯美式咖啡,坐在卢希辰对面,卢希辰从咖喱里抬起头,给她一个灿烂的笑容:"这顿你请。"

"我请我请。"唐桃自觉地说。

卢希辰吃完一盘咖喱,姿势豪迈地抹了抹嘴,一对笑眼目不转睛地看着唐桃。卢希辰和夏炽一样,无论做什么都是优美好看的,只不过夏炽更一板一眼,有股矜持的贵气,而卢希辰更生动,更有亲和力,有他在的地方,似乎总是轻松快乐的。

"你说吧,想要什么,我做好挨宰的准备了。"唐桃说。

卢希辰眯了眯眼,身体前倾,歪着头看她:"这么大方?"

"君子一言,驷马难追,只要我能力范围之内的,都满足你。"

Chapter 06
淳子×食谱

"要是能力范围之外呢?"

"那我就无能为力了。"

"没诚意。"卢希辰"喊"了一声,忽然问,"如果我让你和夏炽分手呢?"

他的声音并不大,用手指玩着饮料里的吸管,浅茶色的瞳仁转到眼角,轻慢而慵懒地看着她。

唐桃心里"咯噔"一下。他那浅笑的试探和富含深意的眼神,就好像在清晨的树林间,忽然看见了狐狸一闪而逝的眼睛。

"不分。"唐桃无奈地说。

她端起咖啡,喝了一大口,眉毛眼睛都缩在了一起——好苦!

卢希辰笑了两声,背靠在沙发上:"你别紧张,我再无耻,棒打鸳鸯这么煞风景的事情还是做不出来的。我没打算和夏炽为敌,今天来,是要拜托你另一件事。对了,你晕船吗?"

"不知道啊。不过我以前春游的时候坐过船,那个时候没晕。"

卢希辰从外套口袋里掏出一张名片,两指并拢,推到唐桃眼前。唐桃低头一看,上面居然写着自己的名字——唐桃。**红石艺大舞美系在读生。卢希辰临时经纪人。**

"什么意思?"唐桃问。

"你说过你会答应我任何事。前段时间我不是签约拍《海上芭蕾师》,我缺个经纪人,就报了你的名字。"

唐桃瞪着两只眼睛,石化了。

卢希辰笑嘻嘻地看着她,眼神亮晶晶的,像搞恶作剧成功的孩子。

"等……等等,我不知道怎么做经纪人啊,我学的是舞美啊……"唐桃紧张地说,"而且,你那部戏不是要出海拍半个月吗?我怎么做你的经纪人?"

"之前我叔叔是我的经纪人,不过他最近太忙了,我得再找一个人。你不用紧张,不难,全程跟着我拍戏,负责我的日程规划和饮食起居就行。"卢希辰专注地看着她,"你说过,会答应我的任何要求。"

"可……可是我要上学啊!"

"红石艺大鼓励学生外出实践,我们可以申请实习学分,说不定还能申请到实习生活补助。"

"可……我不会做经纪人!"

"没事,我也第一次当演员,我们一起摸索。"

"可是……我……我……"唐桃语无伦次。

卢希辰把包挎在身上,站起来:"明天剧组有个开机宴,你陪我一起去参加。上船的日子也不远了,我建议你提前把该完成的作业做好,规划一下。"

唐桃没应声,她脑袋里乱糟糟的,手足无措地坐在原地。

卢希辰走之前,盯着她看了会儿,忽然伸手揉了下她的头发。他们的关系一直不错,说实话唐桃也没怎么把他当成异性看,于是抬起头,也摸了摸自己的头发:"有什么东西?"

卢希辰那双温和活泼的眼睛里,一瞬间闪过晦暗不明的情绪,像天空中积蓄的雨云。

"没什么。"卢希辰把手插进口袋里,"具体时间和地点我明天通知你,先走了。"

次日,早上六点,天蒙蒙亮。

柳原淳子提着简单的行李,在×市火车南站候车。

空旷的站台上没什么人,远处有两个乘客也在等车,时不时回头看淳子一眼,嘀嘀咕咕不知道在说什么。柳原淳子夸张地打着哈欠,看表情恨不得倒在地上继续睡,她今天出门乔装过了,戴着大鸭舌帽、大墨镜,只露出高挺的鼻梁和小巧的嘴巴。

倒霉,困死人了。淳子一边埋怨,一边上了火车,她把行李扔上储物架,闭上眼睛开始补眠。

至于淳子坐火车的理由,还要从昨天晚上说起。

昨晚,柳原淳子收到唐桃的短信,晚上八点钟在宿舍请她吃饭。淳子的消息何其灵通,早就知道唐桃他们救出了夏姜,这下未来的小叔子安全了,总该收收心商量下打败徐琳的计划了吧?淳子本来在家里的泳池边穿着泳衣打游戏,一收到短信,直接斗志高昂地换好衣服,提着书包就赶到了红石艺大。

唐桃和宿管阿姨打过招呼,淳子顺利上了楼。宿舍门打开,唐桃微笑的脸探出来:"淳子!听见你脚步声了,快进来坐。"

柳原淳子是人精中的人精,即使对姐姐盲目偏爱,也不会影响她的直觉和判断。淳子敏锐地捕捉到唐桃和往日的不同,她狐疑地看她一眼,进屋坐下,只见客厅的茶几上摆满了菜——什么小炒豆腐、糖醋里脊、松鼠鳜鱼、油焖茄子,都是自己最喜欢吃的,色香味俱全,完全超出了唐桃的厨艺能力范围。

柳原淳子往垃圾桶瞥一眼，果然，送外卖的袋子还在呢。

柳原淳子不动声色，笑得热情开朗："哇！好丰盛啊！怎么想到请我吃饭的？"

"之前一直忙夏姜的事情，很多事没顾上，现在忙完了，我们应该好好聚聚。"唐桃把淳子的书包放好，亲手把筷子递给她，"尝尝，这家的松鼠鳜鱼很好吃，你不是喜欢吃松鼠鳜鱼吗？"

柳原淳子的太阳穴轻轻跳起来。

"哦对，还有这个，我上次逛街的时候看到的，你喜不喜欢？"唐桃掏出一个纸袋，里面居然有一条全新的牛仔裤，"我们穿的号差不多，我觉得挺适合你的，就给你买了。"

"姐。"柳原淳子忽然叹了口气，把筷子放在桌上。

"啊？"

"你这样虽然不叫黄鼠狼给鸡拜年，但估计也没安什么好心。"淳子摇摇头，"别演了，说吧，找我什么事？"

热情好客的笑容立刻僵在唐桃脸上。淳子挑了挑眉，重新拿起筷子，夹了一大块松鼠桂鱼放进嘴里。

"你说对了，我也不装了。"唐桃泄气地往地毯上一坐，"我确实有事求你。"

"说吧，我是你妹妹，跟我客气什么。"淳子脸都不抬，"其实你没必要这样，我说过了，在争家产这件事上，我无条件帮你。"

"我求你的事比较麻烦。"

"有多麻烦？"淳子又夹了块糖醋里脊。

"在和徐琳的比赛上，奶奶好像给了我提示。"唐桃掏出手机，给她看那条短信，"她要我去Z市找一个姓秦的老先生。"

淳子微微蹙眉，姓秦的老头，谁？活神仙？

Z市离×市有些距离，坐火车三个小时，而且从那串长长的散发着土腥味儿的地址看，还是不通煤气不通电的那种穷乡僻壤。柳原淳子松了口气，刚才唐桃那语气架势，她还以为自己要上刀山下火海呢。

"既然是奶奶给你的提示，一定很重要。"柳原淳子想了想，"成，我帮你这个忙！"

"真的！"唐桃喜出望外，"谢谢你！"

"不过，你为什么没法自己去？你最近有什么急事？"

柳原淳子问在了点子上。果然,唐桃的神色有些游移,说话也支吾起来:"我有其他的事情……"

"什么事?"

"帮同学一个忙。"

"什么忙?"柳原淳子再次放下筷子。

唐桃脸色苍白。在淳子的再三逼迫下,唐桃终于说出了实情。

柳原淳子的表情瞬间凝固了。她长这么大一直在惹别人生气,很少自己发火,但这一刻,她心里确实涌动着类似于无奈的情绪。

柳原淳子站起来,拎起书包,把两沓书那么厚的文件拿出来,扔在唐桃脚边。

"姐啊,事有轻重缓急,你可要想清楚了。"柳原淳子说,"因为你从小没在家主身边长大,你对柳原社一点儿也不了解,我想着,多少能帮到你一点儿,这一个月以来我一直在搜集资料,看见没,就是这些。"

密密麻麻的资料上用红笔详细地做了标注,是淳子丑丑的字。

"但即使我帮你,家主帮你,奶奶帮你,如果你自己不认真面对,你是赢不过徐琳的。"淳子说,"我小时候就认识徐琳,她从小就非常优秀,特别优秀,让所有人都自惭形秽。从某种意义来说,如果她也是家主的女儿,或者你不是我的姐姐,那么我根本不会帮你,她才是最适合柳原社的人选。"

"现在这么重要的时候,你居然为了卢希辰一句话,就甘心陪他在海上浪费半个月的时间?"淳子目露不甘,"我问你,你是不是脑子坏了?"

唐桃的双眸安静地看着她,点点头,又摇摇头。

柳原淳子的责难在意料之中,她知道这个选择很傻,很不负责任,在卢希辰的身边待半个月,不仅淳子会有意见,甚至父亲和奶奶都会对她失望,夏炽心里也会不舒服。可承诺就是承诺,她承诺卢希辰的时候是真心的,如果说出的话不能兑现,那么她会带着这份歉意活一辈子。

如果他真的需要一个经纪人,那么,唐桃就必须履行诺言。

"淳子,帮我这个忙。"唐桃说,"我答应你,在船上我也会好好想赢过徐琳的策略,我不会辜负你的。"

柳原淳子气鼓鼓地看着她。沉默了半晌后,一屁股坐在地上,夸张地叹了口气:"干脆把卢希辰做掉算了。"

"这我倒不反对。"唐桃一笑,替她夹了块肉放碗里。

Chapter 06
淳子×食谱

"这位小姐。"淳子的肩膀被摇晃着,"火车到终点站了,您不下车吗?"

"下!下下下下!"淳子猛然惊醒,眼前是乘务员疑惑的脸。她赶紧戴好帽子,从行李架上拖下行李,正式踏入Z市。

Z市是座小城市,不发达,也没什么旅游景点,淳子之前压根没来过。淳子找了位工作人员,询问如何去唐桃给她的地址,工作人员眼睛一瞄,手向左边一挥:"喏,长途汽车,绿色的那辆,票价十块钱。"

长途……汽车?

淳子抬眼望去,无数挑着扁担、背着花花绿绿包裹的大爷,正嚷嚷着她听不懂的Z市话,拿着票往狭窄的车门里挤。

淳子吐了吐舌头,眼珠子在睫毛下骨碌一转,走到一辆黄色的出租车前,敲了敲车窗:"师傅,您看这个地址,我包车去,多少钱?"

师傅看一眼:"多少钱都不去,那儿小车没法走,路太破了,前两天还下了雨。"

"那……我加钱,我给你付往返的钱!"

"你坐长途汽车去吧。"司机一踩油门,居然跑了。

"开往'黄螺村'的汽车即将发车,请未上车的旅客抓紧时间上车。"

淳子望天翻了个白眼——还真要坐这辆破车去啊?

这长途汽车一坐,就坐了将近两个半小时,等车在汽车站停稳,柳原淳子第一个跑下车,"哇"的一声吐了。

一个小女孩走过来,踮起脚拍拍她的背:"姐姐,你没事吧?"

更多人围上来,担忧地看着柳原淳子,还有人拿出水,凑到她嘴边让她喝。淳子窘得满脸通红,赶紧掏出纸巾擦干净嘴,一边嚷嚷着"我没事没事",一边飞快地往路边的小报亭走。

"老板,这个地方怎么去……黄……黄螺村!"淳子气喘吁吁地说。

"哦,黄螺村啊,还有一段距离呢。我记得老毛今天要推辆菜车去,你跟着他的车走吧。"说完往几辆运蔬菜的板车那儿一挥手,"老毛,这个小囡要去黄螺村啊,带她一下?"

"哎哎哎,不用不用,我就看远不远,不远我自己走过去就行。"

"挺远的,要走一个小时。"

淳子看着装蔬菜的板车,想象着自己挤在一大堆青菜上的画面,真是美得很……

柳原淳子深吸一口气,在报亭买了一瓶水,"咕噜咕噜"地漱口。之前为了替唐桃寻找芳菲,她也去乡下待过一段时间,不过淳子有种预感,这次的Z市之行可没那么容易。

淳子打开导航地图,在农村一会儿有一会儿无的信号里,锁定了黄螺村的位置。离汽车站有一个多小时的路程,还能怎么办?走呗!

柳原淳子活动了一下酸痛的肩膀,叹口气,慢吞吞地往前走。走了会儿,她发现所有人都在看她,男女老少小朋友,甚至路边的大黄狗都站起来冲她摇尾巴。淳子忍不住有点儿得意,她的细胳膊细腿在国外一直没人看的,没想到在这个乡下地方,自己也算回头率百分百了。

走了快半个钟头,淳子在路边发现一个木桩,上面钉着几个木牌,其中一个就是黄螺村。老天爷啊,总算快到了,淳子抬起腿,往黄螺村的方向踏了一步,脚忽然陷下去,鞋底湿了一半。

她这才明白了,什么是出租车司机口中的"那儿车子没法走"。

这不是路啊!

是一条泥流啊!

她要是变成只蚯蚓说不定还能游过去!

淳子小时候曾被藤本直树御封为泥猴,但毕竟是个比喻,她也不是在泥巴里长大的。柳原淳子挽起裤脚,把棉袜脱下来套在鞋子外面,试探性地又走了一步——这下整个鞋底都陷进去了。

背后传来"骨碌碌"的声音,一个面色黝黄的中年男人推着装满蔬菜的板车,慢悠悠地跟了上来。他看了淳子一眼:"小姑娘,这路不好走吧?"

淳子眼珠子一转,发现中年男人穿着胶鞋,板车的车轮也套着宽宽的胶皮,不容易下陷。

"昨儿晚上下雨,这段路不好走,等进村了就好了。" 中年男人拍拍板车,"坐上来吧,我拉着你过去。"

淳子挺不好意思的,刚刚拒绝别人,这会儿又要人帮忙。

"再不上来我走了啊。"

"我坐我坐,谢谢叔叔!"淳子立刻说。

淳子坐在板车上,跟着车一摇一晃,视线高了些,她发现黄螺村的风景居然很不错。进村的路上有大片大片的向日葵,满满的明黄色的海洋,风带着雨后的潮湿气息，深吸口气，仿佛肺里的尘埃都被洗净了。

"这儿挺漂亮的，可以开发成旅游景点啊。"淳子说。

"哎哟，城里来的小姑娘，我们这儿算什么景点？这些长柄子花儿，也就你们愿意看看。"

"真的挺漂亮的。"淳子真心实意地说。

过了那段泥路，低矮的小村庄浮现在眼前，家家户户门口都有篱笆围成的院子，院子里放着石磨，很有生活气息。

淳子跳下板车，问："这就是黄螺村了？"

"对，村上一共五十二户人家，都是本地人，你找谁啊？"大叔问。

"我找姓秦的大爷。"淳子想了想，补充，"他做点心应该做得很好。"

大叔听见这话，脸色一变。他看着淳子，说："黄螺村只有一个人姓秦。你找他做什么？"

"呃……大概我的奶奶是他的好朋友吧，我猜的啊。"

大爷看她一眼，摇摇头："村子最东边那户，沿着这条路走就行。不过……哎，你去了就知道了，他是村里出了名的怪人。"大叔从板车上抓起一个西红柿，"这个给你，甜的，吃吧。"

"谢谢！"淳子开心地说。

淳子把西红柿在T恤上擦擦，放嘴里咬一口，真的很甜。胜利在望，她哼着歌高高兴兴地往东边走，一路看到好些驴啊猪啊，还凑到牲口圈前跟它们一一打了招呼。

"呼噜……"淳子模仿着猪的叫声。

"呼噜呼噜……"猪把沾着稻草的鼻子凑过来，"呼噜……"

淳子一路玩，一路吃，很快走到了位于村子最东边的小房子前。那是一间十分破旧的农舍，屋顶都是稻草堆的，院子里也没打扫，到处散落着谷壳和其他叫不出名字的东西。

唐桃的短信里，也只有这个老爷子姓秦这一条消息，其他什么都没有。淳子扒着栏杆，大声呼唤："秦老爷子？秦老爷子？"

没人应。

淳子摩拳擦掌，打算从栏杆外翻进去。

就在这时，身后的向日葵花田忽然被风吹动，淳子听见有阵歌声，从一堆花叶间传来。

淳子吓了一跳,赶紧做贼心虚地蹲下去,竖着耳朵又听了会儿,真的有人在哼歌。断断续续的,五音不太全,仔细听,好像是周杰伦的《稻香》。

嗓音有点儿耳熟。

淳子想了想,拨开向日葵长得笔直的花秆,向花田深处探去。

离得越近,声音越是清晰,半分钟后,淳子在向日葵的缝隙间看见一个背影。那个人高而瘦,坐在一个小板凳上,身前支着折叠画架,一幅油画已经完成一半。他的袖子卷到手肘,用画笔仔细在画布上涂抹,手指长而纤细,皮肤白得令人嫉妒。

他的脑袋左摇右晃,陶醉地哼着歌。阳光下,他有一头金子般耀眼的卷发。

淳子一愣,终于认出那个背影。

对了,他叫菊。

柳原淳子加入岚组的时候,两个人还做过一段时间的同学,不过淳子对他的印象实在不深,无非就是天天跟在姐姐屁股后面的活泼大金毛,姐姐忠实的追求者之一,再怎么努力最后还是输给了夏炽,没出息地闹失踪,谁都找不到。

没想到他躲在这里。

淳子的第一个念头,会不会是姐姐叫菊来的?后来想想,不可能,唐桃有时会盯着学校里的外国人发好久的呆,估计就是在担心他。

菊怡然自得地坐在花田间画画,摇头晃脑,好不得意。淳子阴暗地想,让我姐姐天天担心你,结果你跑到这里逍遥?

她蹲下身,偷偷摸摸地靠近,移动到菊身后,忽然一脚踹飞菊的板凳。菊毫无防备,被她踢了个正着,惨叫一声摔在地上,把画架也碰倒了。

淳子"哼"了一声,抱着双臂居高临下地看着他。菊的屁股正好坐在一块石头上,疼得他龇牙咧嘴,英挺的五官挤在一起:"谁踹我凳子?"

"本小姐。"淳子得意扬扬。

淳子不知道,她的声音和唐桃其实有些像,所以她也错过了菊一瞬间的僵硬、刹那的慌张,以及他回过头时,绿色的眸子中混杂着惊喜、困惑与无措的复杂情绪。

菊的目光落在淳子脸上,两秒钟后,微微一暗。

淳子嘿嘿直笑:"没想到吧?"

"还真没想到,"菊笑笑,"你怎么会在这儿?"

"我来找个人,姓秦,应该就住那个屋子。"淳子伸手一指。

Chapter 06
淳子 × 食谱

"哦，秦老爷子？"菊说，"我认识，我已经在黄螺村采风半个月了，就寄住在他那儿。"

"真的假的？那太好了！我有事找他，你带我进去！"

"现在老爷子还没回来。"菊从地上捡起画板，油画上沾满了泥土，他也没生气，"走吧，我先带你去附近转转，等太阳落山了，他就快回来了。"

黄螺村不大，菊在这里待了十几天，早就熟门熟路了。

他先带淳子认了认出村的路，又带她沿着村子外的小路走了一圈，村子四周种着很多向日葵，除此之外，还有大片的农田和鱼塘，是个水草丰美的地方。

"你知道这里为什么叫黄螺村吗？"菊像导游一样专业地说，"因为很多年前，这片地还是一片大池塘，附近的人以养螺为生，池塘里长满了螺蛳。后来气候变化，池塘慢慢干涸，这块地就作为农田使用，渐渐形成了村落。你现在挖一挖地里，还经常能挖到螺蛳壳。"

"咦，好恶心！"淳子搓着起满鸡皮疙瘩的胳膊。

"要感谢那片池塘，所以这块地才很肥沃，种出的农作物特别好吃。"菊说完，掏出零钱，在路边的小摊上买了几根玉米，"晚上回去煮给你吃，这玉米特别甜。"

淳子没什么事做，乐得有人带路，就跟着菊在村里瞎逛，很快太阳就落山了。乡间没有照明，等菊和淳子走近小屋时，果然看见农舍的灯亮起来，幽暗幽暗的一个小点，像萤火虫的尾巴。

"对了，你来做什么的？"菊这才想起来问。

"奉命来找一个姓秦的神秘人，挽救我的家族大业。"淳子没等菊反应过来，已经大步走到农舍前，敲门："你好，我找秦大爷。"

没人应门。淳子敲得更用力："喂，有人在吗？我找秦大爷！"

还是没人应。

"喂！快开门！"淳子急躁起来，"我早上就从家出来了，走路快走废了，就为了找你！"

几块木板钉在一起的木门忽然打开，淳子重心不稳，差点儿栽个跟头。门后是一张毛发杂乱的脸，根本分不清头发和胡子的界限，就看见一团白的毛发下，有一双黝黑阴鸷的眼睛。

淳子问："你姓秦？"

老人看着她，不接话。淳子说："我是唐桃，你应该听说过我吧？我来自柳原

社,是来问你要食谱的。"

菊一愣,莫名其妙地看着淳子。淳子冲他挤了挤眼睛,示意他先别出声。

"唐桃?"老人的嗓音古怪,像沉重的石磨慢慢地碾碎稻谷,声音沉闷破碎。

"对。"淳子点点头,"我是唐桃,柳原社的下一任继承人。"

在淳子心里,这个姓秦的老头八成是奶奶的旧友,掌握着绝不外传的糕点绝技,是类似于少林寺扫地僧的存在。

果不其然,听到"柳原社"三个字,老人黝黑的眼中闪过一丝光亮,像钢铁淬入水中的火星。

他转身进屋,淳子信心满满地站着,等待老人热情洋溢的接待。

老人回屋拿了点儿东西出来,双手捧着,往院子里一扔。菊忽然惨叫一声,因为老人扔的是他的行李、衣物,还有画具纸笔什么的。

木门在眼前"砰"地关上。

淳子和菊面面相觑。

"怎么回事?"淳子问。

"他好像不太喜欢你。"菊说,"所以连我也一起赶出来了。"

淳子冲上去就要砸门,被菊从后面拉住了。

"秦老爷子的脾气确实有点儿古怪,你要求他办事,就别冲动。"

"我不是求他办事,是他必须要替我办事!"淳子怒气冲冲地说,"奶奶说可以找他的!"

"我们先等一晚,等天亮了再去求他。"菊温声温气地劝说,"秦老爷子其实心很好,之前我来这儿写生,没地方住,是他主动收留我的。"

当然了,一开始只是往院子里扔了床被子,让他在屋檐下的石板地上过夜,不过第二天下雨,石板地湿了,才让他进屋睡了。

"那我们晚上住哪儿?"淳子问。

"找找吧,看看别的地方。"

乡村的夜异常寂静。黄螺村道路两旁黑漆漆的,幸好今天月亮很亮,农舍和向日葵花田都是蓝莹莹的。

淳子非常沮丧地跟着菊,在泥土路上一脚深一脚浅地走,菊背着自己的行李,右手扛着画架,在前面开路。

他的心情居然还不错,慢慢悠悠地哼起曲子。

Chapter 06
淳子 × 食谱

淳子埋怨地看他一眼:"你开心个什么劲儿?都被扫地出门了。"

"今天天气不错,前两天还挺热的。"菊的视线落在她腿上,跟她说了句"等等",蹲在地上开始在包里翻找。

"你找什么?"

"这个给你。"菊从背包里翻出一双球鞋,"你的鞋都湿了,穿我的吧,别着凉了。"

"喂,你有没有脚病?"

"没有。"菊说,"你可以扶着我,小心倒了。"

淳子朝下看了眼,自己的白色板鞋上全都是泥,连袜子都湿了,两条腿就像两根泥棍子。她刚把胳膊搭上菊的肩,想了想,又缩回来:"没事,我自己行。"

"附近好像没有能住的地方,要不我们出村找旅馆?"菊问。

"那边亮着!我们去那儿看看!"淳子忽然说。

村子的西边有个废弃的公交站台,破破烂烂的,难得的是居然有灯。

"我有主意了,你等我一下!"

菊忽然面露喜色,放下包,弯下腰钻进一片草丛。过了一会儿,抱出十几根枯树枝,相当娴熟地搭出一个空心顶,又不知道从哪儿摸出打火石,火星溅起。

"哇!厉害啊!"淳子大喊。

"可以烤玉米吃,你也饿了吧?"菊笑笑,把玉米和树枝递给她,"穿起来,架在火上烤。"

"所以你失踪这么长时间,是去玩荒野求生了?"

"我四处走,四处画,遇到漂亮的地方就停下来,待一段时间。"菊的轮廓在火光的映照下十分柔和,"挺苦,也挺开心的,比起以前按部就班的日子,我更喜欢现在的生活。"

"我姐很担心你。你很不负责任。"淳子忽然说。

菊的后背一僵。

"我能理解你的想法,她又不喜欢你,你也没必要留在她身边,但跑到荒郊野岭来'修仙'有点儿夸张吧?"淳子平淡却辛辣地问,"你就那么怕见她?"

火苗在黑暗中摇曳,枯树枝上的泥土迸裂,细小的火星溅在菊的手背上。他浑然不觉。

淳子转动着树枝,烤自己的玉米。她其实一直不喜欢菊,甚至有点儿瞧不上,觉

得他善良却懦弱，不敢努力争取自己喜欢的东西。唐桃和夏炽在一起，那又怎样？即使第一次输了，也可以再有第二次、第三次啊！输了就跑算什么？还是个男人吗？

所以她说出口的话，多少带了些攻击性。淳子毫无愧疚心，吹了吹玉米，咬一口，有些烫嘴。

好甜——她在心里惊呼！

菊的目光凝在自己的指尖，或许是风餐露宿的缘故，他的皮肤黑了点儿，人也瘦了些，却更显得那双绿眸深邃而明亮，像淬了火后更精更纯的宝石。他的嘴角缓缓上扬，露出一个轻松的笑容："我被禁锢在过去的枷锁里，太久了，已经不知道什么是快乐，什么是生活。所以，我要花些时间在自己身上，看些东西，想些事情。"

"在你眼里或许这里只是个小村庄。"菊的双臂撑在地上，向后仰起头，望着天上的繁星，"对我来说，这里很美，也很安静，是个好地方。"

淳子有一瞬间忘记了咀嚼，她诧异地盯着菊，和他那张在暖光中俊逸温柔的脸——什么啊？这人脑子有问题！

"算了，人各有志，我不强迫你。"淳子把玉米递给他，"多吃玉米少说话。"

菊一把接过，咬了口："谢了。"

那天晚上，两个人聊了很多，甚至连出村找住的地方都忘了，就着明亮的火堆，烤玉米，喝打到的井水，聊得非常开心。菊给她讲一路的见闻，包括怎么被黑旅馆老板偷钱，变得身无分文，怎么自己赚钱维持日常花销，怎么和父老乡亲套近乎，方便蹭到饭吃。淳子就跟他说柳原社的事情，说徐琳怎么怎么厉害，唐桃怎么怎么不靠谱，然而自己依旧觉得唐桃更加适合柳原社，虽然根本说不清原因。

淳子有意地略过了夏炽的部分，也略过了卢希辰的部分。菊安静地坐在对面，眼角眉梢都是笑意，尤其在听到唐桃的窘事时，他的双眼闪闪发亮，整张脸都亮起来，眉眼里的温柔，让淳子在心里暗吐舌头。

很久很久之后，淳子才想到，自己当初对菊的苛责或许是残酷的。

她不能体会他的心情。因为她从没像他那样，深刻地爱过一个人。

第二天清晨，阳光照在菊的脸上，他眨了眨眼睛，悠悠转醒，发现身边的淳子不见了。

昨夜的火堆早已烧成灰烬，身旁的包裹都还在，这个村落里没有小偷，何况包里也没钱。菊呆坐了两秒钟，"嗖"一下站起来，脸色发白——他担心的不是淳子，而

Chapter 06
淳子 × 食谱

是那个姓秦的老头!

淳子跟她明事理的姐姐可不一样。

那丫头可是混世魔王啊!

菊背起包袱就往秦老爷子家跑。跑到近处,他果然看见一个瘦小的身影,从前院的篱笆翻进去,猫一样轻巧地落在地上。淳子这回没正面突破,鬼鬼祟祟地围着农舍转了一圈,盯上了左边的厨房。门没上锁,淳子轻松就推开了。

"快出来!别被发现了!"菊扒在栏杆上,用气声喊。

淳子回头看看他,忽然眯起双眼,做了个轻蔑的鬼脸,像是在说,有本事你进来啊!

"快出来!一会儿秦老爷子就起来了!"菊很着急。

淳子没理睬他,推开门,径直走了进去。

关于奶奶要唐桃来乡下找秦老爷子的理由,淳子有三种推测:

一、秦老爷子保守着一个秘密,就像古代的前朝太监握有皇帝的遗诏,能直接帮助唐桃上位。

二、秦老爷子是柳原社的实权人物,话语权比藤本直树还重,讨好他,就能把柳原社攥在手心。

三、毕竟柳原社还是要靠糕点立足,它的本质是一家糕点店。秦老爷子有不外传的点心秘籍,可以帮助柳原社获得成功。

柳原淳子左思右想,第一二条不太可能。柳原社的前身是日本那边的亲戚创建的,和秦老爷子应该没什么关系,而且秦老爷子的性格,也不太像叱咤风云的人物。至于第三条推测嘛,就比较可信了,不是都说真正的美食在民间吗?说不定他就藏着美食界的"武林秘籍"呢?

淳子借着熹微的晨光打量着厨房,越看心里越有底。不大的屋子里,左边放置着很多篮球大的小缸,都用红色的塞子封好,右边有一个宽大的柜子,里面是一个个小盒子。淳子打开其中的几个盒子,认出里面放的是芝麻、绿豆、红豆之类的点心原材料。

最显眼的是房间角落的书架。

一般人家,谁在厨房里放书啊?可房里的书架比淳子还高,足有两米宽,摆满了密密麻麻的书籍,有的甚至都堆到架子顶上了。淳子的心咚咚直跳,哎哟,她也太聪明了!

她随手抽出一本，扫了一眼，上面的字居然是用毛笔写的，乍一看还不太能看懂。她定睛细看，发现书架上大部分都是古书，或者仿古书，用黄纸和线装订成册。

淳子看得入神，没发现身后的门被人推开了。

"你干什么？"秦老爷子口气不善地问。

"哦，早上好啊，我看看你的书，没别的意思。"淳子倒是大大方方地转过身，一点儿没把自己当外人，"这些书都是食谱吧？你喜欢做点心？做得很厉害？"

秦老爷子不耐烦地看她一眼。或许昨天睡得不错，今天秦老爷子的面孔看起来和善了些，他走进厨房，把窗子支起来，厨房里亮堂起来。他又走到木桌前，把桌上蒙着的白布掀开，淳子定睛一看，是大小不一的圆碗和擀面杖，一看就经常使用，木头都乌亮亮的。

"你要做什么？"淳子赶紧凑过来。

秦老爷子不理她，径直从柜子里取出各种食材，像面粉、香油，还有一些不知名的作物的种子，淳子都叫不出名字，但看起来特别特别香。她的肚子"咕咕"叫起来，昨天只吃了一根半玉米，真的很饿。

"老爷子，我帮帮你？"淳子打着蹭饭的主意。

"一边去。"秦老爷子手上飞快地忙活开了，"别碍事。"

站在桌子前的秦老爷子有股认真劲儿，擀面的速度飞快，动作非常娴熟。淳子觉得这些工序看上去普普通通，却又有不平凡的地方，那些细碎普通的食材在秦老爷子手下就像听话的军队，训练有素又不失灵活，转瞬间馅料就已经调好，一勺勺舀进面里包好，秦老爷子转身烧火，开始热锅。

淳子慢慢看出来了，馅料黑黑白白，擀成圆形的薄饼——秦老爷子做的是椒盐饼。其实这道食物的食谱在屋里的书架上就有，叫作《调鼎集》，是清代中期的烹饪书。

《调鼎集》第九卷点心部分有记载：

椒盐饼：白面二斤、香油半斤、洋糖二斤、盐五钱、椒末一两、小茴一两，和面为馅，入芝麻粗屑尤妙。每一块饼夹馅一块，擀薄入炉。又，汤与油对半和面，作外层。内用糖与芝麻屑并油为拌馅。又，椒盐、脂油和面，擀薄饼，于油锅烙熟，切饼。

饼下锅的瞬间，油星溅起，香味喷涌而出。淳子不算贪吃的人，但现在口水快滴在地上了。

Chapter 06
淳子 × 食谱

秦老爷子背对着淳子翻动着椒盐饼，忽然冒出一句话："我不喜欢你奶奶。"

"啊？"

"我和你奶奶是同乡，她以前是村里最任性、最不安生的，性格和你一样，无法无天。因为她的个性，我们的关系一直很差。"秦老爷子声音沙哑，"她现在还没死吗？"

淳子"扑哧"笑了："她挺好的，健康得很，最喜欢出国玩，还养了只猫，回国就玩猫。"

"哼，孙女都这么大了，玩心还收不回来。"

秦老爷子把椒盐饼捞出锅，放在木头砧板上，用厚实的铁刀切成小块。饼面油光光的，发出"咔嚓嚓"的脆响，闻到椒盐的喷香，淳子响亮地吞了口口水。

"以前天天跟我对着干，又几十年没联系，现在有困难了，一封信就要我帮她孙女争家产。"秦老爷子不屑地哼了声，"凭什么？"

淳子已经完全没在听他说话了，她的眼耳口鼻心全在喷香的椒盐饼上。

"我可以吃吗？"淳子问。

秦老爷子一愣。

"我好饿！"淳子说。

秦老爷子沉默了会儿，把砧板往她面前一推。淳子急不可耐地用手捏起一块椒盐饼，往嘴里一塞——嗯！喷香焦脆！轻轻一咬，咸甜交织的口感让人满足到天上去！

淳子几口吞下椒盐饼，舔着手指，意犹未尽。秦老爷子花白的眉毛微微挑起，双手抱胸沉思了一会儿，说："吃吧。"

淳子一头扎进剩下的椒盐饼里。

其实秦老爷子话没说完，他和淳子奶奶不对盘，有一个重要的原因，就是淳子的奶奶是个木舌。木舌，顾名思义就是不懂吃，吃啥都一样，还曾经调侃过秦老爷子的厨艺，说做出的东西和街边小摊子上的差不多。秦老爷子本来对她心存爱慕，结果听见这句话，当下发誓老死不相往来，直到淳子的奶奶出嫁，两个人都没再见过面。

她的这个孙女，倒还有点儿品位，估计是父辈基因好——秦老爷子摸着胡子想。

淳子没吃过这么好吃的饼。真奇怪，她毕竟在柳原社长大，从小身边都是三四星级的名厨，却被秦老爷子黑乎乎的厨房里的一张饼给震撼了。

她边吃边想，猜测是正确的，秦老爷子一定藏有不外传的秘方，所以才能把简简单单的椒盐饼做得这么好吃。

　　淳子的视线贼兮兮地落在房间里的书架上。

　　"秦爷爷，我还要在这里待一阵子。"淳子嘴甜地说道，"我能不能每天都来您这儿吃早点？"

　　秦老爷子被抓住了弱点，他有非凡的手艺，但没人分享，又和村里人处得不好，生活想必非常寂寞。高人嘛，就像《神雕侠侣》里的老顽童一样，孩子心重，夸两句就飘飘欲仙了。

　　淳子紧张地等待着回答。

　　秦老爷子听见这句话，明明就被说动了，却还要嘴硬。

　　"哼。"他背着双手，傲娇地哼了一声。

Chapter 07
游轮×剧组

　　唐桃醒的时候，只觉得自己背后浮浮沉沉，非常颠簸，像一块木头漂浮在汹涌的大海上，一道浪打来，她被冲得几乎翻过去，胃里一阵恶心，头也阵阵发晕。

　　她呻吟一声，挣扎着坐起来，往舷窗外一看。

　　外面还真是大海。

　　等等……

　　舷窗？

　　大海？

　　她猛地跳起来，一个重心不稳，栽在厚厚的地毯上。

　　等头痛减轻了，记忆才慢慢回溯，她在大脑和耳朵交织的嗡嗡声里，渐渐想起到底发生了什么。昨天，卢希辰要唐桃陪他去参加《海上芭蕾师》的开机宴，唐桃没办法拒绝，穿了条朴素的小黑裙子就去了。唐桃一不追星二不追剧，唯一的爱好就是打工赚钱，哪里见过娱乐圈的阵势？即使导演大量起用新人，大家都比较朴素，但剧组的财力和派头还是在的。

　　开机宴在×市最高档的五星级酒店里举行，衣香鬓影，美女如云，硕大的水晶吊灯像条吊在天花板上的鲸鱼，反射得一切都金灿灿的。唐桃在这种场合有些局促，况且她也不会做经纪人，只能亦步亦趋地跟在卢希辰身后，尴尬地赔着笑脸。

　　卢希辰是个见人说人话见鬼说鬼话的主儿，非但没怯场，反而捧着香槟和大家谈笑风生，俨然是这场酒会的主角，巨星里面的超新星。

　　唐桃最后不知道被灌了几杯酒，脸色绯红，腿肚子打战，人都站不直了。卢希辰只是微微笑着看她，故意让她喝醉似的。

　　等唐桃醒来，已经在开往大西洋的游轮上了。

　　记忆中的最后一个画面，是卢希辰明亮的，甚至带着些狡黠的眼睛。

　　"卢希辰！"唐桃气得咬牙切齿，"居然敢阴我！"

　　唐桃几乎把脸贴到舷窗上，窗外是蓝蓝的大海，根本望不见陆地，游轮已经开出很远了。她转过头环视船舱，这间房的条件相当不错，三十平方米的室内装潢简约而舒适，中央放置着柔软的双人床，还有沙发、电视、地灯，另一侧配有半圆形的淋浴间，设有高达腰部的扶手，防止在淋浴中摔倒。唐桃在床头柜上发现了自己的手机，她第一个念头，就是赶紧打电话给夏炽。

　　脑袋里已经冒出他冷笑着的、强忍着怒气的画面。

　　其实换位思考，如果夏炽天天和一个漂亮女生待在一起，还一声不吭就被拐上游

Chapter 07
游轮 × 剧组

轮，唐桃也是要生气的。唐桃很快下了决心，无论夏炽发多大的火，这次她都要努力理解，好好表现，并尽可能快地回到他身边。

船舱里信号不好，唐桃在屋里绕了好几圈，好不容易把号码拨出去，对方很快应了。

"喂……夏……夏炽？"

"嗯。"对方的声线很平静，听起来……心情尚可。

"我告诉你件事情，你先别生气。"唐桃紧张兮兮地说，"卢希辰要我做他的经纪人，帮他忙，因为他之前帮过夏姜，所以我没办法拒绝。结果昨天去参加开机宴……等……等醒来，我就在游轮上了！现在我在游轮上！"

唐桃皱起眉，闭上眼睛，等待着听筒那头的狂风暴雨。

对方平稳地呼吸着，那呼吸声听起来波澜不惊。唐桃竖着耳朵，仿佛还能听见微弱的翻书声。

"喂？"唐桃问。

"嗯。"夏炽慢悠悠地回答，"晕船吗？晕船记得吃药。"

咦？

就这样？不发火？

难不成是假的夏炽在接电话？

"你不生气啊？"唐桃问。

"卢希辰帮过夏姜，这个人情我一定会还，既然他让你做他的经纪人，你同意了，我也不会拦着。"他心平气和地说，"就是要辛苦你了。"

唐桃睁圆了那双睫毛长长的黑眼睛，心里居然有点儿闷闷的不痛快。哦，她和别的男生朝夕相处，共乘游轮，夏炽也不介意？

诡异！

唐桃只能点头："好吧。我去找卢希辰，问问看怎么回事。"

电话那头沉默着。过了一会儿，磁性动听的声音低低响起。

"唐桃。"

"嗯？"

"记得想我。"夏炽浅笑着说。

给个巴掌又喂颗甜枣，唐桃不甘心地承认，自己还是被甜到了。

唐桃给卢希辰打电话，没人接，她身上还穿着昨晚的黑色小礼服裙，总不能这样

出去吧？唐桃打开衣柜，里面有些衬衫长裤，这时候也管不了是谁的了，拿出来草草地换上。上衣太宽大，裤子更是长到离谱，唐桃把裤腿往上卷了好几道，打开房门悄悄往外看。

走廊里静悄悄的，一个人都没有。她顺着走廊里的指示往甲板上走，渐渐听到了人声，很奇怪，嚷嚷着什么"道具组""试戏"之类的。

唐桃拦住一个戴着鸭舌帽的人："请问，你知道卢希辰在哪儿吗？"

"卢希辰？在舞池拍戏呢。"鸭舌帽上下打量她，"你是谁啊？"

"我……"唐桃愣了下，"我是他的经纪人。"

鸭舌帽狐疑地盯着她看了一会儿，手一指："喏，从那儿的楼梯下去，他们在舞池里拍戏。"

甲板正下方是整个游轮最华丽的地方——舞池，也是《海上芭蕾师》最重要的取景地之一，男女主角在舞池中相遇、共舞，才有之后的一系列故事。

唐桃刚下楼梯，嘈杂的喧嚣闯入耳中，宽敞的舞池周围被摄像机和工作人员包围了，无数人穿梭在过道中，布景、调试，非常忙碌。

唐桃知趣地躲到一边，好奇地打量着舞池，那里极尽漂亮奢华，剧组下了血本，把舞池重新改造一番，让其更契合剧中的氛围。

唐桃毕竟学了一段时间的舞美，对室内环境有了些概念，站在一边抬头琢磨，还真琢磨出些门道来。然而越看，她心里越疑惑，这个舞池的场景布置，怎么和当初投稿时的第三个方案有点儿像？眼睛扫过房梁上的金贝壳装饰，唐桃更不解了，也不至于要抄她们的点子吧？

一个束着高马尾的人急匆匆走过，撞了唐桃一下。两个人同时说："不好意思！"

唐桃抬眼看去，一愣："林潇潇？"

可不就是林潇潇吗？穿着剧组统一的黄马甲，脖子上还戴着工作牌。两个人对视的一瞬间，唐桃几乎可以断言，林潇潇从头到脚都僵住了，漂亮的眼睛里闪过慌乱。她本就不好的脸色更差了，往后退了一步："唐桃？"

"你怎么会在这儿？我好久没见到你了，给你发消息也不回。"

"哦，我……我有点儿事要办。"林潇潇言辞闪烁，"我先走了。"

唐桃没拦她，她的心里忽然清明一片，因为林潇潇的工作牌上，写着"总监"两个字。

Chapter 07
游轮 × 剧组

怪不得舞池的布置和自己的方案有相似之处，怪不得自从林潇潇告知自己方案落选后，唐桃就再也没见过她。

唐桃的第一反应，不是愤怒，不是失望，而是茫然。

林潇潇不是贪图奖金或者名声的人，不然，她也不会在暑期实践的时候，那么尽心尽力地帮自己，对吗？

唐桃的心怦怦直跳，她恍惚地盯着剧组里来来去去的人，连舞池中央的卢希辰喊自己都没听见。一双运动鞋闯入视线，卢希辰微微上扬的声线，带着笑意唤着她的名字："喂，经纪人，回回神。"

"啊？"唐桃抬头。

"昨天晚上睡得好吗？你喝醉了，剧组又要求当晚出发，我没办法，就把你弄上来了，你……"卢希辰的声音戛然而止，略带惊讶的视线扫过她的衣袖裤脚，视线微微一沉。

一瞬间，他的眼里似有燃烧的火。

"这样不好吧？"卢希辰语气轻佻地笑起来。

看见卢希辰，唐桃游走的魂才重新归位，她立刻问："你已经开始拍戏了？拍多久？我什么时候能回去？"

"你是我的经纪人，当然等我拍完了你才能回去。"

刘导绑着高马尾，穿着干练的T恤、长裤，坐在折凳上冲这边喊："休息十分钟，卢希辰，你记一下台词，一会儿别再错了。"

原本围成一团的工作人员忽地一下散了，有的去喝水，有的去调整机器，有的往唐桃这里张望，却被卢希辰的背影挡住了视线。他揽着唐桃的肩，递给她两本册子，说："帮我对一下台词，刚刚有点儿没记住。"

第一本是剧组的拍戏日程，唐桃匆匆扫了一眼，发现剧组在开机宴结束后就仓促出海，有着非常充分的理由。《海上芭蕾师》的高潮部分，是主角在甲板上的一段独舞，这个镜头要在大洋的某个湾流上取景，这个季节湾流上会有大片的飞鱼迁徙，场面非常壮观。

剧组赶的就是鱼潮，于是干脆把所有船上镜头都提前了。

"今天晚上你帮我把我的时间表整理好，你的工作就是安排我的日程，帮我对台词，再拿拿水、捏捏肩之类的。"卢希辰朝她挤眉弄眼，"不难吧？我的经纪人。"

有他在的地方，再紧张的气氛也弄得跟玩似的，唐桃确实不紧张了。

卢希辰已经换好了戏服：棒球衫、运动鞋使他整个人看起来青春洋溢，像极了电视剧里蹦出来的校草，看不出一点儿男主角"芭蕾舞"天才的身份。

"你就穿这个？"唐桃问。

"男主角本来年龄就不大，穿这身不奇怪。"卢希辰问，"帅吗？"

他的语气隐隐有些期待。唐桃"扑哧"一笑："还行吧。"

休息时间很快结束，两个人对了下台词，卢希辰正式上场。这幕场景是男女主角的初遇，男主角在游轮上打工，休息时间参加船员party，正巧遇见和同学乘船度假的女主角，两个人一起舞蹈。听说饰演女主角的也是新人，有长而飘逸的秀发，长相甜美，和卢希辰站在一起非常登对。

唐桃第一次看剧组拍戏，好奇得很，一时居然看入了迷，把林潇潇给忘了。初遇的场景拍了一个小时，刘导非常满意，让卢希辰下去换衣服补妆。

这时候，舱门边一阵骚动，一群人簇拥着什么人走了进来，里三层外三层的。一旁的女员工说："哎，那个谁，音乐总监来了！"

音乐总监？什么音乐总监这么气派？

唐桃喝了一口水，心想着一会儿先帮卢希辰把时间表排出来。

"音乐总监"走入船舱，脚步顿了顿，忽然朝唐桃所坐的方向走来。围着他的人四散开，唐桃瞥见一只黑色的袖管，袖管上别着红宝石的袖扣，底下那双手洁白修长，骨节分明，捏住唐桃垂下来的发丝，缓缓向上，把发丝别在她的耳后。

手背的肌肤碰到她的耳朵，凉凉的，麻麻的。

唐桃的视线往上，再往上——一口水喷老远。

"音乐总监"微微一笑。

唐桃"嗖"地一下站起来。

然而还没等她开口说话，对方的眼神忽然变了。他的视线从她的脚扫到胸口，眉头皱得能夹死苍蝇，再和她对视时，他的眼底是一片隐忍的怒火。

"谁的衣服？"他问。

唐桃花了五秒钟思考这句话，又看了看自己——完了。

对方忽然弯腰，将唐桃一个横抱抱起来，大步走出船舱。

身后响起一片惊讶的呼声及不明所以的尖叫声。

唐桃甚至听见卢希辰那家伙吹了声口哨。

日期:

目的地:

天气:

交通:

他／她:

Chapter 07
游轮 × 剧组

她的脸轰地烧起来，腿和他手臂接触的肌肤也阵阵发烫，然而只能用力钩着他的脖子，才能防止自己掉下来。甲板上，视野空旷，强劲的海风一吹，唐桃的脑袋忽然清醒了很多。

"放我下来！"唐桃说。

对方绷着下巴。

"你……喂，这么多人看着呢……"

一只海鸥飞快地掠过，声音嘹亮，甲板上空无一人。

"行，我错了，行不行？"唐桃轻轻挣扎着，"你放我下来，我们好好说。"

他的手臂这才松了，唐桃跳下地，扶着栏杆站稳了。

夏炽不说话，静静地看着她，看得她心里毛毛的。

"我话说在前面，我不知道这是谁的衣服啊，我随便拿的。"唐桃后知后觉——这身衣服是男式的，怪不得这么大。

"我知道是谁的。"夏炽说。

"呃……没……没事，一会儿换了扔掉！"唐桃努力挤出一个讨好的笑容，"你怎么在这儿？昨晚就在了？"

"嗯，昨天的酒会我也去了，虽然只去了半个小时。"夏炽深沉的视线落在她脸上，"某人喝得烂醉，没看见我。"

呃……

她百口莫辩。

她都被无知觉地搬到船上了，把她扔海里都不一定能醒，哪里还看得到夏炽？

"那你怎么过来的？不会真的做什么音乐总监吧？"

"我负责这部影片的音乐监制，同时也是影片的投资人之一。"夏炽背靠着栏杆，闭上眼睛，淡淡地说，"你是卢希辰的经纪人，你要对他负责。而我是你们的投资人，你们要对我负责。"他目光一转，淡淡地落在唐桃脸上，"我要求很高的，唐小姐。"

声音低沉，眸光浅淡，衬着碧蓝的海天与微凉的海风，让唐桃看得脸红心跳。

哇，投资人……

以唐桃对夏炽的了解，他绝不会动用夏家的关系，也就是红石集团的力量去做任何事，那么就是说，他是以自己的能力，为了她，站在这个甲板上。

她花痴了一会儿，默默地蹭到夏炽身边，往他身上靠了靠："你在这里挺好的，

我其实心里很没底。"

夏炽含笑看她一眼，眼睛溢满温柔。

唐桃不知道，在救出夏姜的那一晚，卢希辰曾找到夏炽，在医院楼下说了几句话。

卢希辰开了罐可乐，靠在墙上慢慢喝，等可乐喝完了，话也说完了。夏炽自出生起从未被威胁过，无论是感情还是工作，然而对方从容笃定的态度，懒散淡定的话语，却让他头一次感觉到了威胁。

这个叫卢希辰的男生，绝不能留在唐桃身边。

因此，两个人打了个赌。

至于赌约的内容，只有当事人才知道，也就是这个赌约，让本来就很忙的夏炽延后了歌剧院的日程，来到了大海上。

夏炽当然不会把这件事告诉唐桃。

他轻轻拍了拍唐桃的头，把下巴搁在她的头发上。唐桃幸福而感动地靠着夏炽的肩膀，完全不知道他平静的外表下复杂的心思。

"对了，你的室友也在剧组里。"夏炽说，"我记得你们之前一起投过方案。"

"对。"唐桃的表情沉了沉，"电影的布景明显采用了我们的一部分方案，但林潇潇没有告诉我，今天见到我她很惊讶。"

夏炽挑了挑眉："要我跟导演说吗？"

"不用了。"唐桃想了想，摇头，"我亲自去问问她。"

晚上，唐桃终于弄明白了，之前睡过的豪华船舱是卢希辰的，她的房间在游轮倒数第二层，狭窄的单人舱室，一张单人小床，和一张小学生课桌般的桌子。唐桃刚一进屋，立刻换掉之前的T恤长裤，换上工作人员统一的服装。

卢希辰那家伙，真是处处给她设陷阱啊！

唐桃心有余悸地摸摸心口，去船上的自助餐厅吃晚饭。

餐厅里的人形成了小团体，都是同事或熟人坐在一起，大家互相认识。唐桃环顾一圈，卢希辰和夏炽都不在，卢希辰应该去听导演说戏了，而夏炽不知道在干什么。她盘算着带点儿吃的去慰问夏炽，目光扫过人群，忽然看见了林潇潇。

她坐在一堆看起来很年轻的工作人员中间，谈笑风生，有说有笑，显然就是小团体里的头头。看来她也是真心高兴，容光焕发的，笑得饮料几乎喷了出来。

唐桃往餐盘里扔了两块培根，想了想，走到林潇潇的桌前。

林潇潇正笑眯眯地听一个男生讲笑话，一抬头看见唐桃，脸色立刻变了。

唐桃有一瞬间的不忍心，但她还是看着林潇潇，说："借一步说话。"

其他人都停止谈笑，一双双眼睛好奇地盯着唐桃。白天都传疯了，卢希辰的经纪人穿着卢希辰的衣服从他房间里走出来，还被音乐总监一个公主抱抱去了甲板上吹风。这年头，小说都不敢这么写啊。

林潇潇脸色苍白，定定地看着唐桃。她转头对同桌的人说："能不能让我们单独聊聊？"

那些人立刻站起来，七手八脚地端着餐盘走远了。

唐桃在空出的位置坐下，扫了一眼林潇潇的工作牌："舞美总监，很厉害啊。"

"我知道你想说什么，是，我们的方案通过了，但导演要求我们组中的一个人加入剧组，和别的舞美合作。"林潇潇说。

"这就是你背着我进组的理由？"

林潇潇脸色惨白，握着杯子的手慢慢用力。

"你完全可以和我商量，如果你真想进组，我肯定会把这个机会给你，因为我本来就有柳原社的事情要忙。"唐桃说，"你为什么要骗我？"

唐桃心里其实很难过，林潇潇已经承认了，她用了两个人一起设计的方案进剧组，这是赤裸裸的背叛。然而，林潇潇的表情令人不解，她似乎比唐桃更难过、更不甘，甚至更加委屈。

"你不明白，你当然不明白了，你是柳原社的未来继承人，高高在上，哪有时间当什么剧组里的舞美？"林潇潇忽然激动起来，把玻璃杯往桌子上一摔，"你以为我想瞒着你偷偷来？你以为我想活得不光彩？那是你的创意，不是我的，你以为我愿意要？"

唐桃被她的气势吓住了。那……那你不愿意来为什么要来？不愿意做不光彩的事情，为什么还这么做？

还有这和柳原社有什么关系？

唐桃哪里转得过弯来？在别人眼里，她已经是高高在上，十指不沾阳春水的存在了。就像当年莫明雪于她，是一掷千金的富家小姐，似乎什么都不用愁，手一挥就有人全盘接过难题。

林潇潇眼中溢出泪水，她无视周围或是揣测或是不解的视线，居然趴在桌上，头

往胳膊里一埋,低声呜咽起来。

唐桃这下傻眼了。

她把林潇潇弄哭了?

"我也不愿意啊,我也不愿意啊……"林潇潇模糊不清地嘟囔。

她忽然用力扯下胸前的工作牌,往唐桃面前一拍:"还给你!都还你!谁稀罕!我还不想要呢!"

面对林潇潇诡异的举动,唐桃忽然福至心灵。林潇潇确实不是贪图名利的人,她甚至比唐桃更加疾恶如仇,更加藏不住心事。

让她做出异常举动的原因,八成和洛子深有关。

唐桃只好跨过半张桌子,伸出手,轻轻拍了拍她的后背。

林潇潇哭得更凶了。

有句话怎么说的来着?会哭的孩子有糖吃。这下唐桃心里的气消了一半,也不好再为难她了。

"有话好好说,你别哭啊。"唐桃放柔了声音,低声劝说,"是不是跟洛子深吵架了?"

林潇潇伏低的肩膀一颤。

果然。

"怎么回事?"

在唐桃的追问下,林潇潇抽抽搭搭地说出了实情。原来之前和洛子深一起出去逛街,拍照发到朋友圈的女生,是洛子深的青梅竹马,年龄相仿,也学舞台美术。

"那……"

不会是在争风吃醋吧?

林潇潇抹一把泪,嘴一撇,愤恨地说:"她最近又拿奖了,拉洛子深去给她庆祝,那家伙又发了朋友圈。"

唐桃扬了扬眉。这个臭小子,也不知道是无意的还是存心的。

"唐桃,我可羡慕你了。"林潇潇说,"夏炽那么喜欢你,恨不得天天和你在一起,是个人都看得出来。所以你根本不用担心,也不用提心吊胆,就算你们异地、异国,也不会有我这种感觉。"

唐桃心说,那可不一定,是自己一直缠着夏炽,哪有夏炽缠她的时候……

唐桃把工作牌推回林潇潇面前,说:"既然已经接了工作,你就加油干。我这次来，还有卢希辰经纪人的工作要做，你就连我的那份一起努力做了吧。"

林潇潇愧疚地说："唐桃……"

"行了，道歉就不用了，既然已经接到工作，你就好好做给洛子深瞧瞧。"唐桃潇洒地笑笑，"卢希辰那儿还有我一大堆事，我先走了啊。"

林潇潇揉了揉鼻子，半晌，也笑了，腼腆地点点头。她忽然说："对了，有件事我要告诉你，之前洛子深一直念叨，你最近霉运当头，很可能倒大霉，千万当心。"

"不会吧？"

"他之前就跟你说过，离卢希辰远一点儿，他是你命中的魔星。"林潇潇认真地说，"洛子深这个人虽然神神道道，但这方面一直很准的，你要信。"

晚上，唐桃趴在桌前整理卢希辰的时间表。

剧组在船上只停留半个月，工作量非常大，包括所有训练和正式拍摄，日程紧张得几乎不够用。

卢希辰作为主角，任务更加繁重，唐桃也是吃饭的时候才听说，卢希辰要跳的那段独舞非常难，别说一个大一的新生，就算真正的舞蹈家也很难表现得完美。

那家伙……没问题吧？

夜色深沉，海波荡漾。刘导还在连夜赶戏，甲板上灯火通明，底下的船舱却安静而幽暗，随着海波轻微地左摇右晃。唐桃从下午开始胃就不舒服，可能是晕船，趴在桌子上做图表做了好久，恶心感更明显了。

她整理好时间表，打算给卢希辰送过去，然后回来睡觉。一开舱门，就看见阴暗的走廊里站着一个人，脸正对着墙壁上的挂灯，眉宇清俊，鼻梁高挺，更显得五官像是刻刀雕出来的。

唐桃的脚刚迈出，他的眼睛一动，抬起头。

"夏炽！"唐桃很惊喜。

夏炽不说话，看着她。

"对了，你住哪个房间？"

夏炽说："你对面。"

唐桃一愣，堂堂影片的投资人，全组的音乐总监，居然和她住一个等级的房间？

唐桃嘴角漾起微笑，挪到他身边，之前的眩晕感忽然减轻了不少。她问："那你在走廊里干什么呢？"

"没灵感,休息一下。"夏炽声音低沉,"这部电影的配乐很复杂,有交响乐,有歌剧,甚至还有中国古典乐……那个导演想法太多,有点儿乱,况且我半路接手,更要多花时间。"

"古典乐用在哪儿啊?游轮什么的不应该是西方那套吗?"

夏炽低头看着她,眼里闪过笑意,他舒展手臂,将她揽进怀里。

"别动,我充会儿电。"

夏"男神",充电插头在房间里啊……

唐桃脸红了。

是自己一直缠着夏炽,哪有夏炽缠她的时候……

那现在,算吗?

"柳原社的事情怎么样了?"夏炽的声音有些模糊。

"我收到了淳子的消息,就一条,说和那个奶奶要她找的人接上头了。不过她那儿信号好像很不好,我发给她的消息她都没回。"

夏炽"嗯"了一声。

"你奶奶……是个什么样的人?"

唐桃笑着说:"我奶奶啊,特别可爱,特别照顾我,而且特别讲义气。这次要去见的那个人,就是奶奶推荐的,好像做糕点很厉害。"

唐桃一连用了三个"特别",把夏炽都听笑了。过了会儿,他的头埋在她的肩上,低低地说:"等这阵忙完了,带我去见见你那个'特别'的奶奶。"

"哦。"唐桃这时候还没反应过来,"可以啊,不过你要见她干吗?"

夏炽抬起头,深红的双眸平静而幽深,藏着许多无法明说的话语:"早晚要见的。"

去找卢希辰的时候,唐桃的脚步都是飘的。

她人也不恶心了,肚子也不饿了,反正迷魂汤是灌饱了。

唐桃心下也纳闷,怎么士隔三日,夏炽说情话的功夫像是坐了火箭一样直线飙升?她哪里知道,人的潜能都是激发出来的,夏"男神"这是不鸣则已,一鸣惊人。

来到卢希辰房前,门居然自动开了。一个眼熟的男人走出来,眉峰高挑,脸颊非常瘦削,长相英俊,却散发着一种难以接近的气息。唐桃记得,这位是卢希辰的叔叔兼经纪人,卢青。

Chapter 07
游轮 × 剧组

他看见唐桃，面露不悦。唐桃赶紧解释："我来找卢希辰。"

卢青甩下一句话："他不在房间。"随后消失在走廊尽头。

唐桃几乎把整艘船都翻了个遍，问了好多人，才知道卢希辰在船尾的甲板上练舞。毕竟是主演，卢希辰专门有一间僻静的练舞室，但他偏要跑到甲板上，也不知道大晚上吹海风干什么。

风很大，云流得急，只有身处大海之上，才会知道，原来天是这么广阔，像另一块生长着星辰的大地，根本没有尽头。

甲板的尽头，有一个模糊的轮廓。

唐桃走近后，看见卢希辰只套着一件薄T恤，慵懒地靠在栏杆上，注目远方。

"你果真在这。"唐桃说。

卢希辰回过头，看见她，目光里居然闪过一丝慌乱。

晚上的甲板很冷，也没有灯照明，幸好卢希辰在偷懒，否则谁知道会不会跳着跳着就跳进海里去？

唐桃把整理好的日程表交给他，说："我都帮你整理好了，你记得看看，明天早上六点钟就有排练，结束后还要拍戏，你今晚得早点儿睡。"

"都听唐经纪人的。"

唐桃敏锐地感觉到，今晚的卢希辰有些不同，太安静了，也太好说话了。

"唐桃。"卢希辰忽然叫她的名字。

"嗯？"

"有时候我挺羡慕夏炽的。"

"为什么？"

卢希辰看着她笑。今晚月光很淡，天与海之间有种奇异的朦胧的光亮，静静地笼罩着卢希辰的全身，像北欧神话中的天使，线条纤细而柔美。永远近在咫尺，也永远充满神秘。

魔星。

唐桃脑袋里忽然闪过这个词。

这样的卢希辰，怎么会害自己？

"没什么，听不懂就算了。"卢希辰摸摸鼻子，亲昵地把手搭在她肩膀上，"回去吧，这鬼甲板也太冷了。"

经过几天的试验，柳原淳子发现，人和人之间的感情果然禁不起考验。

尤其是在每天四点钟起床、连干八个小时农活的折磨下，她已经有纵身飞去海上，把她那个不靠谱的姐姐掐死的冲动。

淳子本来的目的，是留在秦老爷子身边，找机会把他的藏书全部偷走，顺便偷吃些点心做劳务费。也不知道是居心被看穿了，还是秦老爷子本来就不怜香惜玉，他把淳子当男生用，把菊当牲口用，一周下来，淳子和菊都晒得像非洲来的猴子，脸颊都累得凹陷下去。

连一贯逆来顺受的菊都有点儿受不了了。

这天早上，淳子从木板床上爬起来的时候，整个后背都在"咔咔"响，像生了锈的链条。菊更是昏睡得不省人事，破旧的棉被里，露出一颗蓬乱的、憔悴的金色脑袋。

对了，两个人住一间房，每天累死累活的，回来倒头就睡，也顾不上避嫌了。

淳子打个哈欠，动了动脖子，才发现今早秦老爷子没来叫她。平时还没睡醒，就被秦老爷子像拎小鸡一样拎出去，直接丢进地里，收麦子、种菜瓜。

秦老爷子有好大一片地，什么食材都自己种，也难怪做出来的点心好吃。

淳子走到菊的床前，抢起胳膊，打算把他拍醒。手还没落下去，忽然在他鼻子前顿住，掀起一股掌风，菊的睫毛颤了颤。

淳子啊淳子，你是不是傻？菊睡着，秦老爷子又不在，不正是去偷食谱的绝佳机会吗？

淳子立刻猫下腰，鬼头鬼脑地打开门探了探，朝厨房偷偷摸去。

秦老爷子果然不在，厨房也没有任何防备，破旧的门半敞着。淳子溜到书架前，开始一本本往背包里丢书，考虑到书的总量，她不可能全部带走，专挑那些破的、旧的，长得最像"武功秘籍"的书拿，装了满满一包，她喜上眉梢。

比想象中的简单多了！

那她是不是可以回去了？

淳子下意识地往菊的方向看了眼，转向房门的脚步一顿。

就在这时，眼前闪过一道白光，木板的缝隙后明显有人，举着相机，鬼鬼祟祟地盯着淳子。

"谁？"淳子大喊一声。

她早上起来偷个书，居然还能被拍到！

"别跑，站住！"淳子背起包就追出去。

Chapter 07
游轮 × 剧组

淳子嗓门太大,把菊吵醒了,他乱着头发从房间里跑出来,睡眼惺忪地说:"怎么了,怎么了……有谁来了?"

"快给我追!有人偷拍我!"淳子利落地撑着院子里的栅栏,一个漂亮的翻身,追了出去。

于是,清晨的乡村出现了离奇的一幕。一个戴着鸭舌帽、装束诡异的男人在没命地逃,后面跟着一个凶神恶煞的少女,和一个没睡醒的少年。少年显然没搞清楚状况,一边追,一边问:"你跑什么啊,秦老爷子呢?"

"还秦老爷子呢!先抓住那个人再说啊!"

淳子个子不高,跑得却飞快,刚追了一会儿,那个男人明显体力不支,速度慢下来。淳子脚步一拐,抄了个近道,闪身出来的时候一个飞扑,把男人直接撞进一旁的猪圈里。

猪群哼哼唧唧,惊慌地四散开。淳子咬牙切齿地掐着男人的脖子,整个人骑在他肚子上:"说,你拍我干吗?谁派你来的?"

"喀喀……女侠……女侠饶命……"男人的鸭舌帽歪掉,露出一张很难记住的路人脸,"我是《皇都美食周刊》的,今天说好来取材,看到你,就拍……拍了。"

淳子一愣,《皇都美食周刊》?她听过这个名字,国内最好的美食杂志之一,权威堪比《米其林》杂志,就连当年柳原社想上刊,也花了一番功夫。这种杂志的记者,跑到乡下来干吗?

淳子手上使劲:"你以为我会信?"

"真的真的,不信你看,这是我的证件。"男人连忙从衣领里扯出记者证,生怕晚了两秒钟就小命不保,"我是来采访秦老爷子的,你不是他家人吗,难道不知道?"

淳子愣住了,《皇都美食周刊》,采访秦老爷子?

淳子面露怀疑之色,这才松了手,让男人喘上了气。

"你是从哪儿知道秦老爷子的?"

"很少有人不知道他啊,三十年前糕点界的传奇,担任过十家三星米其林甜点主厨的神人!"男记者目光中充满了崇拜,"他好多年前就归隐了,几乎没人能联系上他,我还是拜托了一位侦探朋友,帮我查了全国叫这个名字的人,才找到这里的。"

淳子惊讶得合不拢嘴,敢情那个面相凶恶、善用童工的老头子,还真是不出世的高手啊!

"对了,你是他什么人?"男人喘过气来,开始向淳子提问。

"我?我是……"淳子嘴一撇,"我是谁关你什么事?秦老爷子不接受采访,你赶快滚吧!"

她说完作势又要挥拳头。男人赶紧从猪圈的地上爬起来,连帽子都不敢捡,连滚带爬地跑了。

菊这时候才赶过来,气喘吁吁,表情复杂地看着淳子。幸好她是个大城市的姑娘,天性受到了压制,要是真生活在乡下,估计能成为村头一霸,方圆十里内的小伙子都闻风丧胆的那种。

淳子还坐在地上,没从震撼中回过神。她似乎明白奶奶要找秦老爷子的理由了,能帮唐桃赢得试炼的,可能不是这些食谱……

而是,秦老爷子。

几只猪从淳子身前经过,"哼哧哼哧"地拱着稻草,淳子浑然不觉,直到一只手伸在她眼前,菊面带微笑,嘴角上扬:"起来吧,别被猪拱了。"

淳子"哦"了一声。逆着阳光,菊的金发披散下来,惺忪的眉眼笼罩在一团温柔的光影里,五官挺拔,眉目俊美,似乎和乡间格格不入。然而,好奇怪,他的微笑和眼神,却又奇异地与蓝天、与稻田、与微风融合在一起。

淳子的心突地一跳。

她坐在原地,没动。

"怎么了,扭到脚了?"菊立刻蹲下来,关切地问。

"没有啦,哪儿那么脆弱?"淳子以手撑地,一下子翻起身,"你听到那个记者说的了,这下怎么办?"

"秦老爷子估计不愿意被采访,你赶走他,是好事。"菊两只手插回口袋里,吸了口气,眼神忽然落在猪圈里的背包上,"那是什么?"

淳子赶紧把背包抱起来:"什么都没有。"

两个人灰头土脸地回到农舍,秦老爷子已经回来了。

他也没问两个人一大早去了哪里,在厨房里自己忙活,和面、生火、做点心。厨房里的书架上空了一大块,秦老爷子显然看见了,但他不问,淳子也不好说,在院子里坐立不安。

"好香啊。"菊深吸口气。

Chapter 07
游轮 × 剧组

是很香,淳子刚靠近农舍就闻到了,那香味极其霸道,就像一只喷香的拳头"砰"地捶上你的脸。淳子能闻出来,是玉米,但和以前吃过的玉米都不一样,有种让人不停分泌口水的副作用。

淳子和菊并排站在院子里,看着厨房,吞口水。

秦老爷子很快走出来,端着一个盘子,盘子里是金灿灿、油亮亮的玉米饼。他把盘子往院子里的石磨上一丢,脸色不善,说:"吃吧。"

玉米饼是刚烙的,喷香酥软,咬在嘴里,还能尝出没完全磨碎的玉米粒,甜甜的香味充斥唇齿之间。

菊已经不说话了,专心埋头吃饼,淳子咬了两口,这才惊觉,她之前完全被秦老爷子误导了。

秦老爷子住在农村,穿得又土,即使做出来的点心口味很好,也是简单的款式,让人联想不到大城市和米其林厨房。但,最简单的点心才是最难做的,简单的食材、简单的工序……到底是什么魔力,让秦老爷子的玉米饼这么好吃?

淳子抬头,这才发现,秦老爷子也在看她。

浑浊的眼神里,有一种窥探,也有一种洞悉。

"你不是唐桃吧?"秦老爷子忽然说。

淳子呛了一口,饼渣从鼻孔里喷出来。

"你奶奶有两个孙女,你的性格,显然和你奶奶信中描述的不一样。"秦老爷子双手抱胸,目光忽然犀利,"那个叫唐桃的小姑娘呢?她想继承柳原社,居然还找人替她来?"

淳子的手一僵,她这才真的慌了,像被揪住的作弊的小学生。

菊吃饼的动作停住,他背靠在石磨上,目光盯着地面。

"即使唐桃亲自来,也不能再让我出山,更何况是你。"秦老爷子哼了一声,面露嘲讽,"吃完就走吧,去告诉你奶奶,别再打我这个快死的老头子的主意。"

"淳子。"

淳子把包里的书一股脑倒在地上,埋头收拾东西。

"淳子!"

淳子卷起自己的外套,往书包里一丢。

"柳原淳子。"菊一把抓住淳子的胳膊,制止她的动作,"你要干什么?"

"干什么？回家！这个老头装什么大人物，想要做糕点的师傅，我家多得是！不缺他一个。"淳子脸涨得通红，一把甩开菊，"你撒手。"

菊手上没敢用力，淳子的力气本身也大，一甩就挣脱了。她立刻埋头继续收拾，赌气的成分极大。

菊脸上闪过一丝无奈，他双手抱胸，看着淳子把外套塞进明显偏小的口袋里，问："你走了，唐桃怎么办？"

"我给他找一个别的师傅，一样。"

"秦老爷子是你奶奶钦点的。"

"哎呀，你别烦。"淳子把包往肩上呼地一抡，"我走了，再见！"

菊再次握住她的手腕。

淳子气得肺都快炸了。

"你松不松开？"

她挣扎两下，居然挣不脱。

菊看着她，那双幽深的眼睛中感情复杂，如同树木的阴影轻轻覆在她的脸上。

"你不松开，别怪我不客气！"

淳子忽然抬起脚，重重地踩下去，菊的眉头立刻蹙在一起，攥着淳子的胳膊一抖。淳子穿的是平底鞋，可她力气大啊，在她小学时就拿了散打冠军的履历可不是假的。

"你松不松？"淳子眯起眼。

菊依旧握着她纤细的手腕，只是闭上眼，缓慢地、坚定地摇摇头。

淳子心中蓦然生出一股烦躁，不知道从何而起，只是觉得菊忽然非常碍眼。她高抬起腿，冲着菊的脚背又是一下，菊眉毛一抖，显然是真的被踩疼了。

"想不到你还挺有毅力的。"淳子勾起嘴角，不怒反笑，"你追我姐姐的时候，也这么蛮不讲理吗？"

淳子甚至有点儿得意，她知道，这句话能真的伤害到菊。

这些天，两个人之间仿佛有一种默契，淳子只单方面讲有关唐桃的琐事，对其他的事只字未提。菊也从来不问，只是陪着她一起劳作，一起吃饭，仿佛一个讲义气的老朋友，或者一个成熟温柔的兄长。可淳子不傻，她知道菊的目的，不就因为她是柳原淳子，是唐桃的亲表妹吗？

如果她和唐桃没有关系，菊还会帮她？

看吧，狐狸尾巴露出来了——淳子瞥了眼被紧紧攥住的胳膊——不让她走，不也

Chapter 07
游轮 × 剧组

是为了唐桃吗？

虚伪。

听见这话，菊一愣。他的双眼睁大，像听见什么不可思议的事情——比如"秦老爷子今年其实才十六岁"之类的消息。

"我放弃小桃，是因为她不喜欢我，我没有机会了。"菊的声音温和，"但我挽留你，是因为秦老爷子没有真的生气，你现在走，功亏一篑。"

淳子眨巴了两下眼睛——都什么跟什么啊？

"你有没有想过，秦老爷子既然从你奶奶那儿收到了信，应该早就知道你不是唐桃了。那他为什么现在才说？"

"……"她哪儿知道？

"他今天起一大早，其实是去田里摘玉米，这个季节的新鲜玉米最好吃，做出来的玉米饼最香。"菊慢慢松开她的手，用一种很认真的表情说，"或许对你而言，秦老爷子是帮助唐桃继承柳原社的工具，但在他眼里，我们两个只是麻烦的小辈，是他需要照顾和教导的对象。"

"如果听到这些，你还想走的话，我不拦你。"

说完，菊真的把双手插进裤口袋，往后退了一步。

淳子的手臂悬在空中，呆呆地看着他。

她的心也悬在空中，无处着落。

"如……如果秦老爷子不答应出山，唐桃可能就没法继承柳原社。"淳子喘口气，"这样你也不在乎？"

菊耸耸肩："如果这次她拜托的是我，我一定尽力帮她完成任务，但她拜托的是你，说明她相信的是你。你也是相信她的，你一直认为，她能成为优秀的继承人。"菊的目光落在她脸上，柔和地笑了，"不是吗？"

淳子背着包，默默地往村口走。

太阳很大，照得一切都明晃晃的，万里无云，连西边的远山都看得一清二楚。

淳子盯着自己的脚尖，视线慢慢模糊了。

她的脚步很快，但没人追她，没人挽留她，农妇从农舍里背出箩筐，盛满稻草喂猪，几个小孩儿举着风车从她身边跑过，其中有个撞了她一下，连对不起都没说。

淳子就这样走到村口。

风扬起她的短发，她有段时间没剪了，长长了不少。

没有人知道，其实淳子在遇见唐桃之前是留长发的。后来，听说了家主有这么个女儿，和自己长得很像，淳子当晚就去剪了短发，把自己和她区分开来。

人的心啊，就是这么别扭的东西。她真心地爱着自己的表姐，也真心地……羡慕着她。

羡慕她有个出色的父亲，羡慕她有聪明的头脑，羡慕她有一往无前的勇气，现在，又多了一样东西可以羡慕。

羡慕她，在人人心中都是天使。哪怕得不到，哪怕会失去，大家也默默地、无私地爱着她。

对唐桃没有埋怨吗？当然有。丢掉继承柳原社的大事不做，去帮那个什么莫名其妙的卢希辰，这是正常人干的事情？是长脑子的人衡量过的得失？

可正因为她对谁都真诚，正因为她信守所有诺言，所以淳子才相信，她比徐琳更适合继承柳原社。

淳子一脚踢飞了地上的石头，她站在村口，深呼吸，让风把燥热的脸吹干。

傻不傻呀？

只是一些小事，值得这么烦恼？

淳子掏出手机，离村口越近，信号越强。手机里有一条未读信息，是一天前发来的，发信人是唐桃。

淳子，你那儿信号不好吗？和秦老爷子相处得顺利吗？记得别太心急，量力而行，我这里的事情一结束就去找你，你等我。

淳子吸了吸鼻涕，活动了一下肩膀，手指敲着屏幕。

别来了，忙你的吧。那个古怪的老头，我帮你搞定。

菊正在院子里帮秦老爷子收拾东西。

他用扫帚扫着地上的灰尘，盯着腾起的飞灰，出神。

远处有轻快的脚步声。

菊微微一怔，转过身。

逆着阳光，一个短发的少女背着包，气势汹汹地往这儿走，脸上有腼腆，有气愤，还有一股决绝。

菊十分错愕，他缓缓直起腰来，目不转睛地看着她。

淳子的脚步有些凌乱。

Chapter 07
游轮 × 剧组

她很紧张,怕对方笑话她或者嘲讽她临时改变主意。

菊直起身,修长的身形像株柔韧的植物,哪怕穿着破旧的衣服,金发用一根麦秆草草地扎着,看起来依旧帅得惊人。他的嘴角以一个毫不吝啬的弧度上扬,对她露出微笑,那双眼里也饱含着鼓励,温和地注视着她。

一瞬间,天空、大地、风,一切都静止了。

只有淳子,忽然心跳又快了一拍,失常得很。

她握紧拳头,用尽全身力气,才没有移开视线:"看什么看,本小姐改主意了,不行啊?"

"当然行了,累不累,先进去休息吧。"菊放下扫帚,接过她肩上鼓鼓囊囊的包。

Chapter 08
风暴×芭蕾

早上六点,卢希辰来到船上的排练室排练。

排练室是娱乐室改造的,家具都移到一侧,用布盖着,唐桃甚至发现了几张赌桌和游戏机。卢希辰穿了件宽松的T恤,黑色的舞蹈裤,靠着墙拉伸着四肢。作为经纪人,唐桃必须全程陪同卢希辰排练,她不适应坐船,晚上也没休息好,现在顶着两个硕大的黑眼圈。

同组的人给唐桃带了热豆浆和包子,她也吃不下去,坐在舞蹈室的角落捧着豆浆暖手。卢希辰冲她眨眨眼睛,笑得很灿烂。

舞蹈老师走上前,和卢希辰低声说着什么,一会儿又抬起胳膊来比画,脚点着地转了两个圈。卢希辰点点头,表情难得很严肃,唐桃实在参与不进去,只好翻着手上的资料,看看今天的日程安排。

卢希辰的这支独舞,名为《海之花》,难度系数非常高,尤其还要在不算平稳的甲板上拍摄约一分钟的长镜头。剧中,《海之花》是身为学生的男主角,第一次在众人面前表演舞蹈,他的才华在这一幕中尽情地释放,也为日后腿部受伤的悲剧埋下了伏笔。

正式拍摄日期在十天后,那时游轮正好能到达计划中的海域,赶上飞鱼的鱼潮。鱼潮只有一天,所以卢希辰必须利用一周的七个上午完美记住舞步,并留下两整天时间进行排练。

唐桃看着黑压压的工作表,怎么都觉得卢希辰完不成。

"很辛苦啊。"工作人员瞥了眼工作表。

"是,这么多东西让他兼顾,也太累了。"唐桃说,"为什么不早点儿排练舞蹈?这样上船就能直接拍了啊。"

"这就不太清楚了,听说这支舞蹈是很多年前编的,有一张舞谱,谁都看不懂。导演也是重金买下了这张舞谱后,才想到要拍这部电影,接下来是各处甄选角色。卢希辰也是在上船后才拿到谱子。"

唐桃"哦"了一声,完全没明白。

她知道乐谱是用音符记录乐曲的,这个很容易懂,但舞谱是怎样的?难道在纸上画动作,就跟武侠剧里的武功秘籍一样?

"你看了就知道了,你的材料里应该有吧?"工作人员努努嘴。

唐桃赶紧翻阅材料,她隐约记得排时间表的时候曾经见到过。果然,舞谱藏在一大沓文件里,只有薄薄两页纸。

Chapter 08
风暴 × 芭蕾

唐桃一看,傻眼了。

题为——《海之花》,编舞人叫卢冰,舞蹈创作于十年前。两张纸上都是数字,密密麻麻的,根本看不懂。

唐桃很奇怪,既然所有人都看不懂,卢希辰是怎么看懂的?她仔细观察卢希辰,发现他和舞蹈老师沟通的过程中,与其说是舞蹈老师在教他,不如说是他在纠正舞蹈老师,一直在给舞蹈老师示范舞蹈的细节。

舞蹈老师点点头,往旁边让了一步,卢希辰立刻踮起脚尖,收腹,提肩,整个人像头顶有根绳子拉着,柔韧而笔直地摆出一个漂亮的pose。

只有跳舞的时候,卢希辰才会收起嬉皮笑脸的模样,换上严肃和认真的表情。

唐桃看得入神,完全没注意身后站了个人。夏炽居高临下地盯着她头顶的发旋,幽幽吐出几个字:"好看吗?"

"嗯……"唐桃点头。

"哪儿好看?"

嗯?

哪儿好看?全身都好看啊!那脸蛋,那身材,真是拍电影的好料子!

幸好这些话唐桃是在脑内说的。

夏炽显然刚起床不久,一贯整洁的头发有些凌乱,英挺的眉眼藏不住丝丝倦色。早晨风大,他套了件浅棕色的毛衣,看起来暖暖的,手上拿着一杯咖啡:"估计你也吃不下早饭,喝点儿咖啡,提神。"

还是夏"男神"体贴!

唐桃笑得傻兮兮的,接过咖啡一喝,好苦……夏炽伸出另一只手,手心是糖包和搅拌棒。

夏炽眉毛微微上扬,看着她,带着揶揄和逗弄。

唐桃撇撇嘴,手绕到身后,掐了下夏炽的手臂。

卢希辰正在修正手腕摆放的位置,眼角余光瞥见夏炽,手臂一顿。

"怎么了?有问题?"舞蹈老师赶紧问。

"没问题。"卢希辰笑了,"我们做下个动作吧。"

早上排练完,紧接着是一天紧张的拍摄。唐桃早上没吃饭,本以为中午能好好吃一顿呢,没想到来到片场,光是帮卢希辰对台词就对了半个小时,接下来又举了反光

板，抬了起重架，甚至还要站在舞池的小二楼，替忽然犯了肠胃炎的舞台指导端着收音器。

几个小时下来，唐桃的胳膊快废了，眼前也一阵阵发花。林潇潇和她在一个场地工作，看她脸色实在太差，偷偷给她塞了两块糖。

"早上还敢不吃饱，你找死啊？"林潇潇低声说。

"谢谢……"唐桃赶紧把糖塞进嘴里，"我的天，什么糖这么好吃？"

"润喉糖。"林潇潇不耐烦地挥挥手，"行了，我替你举一会儿，你去餐厅吃点儿东西再过来。"

唐桃不想麻烦她，然而肚子饿得实在厉害，这场戏又拍了很久，根本没有结束的迹象。女主角也是第一次拍戏，很紧张，再加上晕船，屡屡忘词，连唐桃都快看不下去了。

"多谢了，我马上回来！"唐桃一路小跑向餐厅。

餐厅里零星坐着几个员工，都是服装道具组的，起个大早忙完了化妆，这才抽出点儿时间休息。餐台上摆放着冷面包、饼干和大壶装的咖啡，唐桃赶紧倒了一杯，加了一大勺糖，又拿起一块面包塞进嘴里。

她的斜前方伸出一只手，从杯架上取走一只空杯。唐桃一看，居然是卢青。

这位大叔随时随地散发着生人勿近的气息，眉头永远皱着，显得脸部线条阴沉而凌厉。唐桃识趣地往旁边让了让，卢青看都没看她，倒了杯咖啡，刚喝一口，电话就响了。

卢青瞥了一眼手机，把咖啡放回桌上，径直往餐厅外面走去。

唐桃也想不明白，当时为什么会跟上去，可能她本能地嗅到了卢青身上的气息，那种混乱的、蕴藏着阴谋的气息。

卢青显然打算避人耳目，一直走到了餐厅角落的无人处，才接电话。唐桃嘴里叼着半个面包，蹲下来贴在墙壁上偷听。

卢青蹙眉听电话，前半分钟几乎没吱声。唐桃还以为人已经走掉了，就听见卢青低沉的声音响起："他没问题。"

对方又说了什么。

"我说了他没问题，跟我闹小孩子意见呢！等这场戏拍完，我让他去你们那儿报到……不用休息，为什么要休息？他可以立刻表演。"

唐桃竖起耳朵，哪知道卢青那儿忽然没声了，他飞快地挂了电话走回来，抓了唐

Chapter 08
风暴 × 芭蕾

桃一个现行。

卢青恶狠狠地瞪着她。

唐桃赶紧一手着地,在地上乱摸:"哎,我的眼镜呢?怎么找不到了?"

"你不戴眼镜。"头顶的声音幽幽的。

"今……今天戴了。"

卢青冷哼一声。

"你最好离卢希辰远一点儿。"他忽然说,"如今有不少女孩子为他飞蛾扑火,希望你不是其中一个。"

林潇潇还举着收音器,就看见唐桃带着一脸微妙的表情,梦游一样走过来。

"怎么了?"林潇潇小声问,"咖啡有问题?"

"没问题。"唐桃说,"你看我长得像飞蛾吗?"

"啊?"林潇潇认真地看了看,"怎么也得是只蜻蜓吧?蛾子哪有你这么瘦的。"

"那就好。"唐桃喃喃。

她接过收音器,发现上面湿漉漉的,有一层汗。林潇潇说:"我替她紧张死了,女主角忘词半个小时了,导演快疯了。"

"她之前不是表现得挺好的吗?镜头基本几次过,我觉得还挺有天赋的。"

"就是啊,今天不知道怎么了,可能不在状态吧。"

唐桃往下看,果然,一贯淡定的刘导面色不善,把剧本都握变形了。她忽地叹口气,从椅子上蹦起来:"行了,先休息下,再耗着也没用。你们两个去喝点儿水,交流一下,磨合磨合,有情绪不要带到镜头前。"

女主角轻轻咬着唇,肩膀微微颤抖着,显然状态很不好。卢希辰还是一副无所谓的样子,两只手放在口袋里,往唐桃的方向瞥了眼。林潇潇立刻说:"你快下去。"

"干吗?"

"你是他经纪人啊,赶快去陪着。"

对哦,差点儿忘了。

卢希辰走到一边的休息椅上,坐下,拧开一瓶矿泉水。唐桃走过来:"女主角怎么了?昨晚没背台词?"

"不知道,可能晕船再加上没经验吧,状态不好。"

"我看你状态一直挺好的。"

"那是。"卢希辰仰起头,望着她笑,"也不看是谁在照顾我。"

唐桃被逗乐了。

"渴吗?"卢希辰注意到她嘴唇干裂,一扬手,把水递给她,"不舒服就要多喝水。"

唐桃没多想,直接接过来。可刚拿到手上,忽然意识到是卢希辰喝过的,她虽然没那么讲究,但对方是卢希辰……唐桃的眼珠忍不住开始往旁边转,搜索着某人。

"没事,我不渴。"唐桃把水放下。

卢希辰看穿了她在想什么,笑得更欢了。

"卢希辰。"

两个人身后忽然传来声音,娇娇弱弱的,带着一丝颤抖。

唐桃回头,是影片的女主角,同样学舞蹈的女孩子,披肩长发,鹅蛋脸,标准的温婉美少女,此时正楚楚可怜地看着卢希辰。唐桃觉得那双扑闪扑闪的大眼睛,真的特别清纯动人,由衷地想赞美几句,但之前和她不熟,只能礼貌地笑一笑。

"我能不能和你单独聊聊?"美少女问卢希辰。

她的表情有些奇异,非常委屈,非常悲伤,但眉眼中依旧带着一丝恳求。

唐桃识趣地说:"你们聊。"转身往道具组那边走了。

但还是有零星的交谈声漏进耳朵里。

什么"你今天状态不太好"啦,"应该早睡早起好好休息"啦,"没关系,我可以陪你对台词"啦,还有"昨天的表白我不能答应你"啦……

欸?

唐桃猛然回头。

就看见卢希辰正好也往她这儿望来,冲她俏皮地挤了挤眼睛。

他回头跟美少女说了两句。

美少女的双眸猛地睁大了,她目不转睛地看着唐桃,乌黑的瞳仁里泪意更浓,情绪十分复杂。

唐桃对这种目光并不陌生,实际上,自从夏炽变成她男朋友后,她在学校里就没少被这么看。

唐桃往后退了一步。

清纯的女主角仿佛化身一只大蛾子,气势汹汹地朝她扑来。

Chapter 08
风暴 × 芭蕾

背后忽然传来一声叹息。刘大导演站在她身后,一手拿着水,一手握着剧本,一副恨铁不成钢的样子。唐桃问:"导演,你不舒服?"

"小年轻,戏还没演好呢,一上船就想着谈恋爱,还急着表白,这种人啊,走不远,分不清孰轻孰重。"刘导完全忽视了自己也是个小年轻的事实。

唐桃不知道该怎么接话,只好说:"可能她真的喜欢卢希辰吧。"

刘导的视线慢悠悠地落在唐桃的脸上。两个人是同龄人,刘媛的长相白皙俊俏,为人处世上非常圆融,就好像一副年轻漂亮的驱壳里装了一个成熟睿智的灵魂。

果不其然,刘导只是摇头笑笑,点评了"飞蛾扑火"四个字,竟然和卢青如出一辙。她略带玩味地说:"那你呢,你觉得卢希辰怎么样?和他认识一段时间了吧,对他有感觉吗?"

"我?"唐桃惊讶。

"对啊,至今和他接触过的女生,没有一个不喜欢他,也就我是例外吧。"刘导笑着说,"不过,算例外吗?在认识到他的真面目之前,我也是在半夜里为他哭过的。"

"真的假的?"唐桃震惊。

"假的。"刘导朝她笑了笑,转身走了。

凌晨两点半,唐桃拖着一身疲惫,回到船舱的单间休息。还没进门她就发现不对劲,有一摊黏稠的液体从门缝里渗出来,夹杂着黑色的杂质,还带着淡淡的海腥味。

唐桃赶紧推开门——床上、地上,就连桌上的电脑都被泼上了大片液体,闻起来还很熟悉。

是今天晚餐剩下来的海带汤。

唐桃站在房间中央,仿佛置身于厨师的大锅,闻得她都有点儿饿了。

唐桃很快把抽屉里的文件取出来,还好对方泼得不仔细,没把桌子里面"照顾"到。联想到今天白天"大蛾子"看她的怨念眼神,是谁做的并不难推断。

唐桃欲哭无泪。这个房间又不是她家,不过是船上的一间舱室,这间脏了,最不济和别人挤着将就两晚也行。但电脑里的文件很多,大多是上学时的资料,那些东西丢了怎么办?

她赶紧把电脑上的汤渍擦干净,按了按开机键——果不其然,开不了机了。

这台笔记本电脑还是攒了一暑假的零花钱买的。

唐桃在犹豫要不要追究责任，对方是女主角，虽然制片方不一定袒护她，但也不会因为这件"小事"就妨碍整体拍摄进度。她想了想，还是找卢希辰赔吧，毕竟自己有种预感，"蛾子小姐"的仇视八成和卢希辰的"陷害"有关。

唐桃打定主意，决定明天一早就去跟卢希辰谈，今晚先饶过他，让他睡个好觉。

唐桃把自己的衣服收拾了一下，打算找林潇潇挤一晚上。可……她居然想不起来林潇潇的房间在哪儿了！她应该是住在船的另一头的？

唐桃抱着衣服站在昏暗的走廊里。

整层船舱都熄了灯，只有对面的那扇门缝里透出一丝光亮。

里面隐隐约约传来密集的打字声。

唐桃喜上眉梢——这么晚了，他还没睡啊？

唐桃抱紧了怀里的衣服，伸出手，敲门。

"进来。"夏炽说。

夏炽正伏案工作，整整六个小时了，他都没出过门，也没意识到敲门的是谁，完全是下意识地回应。他专注地凝视着电脑屏幕，飞快地整理着歌剧院发来的资料，聚精会神。

直到一双凉凉的小手绕至脸前，蒙住他的眼睛。

手指间有股轻微的海带味儿。

夏炽笑了。

他抬起手来，握住那双小手。

"猜猜我是谁？"

夏炽挑眉。这还用猜？世界上有第二个人敢蒙他的眼睛？

"海带精。"

"啊？味儿这么重啊！"唐桃赶紧缩回手，凑到鼻子下闻，"我闻太多了，都闻不出来了。"

夏炽深吸口气，他连续工作了太久，回过神来，才觉得全身上下都很疲惫，骨头也发出"嘎嘎"的声响。他环过手臂，轻轻一拉，还在拼命闻手的唐桃被拉到他腿上，一屁股坐了下去。

夏炽的表情非常闲适，静静地看着唐桃，懒洋洋的气息吹拂在她的脸上。

唐桃挣扎了一下，没挣脱。

她扭过头，说："你干吗？"

Chapter 08
风暴 × 芭蕾

"不干什么，看看你。"

看就看呗，非要靠那么近吗？

喂……别再靠过来啦……

唐桃伸出一只手，挡住夏炽贴过来的脸。夏炽眸光一沉，忽然飞快地在她手背上吻了一下。

唐桃的脑袋里仿佛有颗核弹，轰地一下爆炸了。

夏炽心满意足："今天过得怎么样？"

"还行吧……女主角状态不好，我们陪她好久，晚上陪卢希辰练舞，他的进度不错，跳得差不多了。"

听到卢希辰的名字，夏炽的表情明显冷下来。他垂着眸，揉着唐桃纤细的手把玩："哦？"

这一声"哦"就很有讲究了，可以表疑问，可以表质问，甚至可以表达一种复杂的情绪，类似于"你难道不应该再多解释两句"？

唐桃很识时务地开始表忠心："这段时间我们俩都太忙了，等拍摄结束，你有时间，我们一起去哪里玩玩吧？"

捏着手掌的手指微一用力。夏炽表情没变，眉头却舒展了些："想去哪儿？"

"海边？不对，我们现在就在海上，我可不想再看海了。去爬山？红石旁边不是有座山吗？挺漂亮的。我们可以提前做点儿东西去野餐，到时候也可以叫上林潇潇和洛子深。"

夏炽的表情又放晴了些，他握着唐桃的手，轻声说："行，你决定吧。"

两个人腻歪地聊了会儿天，工作狂夏炽惦记着事情还没做完，让唐桃先回屋里待着。唐桃只好解释了下手上为什么会有海带味儿，夏炽脸色一沉："今晚先睡我这儿，明天我去问导演。"

"不不不！千万别！电影还在拍摄中，现在不太适合和她闹僵。"唐桃很有大局观地说，"反正那又不是我的屋子，脏了我也不心疼，明天我让人来打扫下，你就别跟导演说了。"

夏炽想了想，点点头："委屈你了。"

唐桃高高兴兴地把为数不多的衣服放在凳子上，窝在夏炽睡过的床上，很自来熟地蹭了蹭。

哇，因祸得福。

房间里只亮着一盏台灯，灯光下，夏炽的发丝柔顺，发梢微微有些翘，透出一点儿稚气，偏偏背影严肃而认真。都说认真的男人最帅气，唐桃看着看着，就觉得自己有个这么优秀的男朋友，真是上辈子修来的福气。她忍不住犯起花痴来，躺在床上撑着脑袋盯着他看，一点儿都不困了。

床头的凳子上放着一沓文件，唐桃随手翻了翻，掉出几封信。她看着信封粘贴处的爱心小贴纸，又瞥了眼夏炽，很惊讶——互联网这么发达的年代里，居然还有人给他写情书？

唐桃哪里知道，船上的那些迷妹们要不到他的联络方式，只能从门缝里塞情书。

唐桃偷偷摸摸地拆开一封。

夏先生：

自从在船上第一次见到你，你就在我心底无法被抹去。你是我见过的最有才华、最有风度的人，你还记得吗？那天在餐厅，我们唯一一次对上眼，你帮我托着差点儿滑下去的餐盘，轻声说小心。

从此，我在餐厅都很小心。我听你的，我什么都听你的。

哇！唐桃笑得快抽搐了。

打开另一封，上面贴着黄色的五角星。这篇就比较有文采了，说不定是跟组的编剧写的。

夏：

你知道吗？我最爱的作家，村上春树说过："你要做一个不动声色的大人了。不准情绪化，不准偷偷想念，不准回头看。去过自己另外的生活。你要听话，不是所有的鱼都会生活在同一片海里。"

我无法靠近你，也无法离开你。

我想变成一条鱼儿，投入有你生活的海洋。

唐桃想，自己是无法为夏炽变成一条鱼儿的，因为她不会游泳。

唐桃带着一点点愧疚心，把每封信都看了一遍，然后不着痕迹地放回去。她心里有点儿窃喜，也有点儿可惜，夏炽是不会看的，那些信对他而言，和过期的报纸并无差别。

或许正如林潇潇所说，夏炽是个难得的完美男友：不会变心，不会犹豫，永远不会伤害你——并且他也让你坚信这一点。

唐桃悄悄放回信，这时，文件堆里的几张纸引起她的注意。抽出一看，是卢希辰

Chapter 08
风暴 × 芭蕾

的"舞谱",和唐桃之前收到的一模一样。

和"舞谱"订在一起的还有两张文件,明显是请人调查出来的,右下角还戳着某个机构的公章,还有几页合同,唐桃注意到文件中有个叫"卢冰"的人,转头看了夏炽一眼,对方正在专心工作,对她的动作毫无察觉。

唐桃背过身去装睡,借着熹微的光亮偷偷读。

资料上说,卢冰是当代最著名的舞蹈家之一,创作了很多优秀的芭蕾舞蹈,可惜天妒英才,十年前因车祸去世了。死后,他的一部舞蹈遗作被很多公司争相竞拍,然而继承着舞谱的卢青却不愿将其转让,对外称舞谱丢失了。

卢青是卢冰的弟弟兼经纪人,半年前,卢青一改当年的说辞,向外公开对卢冰遗世"舞谱"的拍卖权。接下来涉及到很多专业术语,唐桃并没全看懂,大致意思就是刘媛导演买到了谱子,又请编剧写了一部《海上芭蕾师》,正在火热拍摄中。

文件上还写着,卢希辰——卢冰与黄荣熙之子,作为《海上芭蕾师》的主角,参演《海上钢琴师》。

唐桃其实不太惊讶,她早就知道卢青是卢希辰的叔叔,毕竟卢希辰不笑的时候,和卢青那个冷面魔王还是有点儿相似的。更让她惊讶的是,舞谱的作者是卢希辰的父亲,那么所有人都读不懂的谱子卢希辰能跳,也就不奇怪了。

这场电影的选角,有点儿钦定的意思。

不过,夏炽为什么要调查卢希辰?

夏炽正好这时回头,看见她惊讶的眼神,以及她手里的资料。他微微一愣,想说什么,最后还是摇摇头,转移了话题:"不早了,赶紧睡吧。"

夏炽似乎隐瞒了什么。

在对待卢希辰的态度上,夏炽一直很奇怪,没有明确表露过敌意,但对他显然充满了戒备,有点儿像对待势均力敌的对手,不能鲁莽出招,要摸清楚对方的底细和目的,不然会有失败的风险。

奇怪了。

夏炽、林潇潇、洛子深,怎么一个个都跟避瘟神似的避着卢希辰?

好像卢希辰是海里的漩涡、雨林里的泥潭,会把所有靠近他的人拉入深渊。洛子深就不说了,人家是玄学向的,但夏炽肯定调查出了更多东西,却不愿意跟她说。

和卢冰有关,还是和卢青有关?

还是……

唐桃觉得脑袋快炸了。

这导致第二天在陪卢希辰练舞的时候,唐桃紧盯着他看,连别人喊她都听不见了。

组里的人全在偷笑。卢希辰刚练完舞,拿毛巾擦着汗,乌润的发丝被汗水打湿。他往前迈了两步,低头盯着唐桃看:"喂,看我看呆了?"

唐桃这才还魂:"练完了?"

"没看够?"他朝身后笑笑,"那我再练一遍,专门给你看。"

周围的人连连起哄。

"现在是十一点二十分,你的下一场戏在三个小时后。"唐桃看了眼表,"跟我来。"

卢希辰跟着唐桃来到甲板上,微眯起眼睛看着她。

"唐经纪人今天好严肃。"

"我有问题想问你。"唐桃说话一本正经,"我觉得作为你的经纪人,我也有必要知道这些事情。"

卢希辰轻轻扬起一边眉毛。今天海上的天气很好,空气清新,天际高爽,卢希辰颀长纤细的身躯靠着白色的栏杆,像朵蒲公英花似的,轻轻一踮脚仿佛就能飞起来。

他在阳光下微笑:"唐经纪人这是要审问我?"

"怎么可能……"唐桃噎了一下,"我就想知道,你究竟为什么要让我上船?"

"之前说过了,我需要新的经纪人。"

"可是卢……你叔叔才是你的经纪人,他也在船上,上次我听他接电话,还在给你接拍完电影后的工作。"

"我和他的关系并不好。在他眼里,我是个赚钱的工具,不是人。机器还需要加油呢,我不用,我是太阳能,丢到外面晒晒太阳就好。"卢希辰的声音淡淡的。

"那你不能摆脱他吗?"唐桃说,"你成年了啊。"

卢希辰嘴角勾起,他细长的眼睛里闪过幽微的光芒,像夜晚的木柴溅出火星:"唐经纪人,不是世界上的所有事情,都像你想的那么简单。不只有道理,有正义,还有错综复杂的人际关系、利益关系,有无法摆脱的责任,和无法完美的结局。"

每说一句,卢希辰就靠近一点儿,直到和唐桃脚尖抵着脚尖,高挑的影子覆盖在她身上。他低头看她:"这么说你懂吗?"

Chapter 08
风暴 × 芭蕾

一阵海风吹过,将唐桃有些凌乱的发丝扬起来。她往后退一步,拉开距离:"你还没回答我的问题。你不能摆脱他吗?"

卢希辰略显诧异地看了她一眼。

而后,他笑了。

"那我用你听得懂的方式说吧,卢青是我的叔叔,卢冰是我的父亲,我父亲去世后,卢青变成了我的监护人,掌握了我所有的工作和人脉,我一直被他控制。我父亲最后的舞谱,卢青其实一直都想卖,之前不卖是因为没人能看懂。"卢希辰两只手插在口袋里,幽幽地说,"我小时候,父亲用编号编好了动作,和我玩游戏,他报数字,我跟着指定的动作跳舞,他就是这么来培养我的。"

"那……"很多念头在唐桃脑袋里闪过。

"你没想错。这次卢青能卖出谱子,是因为我答应了他参演这部电影。男主角从一开始就是内定的,因为除了我,别人根本没法演。"

唐桃花了点儿时间消化他话里的信息,问:"那你为什么答应?"

瞎子都看得出,卢希辰对卢青充满了厌恶,想必更加不愿意用父亲的遗作让他谋利。卢希辰只是笑了笑,摸摸鼻子:"是呢……这个理由,要不要告诉你呢?"

他的眼神在唐桃脸上打转,带着微微的戏谑。唐桃生气了:"你到底说不说,不说我走了。"

卢希辰说:"还记得那天拍戏,我对女主角说了一句话,然后她好像对你很不满?"

"记得。"唐桃点头。

"你猜我对她说了什么?"

唐桃说:"我哪知道?我又没听见。"

卢希辰满意地点点头:"等你想明白了,我再告诉你。"

留下这句意味不明的话,卢希辰吹了声口哨,高高兴兴地往餐厅去了。

下午两点半,正式开始彩排,排演卢希辰在甲板上独舞的镜头。

为了卡着飞鱼迁徙的时间点,导演一直和海洋局保持着通信,前两天收到消息,飞鱼的迁徙速度加快了。于是整个剧组也加班加点,把几天后的彩排提到了今天,用导演的话来说,就是"赶早不赶巧",多排练几次,争取正式拍摄的时候一条过。

最辛苦的是卢希辰,自从上船后几乎没有好好休息过。现在也是,他一个人躺在

餐厅的长椅上，脸上盖着报纸，抓紧一切时间休息。

唐桃吃饭的时候，工作人员就已经各就各位了，空旷的甲板上铺着长长的轨道，好几台摄影机卡着不同的位置，阵仗十分惊人。

唐桃抓紧时间往嘴里塞午饭，问林潇潇："地上那么多轨道干什么用的啊？好吓人。"

"卢希辰的这段独舞是整部影片的灵魂，导演一开始就打算采用长镜头拍摄。"林潇潇表情很凝重。

"长镜头是什么？"唐桃问。

"长镜头你都不知道？"林潇潇无奈。

"……"

"奥逊·威尔斯的《历劫佳人》，看过没？"

"……"

"你一天天看的都是喜羊羊吗？"

"唉……长镜头就是说，用比较长的时间，对一个场景、一场戏进行连续拍摄，形成一个比较完整的镜头段落。"她咬文嚼字，"长镜头能给影片带来独特的视觉体验，但对设备和拍摄手法的要求很高，尤其是卢希辰这样的动态镜头。"

"哦！我懂了。"唐桃赶紧咽下嘴里的东西，"我都有点儿期待了。"

"先别期待了，看看这鬼天气。"林潇潇脸上充满担忧，"现在风这么大，不知道能不能拍成。"

还真是，上午还是晴空万里的，下午天气就开始转阴，风越来越大，吹得人衣服领子总打在脸上，或许不久之后，会有一场大雨。

"现在估计还行，风再大就难说了……"林潇潇喃喃。

好像是怕什么来什么，半个小时后，卢希辰就位做准备，海风一下子猛烈起来，像无形的巴掌抽打着众人。眼看着大片灰黑的云层朝这里飞快地移动，海浪翻涌着拍打上船身，他们这艘游轮很大，只有轻微的晃动，然而唐桃看着那些巨大的汹涌的浪花，觉得胆战心惊。

工作人员从驾驶室里跑出来，拿着喇叭大声喊，说是遇上了风暴，今天肯定拍不了了。导演立刻组织撤离道具，十几个人拆轨道的拆轨道，搬摄像机的搬摄像机，十分有序，在这样的天气里也不显得慌乱。唐桃连忙放下碗，加入撤离大军，搬一些箱子椅子，半个小时后，随着一声惊雷，大雨倾盆而下。

Chapter 08
风暴 × 芭蕾

空旷的海面上，雷电是如此壮观，如同一条深入云层的雷龙，咆哮着将利爪伸向海面。唐桃站在闹哄哄的船舱里，透过圆玻璃往外面看，她一面吓得把头往后缩，一面惊叹自然的美丽壮观。

"今天晚上估计都泡汤了，风暴速度太快，预测也不够及时。"林潇潇端着一杯热可可，吹了吹。

"鱼群抵达还有好几天呢，来得及。"唐桃说。

"但愿如此。"

刘导也不甘心这天就干等着，于是拉上摄影去补拍之前船舱里落下的镜头了。唐桃无所事事，左右看了看，居然没看到卢希辰。她去片场转了转，又去房间里找找，都没找到，问别人，也都说不知道。

唐桃想起卢希辰的话——"等你想明白了，我再告诉你。"

她坐在圆桌旁，手里端着咖啡，严肃地思考着这个话题。

那天的情形是这样的。

女主角先说有话和卢希辰讲，后来不知道说了什么，卢希辰就看着唐桃，在女主角耳边耳语了两句。然后女主角看她的眼神就变了，充满了敌意，还有一点点不甘和委屈。

卢希辰到底说了啥，唐经纪人有以下三种推断：

一、我经纪人不许我谈恋爱。

二、你想和我谈恋爱，先要通过我经纪人。

至于第三嘛……应该不太可能。

反正唐桃肯定是女主角恋爱的绊脚石就对了。

风暴越来越大，导演下达命令，除必要工作人员外，其他人一律回房间休息。唐桃喝完咖啡，也打算走了，她最后看一眼暴风雨中的甲板，心里忽然一动。

一个非常诡异的念头闪现脑海。

她想了想，问同组的人借了一把大伞，把鞋子脱下来放在门口，挽起裤脚，摸索着往甲板上走了两步。伞根本没用，雨像用水桶泼在身上脸上，两秒钟之后就全湿了。她把伞收了，抱在怀里，大声喊："卢希辰！"

根本没人应。

也是，哪个疯子会在甲板上，不要命了吗？

唐桃抹了把眼前的雨水，就看见宽阔的甲板尽头，灰色的风雨里，模模糊糊地站

着一个人。

长长细细，高高瘦瘦。

真是疯了。

"卢希辰！"唐桃艰难地朝甲板尽头跋涉，"卢希辰！听见没？你回个头！"

雨实在太大了，唐桃感觉自己用力喊出的话就像是火星，被大雨浇灭，连烟都不带剩的。

几十米路，她走了将近五分钟，她伸出一根手指，艰难地戳了下卢希辰的背。

卢希辰这才有所反应，回过头。

他的视线里闪过一丝惊讶。

唐桃张嘴说了什么。

"啊？你说什么？"卢希辰问。

"你快跟我回去！"唐桃说。

"我听不见！"卢希辰大声喊道。

唐桃朝天翻了个白眼，伸手去拉卢希辰胳膊，没想到手腕被反握住，卢希辰用力一拉，唐桃整个人被他圈在怀里。他的衣服全湿了，身体冷得像冰，唐桃打了个寒战。

"这样就听得清了。"卢希辰的声音在耳边响起。

唐桃觉得这种姿势很不妥，她立刻往后退了一步，大声朝他吼："快回去！你疯了吧？"

谁知卢希辰只是笑。

很奇怪，在这样的风雨里，他的笑容非常平静，眼睛亮得惊人。

他指了指海面，又指了指自己的胸口，摇摇头。

外面的风雨再大，也没心里的风暴大——他是这个意思？

唐桃当然看不懂，她顺着卢希辰的指引朝海面望去，惊呆了。

漆黑的海面上，涌动着蛇一般的巨浪，天空极尽头的云层里，细细的闪电在跳跃，像快要短路的灯泡般电流乱窜。第一感觉不是恐惧，恐惧太渺小了，漫天的狂风暴雨里，唐桃只觉得自己是一粒尘埃，脚下轻飘飘的，随时都会被掀入大海。

"好看吗？"头顶的声音问。

"好看。"

是真的好看。

可雨里也太冷了，薄薄的衣服吸满了水，像铅球一样沉。

唐桃大声喊:"我们回去吧!"

话音未落,船身忽然一震,一道大浪撞上船体,甲板上狠狠一晃。唐桃脚下本来就打滑,再加上前胸紧紧抵着栏杆,一晃之下,重心不稳,整个上半身忽然倾出甲板!

墨色的海面猛然在眼前放大,整个身体骤然前倾,唐桃的惊叫声还没出口,腰间忽然一紧。卢希辰及时抓住了她,如果反应再慢点儿,后果不堪设想。

唐桃觉得那个瞬间,自己的灵魂应该已经出窍了。

她吓得手脚动弹不得,眼珠都不会转了。

风雨交加,雨水把她的头发覆盖在脸上。

卢希辰的手很坚定。他没说话,也没有动。

或者说,他以一个微妙的姿势,把唐桃制住了。他的手往回拽一点儿,就能救回她,他的手往外放一点儿,唐桃就可能掉下去。

唐桃艰难地转头,脸色狼狈至极,眼里的意思已经很明确了——快点儿把我拉回去啊!没看到我快掉下去了吗?要死啊!杀人吗?

唐桃的心脏剧烈跳动着,她光顾着害怕,丝毫没看见卢希辰忽然阴郁的表情。

过了两秒钟,耳边有人说:"早上问你的问题,有答案了吗?"

唐桃一愣。

别说什么早上的问题,现在唐学霸连一加一等于几都不知道。

"不知道不知道,赶紧拉我进去!"

唐桃开始小幅度挣扎,毕竟卢希辰不可能真把她扔进海里。

可卢希辰的下一个动作,把唐桃吓得魂飞魄散。

他往前走了一步,胸口抵着唐桃的后背,唐桃的双脚几乎离地,保持重心的唯一机会就是抓紧他扣在腹部的手。

只要他松手,几秒钟后,唐桃就会和海面来个亲密接触,被拍得粉碎。

卢希辰搂着唐桃的腰,执拗地问:"早上的问题,有答案了吗?"

一股火气直冲上唐桃脑门,她也不知道哪儿来的胆子,忽然一咬牙,恶狠狠地喊:"卢希辰!你神经病啊,想杀了我吗?快把我拉进去!"

唐桃头晕目眩,漆黑的海面和灰色的海浪让她看得想吐,也不知道过了多久,卢希辰笑了,她没听见声音,只是觉得身后的胸膛轻轻颤动。

"还是拗不过你啊,公主殿下。"

卢希辰手上用力,唐桃被扯回来,腿一软跪倒在甲板上。她张开嘴大口呼吸,密集的雨珠一下子涌进鼻孔、嘴里，唐桃一边咳嗽一边呛得流泪，鼻腔里一阵辛辣。

卢希辰两只手插在裤袋里，站在原地，表情很轻松。

他看起来丝毫不觉得内疚或抱歉，看着唐桃的眼神，就像在看一件湿了的衬衣。心情好了，可以洗涤烘干，晾干了还是一件好衣服；心情不好了，丢弃在这里，也不觉得心疼。

就在唐桃终于喘上气，想爬起来暴打卢希辰的时候，他脚步一转，居然走了。背影很快消失在风雨里的甲板上。

唐桃张嘴想骂，却骂不出声，想伸手让他扶上一把，可对方早就走远了。

远处传来沉重的关门声。

唐桃睁大双眼，心里掀起狂风暴雨，惊骇莫名。

洛子深说过，卢希辰是自己的劫数。唐桃总想怎么可能，这样一个别扭的、爱笑的、顶多有些爱恶作剧的人，他的本性是好的，只不过被浮夸的外表掩盖了。大家都不懂他，唐桃自诩是懂的。

可现在她不敢这么想了。

就在刚才，卢希辰，是真的有机会杀了她。

这种"在甲板差点儿被人谋杀"的大事，唐桃当然不敢让夏炽知道。

她像动画片《千与千寻》里去汤屋洗澡的泥怪一样，拖着一地的水，问到了林潇潇的房间号。林潇潇正在办公，一开门，吓得手上的饼干都掉了。

"你掉进海里去啦？"

"差不多吧。"唐桃哆嗦着，脸色发青，还没缓过来。

她不好意思弄脏林潇潇的屋子，进屋后就站在门边，束手束脚的。林潇潇赶紧拿出换洗衣服，把唐桃往浴室一推："赶紧冲个澡，用最热的水。海上生病了可不好治啊！"

唐桃冲了澡，换好衣服，终于感觉自己麻痹的指尖热了过来。林潇潇给她端了杯姜茶，问她到底怎么回事，唐桃也需要有个可以倾诉的人，就把差点儿掉进海里的事情跟她说了，但略去了卢希辰似乎想把自己推下去的事实。

"你和他沾上边肯定没好事，这次是淋雨，万一下次掉海里了呢？"林潇潇说，"你做完船上的任务，回校后就不要跟他联系了，这个人神经兮兮，不是你能对付的。"

Chapter 08
风暴×芭蕾

唐桃点点头,她头一次觉得林潇潇说的也有道理。

"我还有事做,先出去一趟。"林潇潇看了眼她的脸色,"累了就睡会儿,反正天气这么差,也没法拍外景了。"

林潇潇离开,舱室里只剩下唐桃一个人。她钻进被窝,抱着被子,想到刚才甲板上的场景,心里还是冷得发疼。关于卢希辰——她错了,她并不了解他。即使他没有害人的心思,刚才发生的事情也无法称之为一个玩笑。

唐桃明明很困,可翻来覆去就是睡不着。她掏出手机,一片黑暗里屏幕的荧光照亮了脸,有新消息,居然是淳子发来的。

姐,我又连上信号了,这个村子太破了,只有几个位置有信号。

那个老头,目前还不太愿意帮忙,反正我就蹲他这里磨叽,我就不信说服不了他。徐琳那边你盯着点儿,离提交方案没多长时间了,万一她有什么动作,你要提前防范。我走之前留了眼线在公司里,她说只要有动静就给你发邮件。

唐桃一惊,连忙用手机登录邮箱,有七八封未读邮件。唐桃坐起来,一封封读,果然是淳子的人发来的:什么徐琳今天去参加了美国的投资会议;徐琳今年的业绩再创历史新高;徐琳的穿着打扮上了《都市丽人》的封面……

还有淳子在村子里的破网吧整理出的文件,条条框框,怕唐桃不明白,全部标了非常清晰的备注,也把自己的想法写在了上面。唐桃逐字逐句认真读,忽然觉得淳子看起来大大咧咧的,但对柳原社的发展其实很有见解,也很有头脑,至少比她这个什么都不懂的姐姐强多了。

等唐桃用手机看完所有的文件,已经是凌晨。游轮在海浪中颠簸,船舱轻轻晃动。唐桃困倦地睡着了,再睁开眼,是被林潇潇摇醒的。

"快起来,还睡呢?起来工作了!"

"工作什么?"唐桃看了一眼墙上的挂钟,凌晨四点整。

"飞鱼!飞鱼来了!"林潇潇睁大双眼,表情激动,"因为昨天晚上的风暴,飞鱼迁徙加速,直接朝我们的船来了!"

唐桃和林潇潇跑到甲板上,雨已经停了。

天空呈现一种蓝与黑之间的颜色,很清透,很奇妙,空气冷得像冰,仿佛能把呼吸给冻住。快要黎明了,天空的尽头一团漆黑,太阳还未升起。

唐桃刚起,身上的热气还未散去,在寒风中狠狠地打了个寒战。设备组正在忙碌

地搭建轨道、测试镜头,到处都是带着激动语气的谈话声。

唐桃死死地抓着外套,举目四顾,就看见天与海之间,有些小小的黑点在涌动。一开始看不清,像有飞虫在视网膜上跳动,随着太阳离地平线越来越近,海与天的界限逐渐清晰,唐桃终于看清了,那是跳动的、飞翔的、数以万计的飞鱼。

唐桃的汗毛一瞬间全部立起来。

海天之间,洁白的船舷之畔,那些银白色的、有着漂亮尾鳍的飞鱼,成群结队地突破海面,向天空和星辰跳跃。远远看去,它们个头都很小,像海洋里的飞鸟,直到两只飞鱼撞在船舷上,发出"咚"的声响,唐桃才发现,一只飞鱼的身体居然有手臂那么长。

置身于无数跳动的精灵间,唐桃感到恐惧,也无比激动。

他们在海上航行了十几天,为的就是这一刻。

"卢希辰!卢希辰呢!准备好了没有?"刘导从没这么着急过,帽子下的双眼似有火在燃烧,"快点儿就位!飞鱼迁徙只有四十分钟!"

唐桃一听,急了:"四十分钟?这么短?四十分钟够拍几次啊?"

"最多两次,其实约等于一次。"一旁的林潇潇低声说,"如果卢希辰没办法一次性成功,那飞鱼的效果只能后期制作,导演花的这些心血也都白费了。"

眼前的景色如此震撼,即使投入再多的钱制作,也无法描绘出其万一。猎猎寒风里,各部门已就位,刘导握着剧本,大声喊:"卢希辰!就位!"

"来了。"身后忽然应了声。

卢希辰从唐桃身后走来,穿着轻薄的长袖、紧窄的黑裤子,风很大,将他领子前的白色飘穗吹起。他的服装有些类似于欧洲古典宫廷里的袭衣,领口宽大,衣袖很蓬,在手腕处忽然收紧,愈加衬得整个人气质高华,身姿优雅。

唐桃赶紧扭过头,不敢看他,谁知卢希辰也没正眼瞧她,像没事人一样径直从她身边走过。

清晨温度很低,刘导套了件羽绒服都冻得直哆嗦,卢希辰穿得很少,气色却很好,眼带笑意地走到摄影机前。

"事发突然,情况很紧急,我们争取一次过。"刘导声音中带着紧张,"你行不行?"

这是个很简单的问题,可两个人都沉默了一阵,仿佛话中有话。卢希辰给她一个轻松的微笑,走到1号摄影机前,站定,舒展双臂,看着导演。他的发丝在风中吹拂,眉眼在灯光下朦胧而柔和，整个人如同莫奈的油画般唯美。

刘导点点头，坐回折叠椅上："预备，Action（开始）！"

凌晨五点整，朝阳突破地平线，近处的海水流光烁金，异常美丽。

卢希辰的四肢随着风的旋律，在寂静的甲板上自由地伸展，他整个人像一朵洁白的鲜花，在天与海的瞩目下兀自灿烂地盛开。他先是轻轻地踱步，左右试探，而后动作越来越快，越来越激烈，他飞快地从一处跳至另一处，舒展的双臂如怀抱着满月，他修长的双腿绷出漂亮的弧度，整个人像书法大师挥毫般酣畅淋漓。跳到纵情处，汗水从他的额发下飞溅出来，他紧紧闭着双眼，仿佛被那由数字组成的舞蹈动作所支配，却反过来用自己的演绎支配了所有人的心。

这一段独舞设置在电影的高潮部分，男主角与女主角坠入爱河，可两个人身份地位悬殊，他们的爱情注定会随着游轮入港而结束。这场舞，是给她的，也是给自己的。舞蹈过后，凤凰浴火，涅槃重生。

没有人说话，甚至没有人大声喘气。刘导的目光凝固在显示屏上，屏住呼吸。

飞鱼。

数以万计的飞鱼。

那些生动的银色交织成流动的帘幕，成为卢希辰最华丽、最绚烂的舞台，仿佛配合着船上舞蹈家的演出，飞鱼跳得越来越快，离船也越来越近，似乎要将卢希辰团团包围。朝阳缓缓升起，灿烂的暖色由海平面渐渐推近至船侧，金红色的阳光打在无数飞鱼身上，也打在卢希辰忧伤的侧脸上。

那是天地中最玄妙的一笔。天与地的焦点，是卢希辰。

仿佛过了很久很久，也仿佛只是一个瞬间，卢希辰收住最后一个动作，全身无数的劲力在一瞬间收缩，胸口剧烈起伏，被汗打湿的头发覆盖住俊美的面容。他费力地大口喘气，刚才的舞蹈用尽了他全部力气，他等着导演喊停，可导演根本忘了。

刘导像被定身了一样，视线定格在显示屏上。

"导演？导演？"助手在旁边喊，"这条行吗？还有时间，要不要再拍一次？"

刘导的眼珠转了转，嘴唇动了动，才梦游一般轻声说："不用了，这条很好，这是独一无二的。"她喃喃自语，"从今往后，再难有人能够超越现在的他，包括他自己。"

那天回船舱补觉，唐桃的梦里，到处都是闪闪发光的、银白色的飞鱼。

　　海上外景正式结束，其余的镜头要在陆地上拍完。整个剧组加班加点，开足马力往回赶，唐桃算了下时间，正好能赶在柳原社的继承人大会前两天上岸。可惜的是，船上的忙碌占用了她所有的时间，柳原社未来发展的点子到现在还没有头绪，唐桃花了一晚上时间埋头苦想，饭都没来得及去吃，也没有丝毫的进展。

　　电脑坏了，她只好一直盯着手机，遇到不懂的地方就摘抄下来，几个小时后双眼酸痛无比。也就是这时，仔细读着淳子的批注，一个近乎疯狂的念头忽然闪现脑海，唐桃做摘抄的手立刻停下了。

　　为什么淳子不参加继承人的选拔？

　　说起来，柳原淳子也是柳原家的孩子，而且从小在家主和奶奶身边长大，耳濡目染，比她这个姐姐要强得多，在对柳原社的管理理念上可见一斑。唐桃的想法总是很天真，虽然有创意却不能考虑全局，而淳子对策略的选择、利弊都很清楚，也熟悉社内的人际关系，经常给出非常有用的意见。

　　淳子比较自我，性格也不稳，或许不够稳重踏实，但她很有头脑，很有天赋，这次去拜访秦老爷子，也是她一个人的功劳。

　　唐桃僵硬了五分钟，摸出手机给夏炽发消息。

　　问你个问题。

　　嗯。对方很快回复了。

　　你觉得……是不是淳子比我更适合继承柳原社？

　　肯定啊。

　　"啊？"唐桃一声惊呼。

　　夏炽隔着走廊都听见她这声喊叫，忍不住笑了：不是说你做不好，而是想要达到继承家业的水平，你会过得非常辛苦。上位者需要通过支配来获得快乐，你野心不够，气势也不足，难以服众。

　　唐桃仿佛泄了气的皮球，瘫倒在椅背上。

　　柳原淳子，更像你父亲。……你可以好好想想。夏炽斟词酌句地回复。

　　放下手机，夏炽用手撑着侧脸，盯着桌上昏暗的台灯，心绪不宁。他当然有私心，希望唐桃能做一个简单快乐的人，柳原社家大业大，利益复杂，而藤本直树又很有野心，只要她卷入其中，就不会有安宁的时候。

　　不过，最终还是要看她的想法。

　　唐桃问：如果我真的不适合继承柳原社，怎么办？

Chapter 08
风暴 × 芭蕾

夏炽笑笑，回了一句话：那就跟我混。我罩着你。

又过了一会儿，唐桃差不多迷迷糊糊地快睡着了，手机又来了条消息，是夏炽发来的：不要害怕，相信我。

唐桃当时没明白这句话的意思，还以为只是对方温情的承诺。

她心里暖暖的，回道：嗯，晚安。

游轮开始返航，唐桃无事可做，天天算着回去的日期，但也无法让游轮开得快些。好消息是，她终于能按时吃饭、按时睡觉，清闲了一整天，也体会了一把游轮度假的奢侈。夏炽依旧忙，没什么时间陪她，唐桃可能就是劳碌命，一静下来就觉得整个人轻飘飘的，无处着落。

次日早上刚醒，她接到刘导的电话，说去会议室一趟。

唐桃把乱糟糟的头发一夹，用清水抹了把脸，睡眼惺忪地去了。刚进会议室大门，就发现气氛不对，桌前坐着一脸阴沉的刘导，卢希辰在沙发上玩手机，夏炽靠墙沉默地站着，一见她进来，幽深的视线里隐有忧虑。

唐桃一呆，不会是影片出问题了吧？卢青居然也在，脸色比其他三个人加起来都阴沉，小小的会议室里，导演、主演、主演经纪人、投资人兼音乐总监……灵魂人物全齐了。

唐桃表示压力很大。

刘导的双眼一直盯着电脑，听见响声，才抬起头。她示意唐桃在桌前的办公椅上坐下，两手撑着下巴，说："叫你来，是有个问题问你。今天凌晨四点半，你在干什么？"

唐桃如实回答，她昨晚十一点半睡，今天早上七点钟才起来。

"有人能证明吗？"刘导接着问。

"没有吧。"

刘导两条纤细的眉毛蹙起，视线微沉，露出为难的神色。她将面前的电脑转过来，问唐桃："你知道这是什么吗？"

屏幕上是一则新闻，配了十几张图片，画质非常模糊。唐桃仔细辨认，发现是卢希辰在甲板上那段独舞的截图，唐桃摇头："不好意思，我不明白你想说什么。"

"今天早上，剧组收到一家报社来电，要求提供更加清晰的卢希辰舞蹈的剧照。你也知道，之前的甲板独舞戏刚拍完，未经过处理和剪辑，更没有跟任何报社交易，让他们爆出片花。"

从刘导阴沉的脸色和会议室里凝重的气氛看，唐桃忽然有种不好的预感。

"剧组连夜开会，查找片花泄露渠道，最后发现，报社的截图来自一条手机拍摄的视频，视频于今天凌晨四点半发送给报社。"刘导的手指敲了敲桌面，"我就问你，甲板上拍戏那天，你有没有用手机进行摄像？"

她确实摄像了，但当时好多剧组人员都掏出手机拍照了啊，又不是她一个！唐桃面露委屈，还没来得及为自己申辩，刘导从抽屉里抽出几张合同，丢在唐桃面前。

"我与新闻方交涉，声明从未允许剧组人员售卖片花，他们在压力之下，坦白了合同的具体内容。你仔细看看，利益分配那一栏。"刘导的手指点着最后一页合同的巨额酬金，"最后那一页的乙方签名，是不是你的？"

卢希辰一直埋头在沙发上玩手机，直到这时，才抬起头来。

唐桃和他对视一眼。

卢希辰的视线冰冷无比。

"当然不是我！我干吗要做这种事？合同当然是假的，我发誓我没签过这种东西！"

唐桃后退一步，她还没搞明白事情的始末，却感觉有张兜头大网，冲毫无防备的自己撒来。她立刻用求救的眼神看向夏炽，夏炽的红眸中光芒明灭，定定地注视着她，不动声色。

唐桃如同某种瘟疫，立刻被剧组单独"隔离"，锁在船舱最下面的一个单间里。从头到尾，她连证明清白的机会都没有，似乎有人把所有的"罪状"都编排好了，一款款一条条，从合同到交易记录，甚至连时间都丝丝入扣，堪称完美。

呆坐在黑漆漆的船舱里，窗外只有汹涌的海水，唐桃急得眼眶发红，偏偏还要强作镇定。

没事的，不要紧，没做亏心事不怕鬼敲门，况且夏炽还在船上呢！他一定会帮我证明清白！

一想到夏炽，唐桃的心忽然安定了许多，是啊，既然他在，又有什么可慌的？

至于陷害自己的人……唐桃默默地看着自己的掌心……是卢希辰吗？可能吗？

一切都乱套了。

唐桃盘腿坐在床上，叹口气，将脸埋进双臂里。

房间里没钟表，唐桃的手机也被没收，无法和外界联络。负面的猜测如同冰冷的

Chapter 08
风暴 × 芭蕾

爬虫，在黑暗的房间里窸窣作响，随着时间的推移，唐桃越来越坐立难安。影片片花在拍摄期间流出，况且是未经剪辑处理的、简陋的手机视频，如果剧组处理不好，很容易给观众留下负面印象，影响到最终票房。

不用导演说，唐桃也明白，这件事看似小，但他们倾注所有拍摄的电影，有可能会因为这个视频受到很大的影响。

唐桃咬着牙，深呼吸，在黑暗中攥紧拳头——如果罪魁祸首是卢希辰，她一定一定一定……打爆他的鼻子！

"仿佛听见有人在骂我。"门外忽然传来熟悉的声音。

唐桃像兔子一样竖起耳朵："卢希辰？是不是你？"

"你是得多想我，才能出现幻听啊？不是我还有谁？"懒洋洋的声音就在门外，"这话要让你的夏哥哥听见了……哎哟，我闻到一股醋味儿了。"

他语气轻佻活泼，和从前一样，仿佛那晚在甲板上的事从没发生过，而唐桃现在也没被迫"面壁思过"。唐桃心里一阵浮躁，她猛地甩开被子，大步走到门口，质问："你知道陷害我的是谁，对不对？"

对方不答，只吹了声口哨。

果然！

"是谁？为什么要这么做？"唐桃追问，"是不是你？是你想毁掉这部电影？"

卢希辰背靠在门上，注视着走廊里昏暗的灯光，眼含笑意。他的声音漫不经心："你真想知道？真知道了，你会后悔的。"

"别和我卖关子！"唐桃咬牙切齿。

卢希辰噘了噘嘴，做出一副"我真拿你没办法"的表情，从外套口袋里抽出双手，转身，对着门低声说："好吧，我们姑且假设你是被冤枉的，你只需要回答三个问题。第一，谁能用你的邮箱发送那些与报社来往的邮件；第二，谁能冒充你的字迹在合同上签名；第三，如果影片搞砸了，我这么长时间的训练和辛苦都会白费，谁是最看不惯我，最希望我倒霉的人？"

卢希辰在门外轻笑："想不出来吗？还需要我再提示吗？"

唐桃的右眼皮轻轻跳动，一个模糊的答案浮出水面，比她之前的猜测都更加阴暗、更加可怕。

谁能用她的邮箱发邮件？之前电脑坏了，所以唐桃一直用手机办公，只有一个晚上放在别人的房间。

谁能模仿她的笔迹？想模仿签名并不容易，一定是了解她、和她亲近的人。

谁最希望卢希辰倒霉？谁处处看他不顺眼，针锋相对，想让他远离唐桃身边？

唐桃的嘴唇轻轻颤抖，黑暗中，她将额头抵在冰冷的门上。

她这才想起，在夏炽房间过夜那晚，夏炽放在床头的资料里有一份未签字的合同。具体内容唐桃没细看，但最后一页的金额，和刘导今天给她看的那份文件是一样的。因为数额很大，所以她记住了。

卢希辰无声地吹着口哨，乐呵呵地问："想明白了？"

房间里寂静无声。卢希辰又等了几分钟，见对方没有回答的意思，把手抄进口袋里，荡着两条长腿走了。

海洋之外，遥远的陆地。

山村。苞谷地。

瘦弱的女孩背着比半个她还大的背篓，弯着腰在田里摘玉米。大滴大滴的汗水从她额头滚下，她拿戴手套的手随便一抹，白净的脸颊上立刻灰扑扑的。远处，一个金发男生坐在高地上，拿铅笔比着玉米地里的苞谷，眯着眼，不时在支起的画架上画几笔，看起来轻松而悠闲。

淳子从玉米地里直起身，她抬高右手，猛地砸出一根还带着穗的玉米，菊的后脑勺一阵剧痛。

"啊！"菊差点儿没从凳子上摔下来，捂着后脑勺，"你砸我干吗？"

"叫你别帮忙，你还真不帮了？"淳子气得咬牙切齿，"你是不是男人？"

"秦老爷子说要你自己做，我怎么帮你？"菊无奈极了，"一会儿被他看见你找帮手，他不愿意跟你回×市，你就高兴了？"

淳子的胸膛剧烈起伏着，她手背上都是被玉米叶子划出来的细小伤口，又痒又疼，整个人狼狈极了。

自从上次的记者事件后，秦老爷子虽然没赶他们两个人走，却变本加厉地压榨这两个劳工，淳子和菊的工作量直接翻倍，每天只能休息四五个小时。淳子睡得比猫晚，起得比鸡早，好不容易昨天干完了分配给她的活儿，于是委婉地向秦老爷子提议，和她去×市一趟。

淳子还没说完，秦老爷子一口回绝，美其名曰，×市空气不好，不利于他颐养天年。

菊见淳子脸色青黑，很有和秦老爷子干一架的气势，赶紧把她拉到门外，强行安抚。美其名曰，革命已经成功一半，老爷子愿意把他们两个人留下，屈服只是早晚的事情，当务之急，是晓之以理，动之以情。

　　淳子看着菊，表情讥讽："你和他有情吗？"

　　菊摇摇头。

　　"那我们占理吗？"

　　菊想想，又摇头。

　　"那还晓什么理，动什么情？直接绑了得了！他都七十岁了，我就不信他能打过我！"

　　眼看小小的村庄将要发生百年来第一桩流血事件，菊只好化身和事佬，亲自去和秦老爷子谈判。老爷子毕竟还是疼爱菊的，被他的三寸不烂之舌说了半天，终于松口，提出如果要去×市，必须满足以下几个条件：

　　一、淳子要独自一人，在几天内做完农庄所剩的所有农活。

　　二、每年农忙，淳子都要抽出半个月的时间，来乡下帮秦老爷子干农活。

　　三、到×市后，他不会听从柳原社的任何命令，他想说什么想做什么，都得由他自己。

　　淳子听到这些条件，脑袋里只有一个念头——不平等条约。

　　于是就出现了菊在玉米地里画画，被淳子冲着后脑勺丢玉米的惨样。

　　菊很无奈："我真不能帮你，不然功亏一篑。"

　　淳子也知道自己在无理取闹，但她咽不下这口气啊！她把最后一根玉米往背篓里一丢，气喘吁吁地走到菊身边，一屁股坐在地上，抓过水来喝："你在画什么，这么专心？"

　　"画玉米地，还有摘玉米的人。"菊又往画上添了几笔。

　　淳子凑过头去，才发现画布上一片漂亮的黄色里，还有一个小小的人影，背着背篓，站在玉米地里朝远处张望。淳子很惊讶："你画了我啊？"

　　"是啊，你站在田里，挺好看的。"菊随口说。

　　只是无心之言，淳子却觉得耳朵像被他揪住似的，耳根"唰"地红了。她放下水杯，哼了一声："画得一点儿也不像。"

　　菊解释："这是抽象画，画的是意境。"

　　淳子在旁边看了一会儿，视线慢慢从画移到菊脸上。天渐渐暗了，眼前的景物越

来越模糊,菊眯起眼睛,表情非常专注,用画笔描摹着玉米上的细穗。

"你回×市吗?"淳子忽然问。

"嗯?"菊的目光还凝在画上。

"你跟我一起回×市吗?顺路的话,我可以送你。"

淳子是在村庄里偶遇菊的,他以后有什么打算,要去什么地方,她从没问过。菊脸上流露出沉思,仿佛也是第一次想这个问题,沉默了一会儿,说:"我在这儿采风也有一段时间了,是应该回去了。"

淳子心头一喜。

菊接着说:"从×市回意大利方便点儿,机票也便宜。"

淳子猛地抬头:"你要回意大利?"

"嗯。"菊点头,"我这次回国是私自逃回来的,意大利那边有人在催我,老不回去也不行。"

卡伦那张怒气冲冲的脸又浮现在脑海,菊默默笑了。他和卡伦的画廊签约,说好要带画回去展览,而且兰铃会里也有一堆事等着他回去处理。能像这些日子放松身心地画画,对菊来说是件奢侈的事。

他脸上的笑容很温暖,淳子却开心不起来。天与地间模糊的光影中,她的心也仿佛太阳一般,渐渐沉入黑暗。

第三天傍晚,秦老爷子指派的农活,被淳子咬着牙提前干完了。

秦老爷子蹙着两根仙风道骨的眉毛,手伸进箩筐里,检视淳子熬夜磨出的玉米面,和她花了两天时间晒干的芝麻、核桃等坚果。面很细腻,带着石磨与泥土的清香,坚果也晒得很好,小的、坏的全部挑出去了。秦老爷子眼神挑剔,却不吭声。

淳子知道,自己过关了。

她立刻去村口唯一有信号的地方,联系柳原家的人派车来接。奶奶派出两辆豪车,却显然低估了村口泥水的杀伤力,黑色的车子开过来,等到农舍门口已经变成黄色的了。秦老爷子一屁股坐进副驾驶,闭着眼睛,一副事不关己的模样,菊和淳子帮他把行李抬进车后座,都是些玉米面、核桃渣什么的,沉得要死。

"带这些破烂干吗?柳原社的仓库里全都是好吧。"淳子手臂快酸死了。

"嘘嘘嘘!"菊连忙去捂她的嘴,"好不容易弄上车了,你就别招他了!"

淳子这几天有点儿焦虑,不仅因为繁重的农活,还因为唐桃的失联。和徐琳的正

Chapter 08
风暴 × 芭蕾

面对决是大后天早上九点钟,按照之前的计划,唐桃应该已经随剧组回到岸上,在家里和她碰头了。

自三天前开始,唐桃就联系不上了,她给夏炽打电话,也没人接。

淳子一颗心七上八下的,她打算一回家就先把柳原社的发展策略写好,万一唐桃卡着点儿进场,好歹能临时抱个佛脚。

从农舍出发是晚上六点钟,车开了一个小时,菊和秦老爷子都睡着了。淳子心里有事,烦躁不安地盯着窗外模糊的树影看,左手臂忽然被碰了一下,她转头,正好对着菊的脸。

昏暗的光线中,他的睫毛很长,随着呼吸微微颤动,睡颜非常安详,像只脾性温柔的大型犬。

淳子的心,又不争气地跳起来。

她把胳膊往里缩了缩。车身微晃,菊的身体又朝她倾斜过来,几缕金发蹭在她脖子上,痒痒的。

淳子告诫自己,别乱想啊,这是暗恋着自己姐姐的人,能有什么未来呢?

她弯起手指,在菊的脑门上敲了一下。菊肩膀微微一抖,立刻坐直了,睡眼蒙眬地转过头看她:"怎么?到了?"

"还有两个小时。"淳子回答,"太无聊了,陪我说会儿话。"

于是菊跟她有一搭没一搭地聊天,还不合时宜地讲了两个笑话,并不好笑。窗外有路灯掠过,照亮两个人的脸。淳子用手指抠着车的坐垫,心比之前更乱了,离家近一点儿,两个人相处的时间就少一点儿,他马上就要走了。

"淳子。"菊说。

少女的脸在微光中有些呆滞。菊凑过头,又说:"淳子?"

"啊?"淳子一震,"怎么了?"

"今天到×市应该挺晚了,你家附近有没有什么旅馆?我将就一晚上。"菊说,"我可能还要在×市待两天,有件事没做完。"

"你住我家吧!"淳子脱口而出。

菊也愣住,看向她的眼神中有些不解。

"我家大,空房间多,而且你帮了我那么多忙,总要感谢一下。"淳子赶紧一本正经地解释,"×市是我的地盘,让你住宾馆,有损我的名声。"

淳子的手陷进坐垫里,心怦怦直跳,直到菊轻松的声音在耳边响起:"好吧,那

就麻烦你了。到家了,我先去和你的家人打个招呼。"

淳子的心一下蹦到高空,她忍不住开心地笑起来,腿在座椅上踢了两下。

脚碰到了前面的座椅,还在睡觉的秦老爷子发出一声闷哼,白花花的后脑勺晃了晃。淳子赶紧缩头,和菊对视一眼,两个人都笑了。

时间一晃而过,两个小时二十分钟后,车子缓缓驶入柳原宅的大门。

庭院里的路灯下,已经有人在等了。

淳子好不容易放下的心又揪起来,她下车,默默地看着灯光下的奶奶和家主。她这次去乡下,完全是瞒着家里人,如今从车上下来的是她却不是唐桃,免不得又是一番腥风血雨。

果不其然,家主剑眉上挑,眼里闪过疑惑,而奶奶却眯着眼睛,看见她从车上下来,一点儿都不惊讶。

淳子缩缩脖子,完了完了,之前忙着摘玉米,完全没想过该如何面对这两尊"神佛"。

不知道是不是因为秦老爷子在,奶奶和家主好歹要撑场面,没有立刻把她"就地正法"。藤本直树扫了她一眼,亲自走上前打开副驾驶的门,搀扶出睡眼惺忪的秦老爷子。

秦老爷子在地上站直了,吸了口气,看了奶奶一眼,哼了声。

"秦老爷子,还没死呢?"奶奶幽幽地问。

"你都没死,我怎么会死?"他反唇相讥。

"怎么样,农村的水土好吗?看你干瘦干瘦的,也没养出什么好身体。"

"哪比得上你啊,白胖白胖的。"秦老爷子不甘示弱。

一群人都听呆了。藤本直树立刻出声介入,避免两个老人当场打起来:"旅途劳累,天也不早了,我先带您去休息。明天早上正式给您接风,让您和家母好好叙旧。"

秦老爷子的小眼睛扫了藤本直树一眼,哼了一声,算默认了。奶奶脸上浮现看好戏的神情,还没来得及再挑衅,袖子就被人拽了拽。她低头,发现是自己的小孙女。

"淳子,干得不错,这个老头都被你请来了。"奶奶眯起眼笑了,"明天一起吃饭,带上你那个小朋友。"

菊还站在远处,闻言赶紧朝奶奶鞠了一躬。

Chapter 08
风暴 × 芭蕾

"奶奶，姐姐现在赶不过来，明后天一定过来。"淳子噘起嘴，拽着奶奶的衣袖撒娇，"奶奶，家主那儿你帮我拖一拖，拖到姐姐来就好。"

奶奶眯起的眼睛闪了闪，她转过身，用一种平淡的口吻对淳子说："我们柳原家的孩子，从不给他人做嫁衣。即使是血缘之亲，也各有各的责任，不能由他人代劳。"

"奶奶……"淳子万万没想到奶奶是这个态度。

"去乡下的是你，干农活的是你，请来老头出山的也是你。"奶奶的目光落在淳子的脸上，忽然带着长辈的严厉，"所以，不管唐桃能不能回来，大后天和徐琳站在台上比试的，也只能是你。"

淳子大惊失色。奶奶作势要走，她扑上去拦住："奶奶，您这是什么意思？"

奶奶的面色严肃起来，说："和徐琳对抗，不过是想拿回柳原家的产业，更好地掌握柳原社的经营权。不过你别忘了，除了唐桃，你也是柳原家的女儿。"

Chapter *09*
重逢×告别

海上，船舱。

窄窄的小床随着船身摇晃，唐桃抱着膝盖，蜷缩着身体，心头一片混乱。

没有手机，没有时钟，真如坐牢般暗无天日。刘导派人来送饭，一天三顿，吃到第四顿的时候，唐桃知道已经过去了一整天。送饭的人是船上最强壮的场务，唐桃不可能和他硬碰硬，然而提出要见夏炽的要求，却一直被拒绝。

夏炽就如凭空消失一般，整整二十四个小时，音信全无。哪怕他暂时想不出救出她的方法，来陪她说说话也好啊，跟她说一下事情的进展也好啊。像一个罪人般把她独自关在这里，算什么？

还有卢希辰说的话……

唐桃赶紧摇头，把这个可怕的想法甩出脑海，仿佛安慰自己般，唐桃伸出手指，一样样列举夏炽不可能这么做的理由：第一，夏炽没有任何动机，要靠出售卢希辰的视频敛财，因为他根本不缺钱；第二，即使要这么做，他也绝不会让唐桃为自己背锅；第三，夏炽是个高傲的人，即使他看卢希辰再不顺眼，也不可能在背后使阴招。

可……夏炽房里的文件如何解释？他不来看望一下自己又如何解释？

唐桃抱着脑袋，痛苦地呻吟起来。

舱门忽然被人敲了几下。

唐桃立刻问："谁？"

"我，林潇潇，我偷了钥匙，现在给你开门！"

唐桃立刻奔至门边，锁眼处一阵窸窣，门开了。走廊里并不新鲜的空气涌进来，唐桃却觉得重获新生，林潇潇飞快地蹿进船舱，又把门关上，说："我来给你送钥匙，你等到晚上，没什么人的时候，就开门逃走吧。"

唐桃一愣："逃走？我们在海上啊！"

如果没人愿意相信她，她逃走也会被抓住，总不能跳下船游回去吧？林潇潇的脸色很难看，她拍拍唐桃的肩，说："我接下来说的话你可能不爱听，但也别太逞强了，总不能真让他们把你送进公安局吧？天一黑，你就逃出去，去找卢希辰，求他帮你说说话！"

唐桃更听不懂了，为什么要找卢希辰？

"哎呀，你平时挺聪明的，怎么现在犯糊涂？我当然相信你没做这种事，但其他人不信啊，你只有去找卢希辰，至少先争取到在船上行动的自由，才好找线索证明自己的清白啊！"

Chapter 09
重逢 × 告别

其他人……其他人……

唐桃一把握住林潇潇的手:"夏炽在哪儿?你帮我找他过来。"

林潇潇脸上闪过一丝怒意:"你别惦记他了,夏炽那个混账东西,你刚出事我就去找他了,哪知道他根本不见我,对你的事情压根不关心。"林潇潇反握住她的手,"你听我的,先服软,出来了,我们再找线索证明清白。"

林潇潇紧紧抓着唐桃的手,怕她听到这个消息,受不了打击做出什么傻事。谁知唐桃的表情先是惊讶,再是着急,在听到夏炽完全不管她后,居然皱起眉头,露出深思的表情。她松开林潇潇的手,坐回床上,盘着腿,低头看着自己的掌心。

"喂,你没事吧?"林潇潇以为她吓傻了。

"离回到陆地还要多久?"唐桃忽然问。

"啊?哦,还有三天,我今早听船务说的。"

唐桃猛地抬头:"延迟了?不是说明天就能到吗?"

"嗯,好像是海上天气不好,绕远路安全一些。"林潇潇问,"怎么了?"

唐桃的眼珠飞快转动,一些大胆的猜测在她脑袋里快速成型。林潇潇在旁边等了一会儿,就听见唐桃说:"谢谢你,我知道了。你先回去吧,把钥匙也带走,别让其他人发现你来找过我。"

"你……"林潇潇有种不好的预感。

"我不会去找卢希辰的,我没做过的事情,不需要低头认错。"

"可……可你就这样待在船舱里?跟犯人似的?你忍得了?"林潇潇急了。

唐桃抬起眼。她那双乌黑的杏眼里,清亮的光芒取代了迷茫,她冲林潇潇淡然一笑:"当然忍得了,因为我相信夏炽。只要他在身边,我就不需要害怕。"

甲板。

红发的人影斜靠着栏杆站着,身材修长,黑西装勾勒出宽阔的脊背与修长的双腿,即使在游轮这种环境中,衣摆也烫得一丝不苟。风吹起他的短发,深红色的发丝遮住双眼,却遮不住脸上肃然的神情。

几个剧组的女生偷偷地看他,花痴地嘻嘻哈哈,还有人偷拍照片。不一会儿,就看见一个同样身高腿长的人走过去,靠着栏杆,和夏炽并肩站在一起。

"双倍的帅哥,双倍的享受啊……"女生们陶醉地拍照。

卢希辰穿了件白色的运动外套,手插在口袋里,闲适地举目望向远方。两个人无

言地站了几分钟,卢希辰率先打破沉默:"一天过去了,还有三天。"

夏炽忽而变得深沉的眼眸中显露出厌恶,他火一般燃烧的眸子落在卢希辰脸上,嘴角微微抽紧。

"我听说船舱的钥匙丢了,大概是林潇潇偷走了。你猜唐桃还能撑几天?"卢希辰的双眼眯起,看戏般乐滋滋的,"我们说好的,只要她踏出船舱一步,你就输了。"

风吹过两个人之间,似乎也被气氛感染,猛地凛冽起来。夏炽的西装领子随风翻飞,他看着卢希辰,声线严肃而低沉:"你知道我们之间有何不同?"

"我比你更帅?"卢希辰还在笑。

"我知道去信任她,而不是揣测她,她也信任我,知道我绝不会背叛她。"夏炽一字一顿地说,"所以她绝不会走出那间船舱。"

卢希辰依旧笑着的眸中闪过一丝阴霾,他抬头看向天空,深吸了口气,语气幽幽的:"我学会的第一个教训,就是不要太相信别人。"

夏炽看着他,忽然也笑了,他英俊的脸上流露出温和的神色,仿佛透过甲板看向了遥远的某处:"曾经我也和你一样,在世界上只相信自己。至于信赖别人,懂得依靠别人,是唐桃教给我的。"

卢希辰眯起眼,上上下下仔仔细细地打量着夏炽,轻声说:"你要明白,你答应和我打赌,等于背叛了唐桃。是你同意了我的计划,才导致她被关在船底,她不会怪你?"

"她当然会怪我,她还会冲我发火,说不定还要闹闹脾气,玩玩失踪。"夏炽耸耸肩,"不过这些我都不在乎,这些都可以修补,我答应和你打赌,是因为我要让她看清,你究竟是怎样的人。"

卢希辰嘴角流露出不屑。

他望着高空中飘过的白云,说:"你和我是同一类人,没有不同。"

"当然有。无论我做什么事,都是为了保护她,而不是伤害她。"夏炽幽幽地抛出一句话,"而她,也相信这一点。"

那天晚上,卢希辰做了一个梦。

梦见他小时候,还住在郊区的大房子里,父亲伏在钢琴盖上写写画画,一坐就是两三个小时。他午睡醒了,迷迷糊糊地想去找父亲玩,母亲端着热好的牛奶走过来,

Chapter 09
重逢×告别

蹲下,摸摸他的脑袋:"小辰,我们不要去打扰爸爸,他在工作呢,在给新的舞剧编舞。"

小卢希辰喝了口牛奶,嘴边都是奶沫,他看着妈妈:"编舞是什么?"

"像小辰在舞蹈班里学的动作,包括学校文艺节上跳的舞蹈,都是大人编好的,教你怎么跳,用什么情绪跳,舞蹈才能好看。"母亲伸出手指,擦了擦他的嘴角,笑了,"小辰现在还小,等长大了,就能跳爸爸的舞了。"

"我现在也能跳!"他立刻站直了,踮起脚,做出芭蕾的起式,"我是我们班里跳得最好的,老师每次都表扬我,还让我站在最前面给大家示范!我现在就能跳爸爸的舞!"

母亲微微一笑,本来就温柔的脸更显柔和,还想说什么,卢希辰的脑袋忽然被揉了揉。父亲不知道什么时候走过来,和他蹲在一起,说:"我们小辰是难得一见的天才,又肯努力,过不了多久就能跳爸爸编的舞了。"

"我现在就行!"小卢希辰还在强调。

父亲忽然一把将他揽进怀里,工作了很久,胡子也没刮,蹭得卢希辰痒得咯咯直笑。小卢希辰边笑边挣扎,客厅里的座机忽然响了,铃声回荡在耳边。

父亲脸上的笑容消失了。小卢希辰心生感应,也抬起头,望着父亲:"是叔叔的电话?"

"是啊,叔叔最近有些事情,爸爸要帮助他,就像你帮助班上的同学一样。"

父亲和母亲对视一眼,母亲抱起卢希辰,对他说:"小辰,我们去院子里玩吧,足球还在院子里吗?"

小卢希辰的脑袋搁在母亲肩上,回头望着父亲。

父亲接起电话贴在耳边,眉间隐有愁容。

卢希辰很久没睡过好觉了,长时间的工作和操劳透支了体力,他半靠在沙发上,睡得很沉,头不断从沙发背上滑下来。

刘媛导演盘腿坐在工作椅上,一边盯着电脑,一边打电话,在打了七八个电话后,她紧锁的眉头终于舒展了些,张大嘴巴打了个哈欠,才看见卢希辰的睡脸。

刘媛忽然一震。

卢希辰眉头深锁,眼珠在眼皮底下轻轻颤抖,显得焦虑而疲惫,细长的眼角隐有泪水,将落未落,挂在睫毛上,看着令人着急。

　　只有刘媛这个发小才知道，卢希辰小时候，其实是个爱哭鬼。成熟都有代价，代价是将真心更深地掩埋，已经很久很久，没有看见他脆弱的样子了。

　　是梦到了过去吧？

　　刘媛的眼神暗了暗，她忽然抓起一沓桌上的便利贴，反手朝卢希辰扔去，正中脑门，卢希辰浑身一颤，醒了，眼泪也晃到了地上，没有被察觉。

　　卢希辰慢吞吞地抿了抿嘴，伸手抓了抓头发，目光才落在刘媛身上。他懒洋洋地问："砸我干什么？"

　　"我在这儿累死累活地帮你做事，你倒好，在沙发上睡大觉？"

　　"我是因为谁这么累的？是谁拍起戏来根本不要命，也不管演员的死活？"卢希辰从茶几上抄起一瓶水，仰头"咕嘟咕嘟"灌下去一半，问，"调查得怎么样？证据搜齐了吗？"

　　"万事俱备，只欠东风。我已经和公安局的朋友联系好了，卢青一下船，就有警车等着他。"

　　卢希辰沉默了一会儿，"嗯"了一声，倒没什么惊喜的样子。刘导在椅子上转了一圈，下巴搁在椅背上，问："帮你除了这么大的祸害，你居然不开心？"

　　"刘导演，谢谢您啦！"卢希辰夸张地一鞠躬，这才笑了，"从此卢希辰重获自由，愿意为您做牛做马，这辈子做不够，下辈子再做。"

　　"得了得了，都说放你自由了，就别为我做牛做马了，演出费给我打五折就行了。"刘媛笑着说，"我们认识这么多年，看卢青折磨你这么多年，现在能揪住他的狐狸尾巴，我真心为你高兴。"

　　卢希辰和刘媛一开始就知道，将片花卖给新闻媒体的，是卢青。

　　这部《海上芭蕾师》的拍摄，既是刘导的电影，也是卢希辰布的一个局。很多年前，卢希辰还小的时候，卢青作为投资人欠了千万元的外债，一直求助于卢希辰的父亲，并作为卢希辰父亲的经纪人四处捞钱。后来卢希辰的双亲因为意外去世，卢希辰的监护权就落在了卢青手上，他利用卢希辰的才华，不分昼夜地给他接比赛和演出，几乎将他当成马戏团里的动物，没日没夜地训练表演。刘媛和卢希辰自小熟识，她自立门户后，就想帮卢希辰摆脱这个恶毒叔叔的掌控。

　　出重金买片花的"新闻媒体人"也是刘媛的朋友，从签约的合同到两个人的银行卡转账、聊天记录、语音通话，全部作为卢青侵犯剧组利益的罪证，将在游轮靠岸时交给警方。

Chapter 09
重逢 × 告别

至于游轮返航延迟的几天，也是为了整理卢青的罪证，拖延时间。无形的网已经开始收紧，而作为猎物的卢青还被蒙在鼓里。

平心而论，这个局并非万无一失，幸好卢青的贪婪大于所有人的想象，才会让这件事进行得如此顺利。

卢希辰看起来并不开心，刘媛全部看在眼里。她拆开一包薯片，塞了几片进嘴里，说："你在想那个丫头？"

卢希辰眸光一闪。

"你可要好好感谢她，没有她顶锅，卢青也不会放松警惕。"刘媛漫不经心地说，"不过说来也怪了，没想到夏炽居然会同意我们的计划，他护那丫头跟老母鸡护崽儿似的，居然舍得她被冤枉？"

卢希辰的手缓缓收紧，矿泉水瓶在他手中发出"咯咯"的响声，慢慢被捏扁。

他声音平静："我和他做了个交易。"

刘媛眼睛一亮："什么交易？"

"拿他最重要的东西，和我最重要的东西打赌。返航这四天，如果唐桃不走出那个房间，他赢，从此我再不出现在唐桃身边，不再打扰她的生活。但如果她走出了那个房间，哪怕是一步……"

"哪怕是一步？"刘媛身体前倾，兴趣满满。

"那就是我赢，按照约定，他和唐桃分手。"

卢希辰举起手臂，将捏成一团的矿泉水瓶投出去，瓶子划过漫长的弧线，落进垃圾桶。

"哇，这招毒啊，毕竟人家才是一对，你和唐桃又没啥关系！没什么好吃亏的！"刘媛说，"不过你哪来的把握？"

卢希辰把手收回口袋，微微一笑。

他从胸前口袋里掏出一样东西："你看这是什么？"

"哇，心形吊坠，好土啊！"刘媛吐舌头，"你现在走非主流路线吗？"

"这枚吊坠是阿玲在外面捡的，里面放了张明星的照片，非要送给我，有一天我洗澡的时候忘在洗衣筐里，被唐桃拿走了，她可能是觉得这东西很重要，可以用来威胁我吧。当然了，趁她不在屋里，我把吊坠拿了回来。"卢希辰的神情忽而变得温柔，语气也平缓了，"你猜后来怎么样？"

"准没好事。"

"我跟她说,这是我母亲的照片,存世的最后一张照片。"卢希辰睫毛轻轻颤抖,笑,"她信了,以为被自己弄丢了,一直对我非常愧疚。"

刘媛一愣。她知道,早在卢希辰刚出道的时候,卢青就没收了家里所有关于他父母的照片,仿佛在命令他和过去划清界限。至今,卢希辰都没能有一张父母的遗照。

卢希辰低着头,手指抚摸着掌心用黄铜做的爱心,嘴角含笑。

"所以呢,这和唐桃有什么关系?"

"她虽然不笨,但很单纯,从不会用恶意来揣测别人,所以就更加容易被恶意所控制。"黄铜爱心吊坠被抛到空中,划过一道亮光,"什么样的蠢货,才会在意别人多过自己?我倒要看看,她能多相信她的男朋友。"

卢希辰依旧在笑,然而眼里却如冰封的山川,没有丝毫温度。

不知道为什么,刘媛在那个瞬间,轻轻打了个冷战。

柳原淳子彻夜未眠,着急上火,额头上还爆出两个大痘痘。

她焦急地在房间里来回踱步,像电影里的反派一样拼命咬着手指甲,坐在一旁喝茶的菊觉得她头上有团火在烧,隔老远都能闻见焦味儿。

"你到底是在生气还是在着急?"过了会儿,菊忍不住问。

"又生气!又着急!不对,我更着急!"淳子望天长叹一口气,把手机摔在床上,"不行,彻底联系不上,他们的船是沉了还是怎么着?沉了也得给我游回来啊!"

淳子没好气地看菊一眼:"出这么大事,你不着急?"

菊饿了一晚上,正偷偷把一块饼干往嘴里送,他反问:"我为什么着急?"

"你也太没良心了吧,这是唐桃的事情啊,你不关心她了?"

"你说的没错,以小桃的性格,如果真的重视柳原家的比试,她游也会游回来的。"

"什么意思?"淳子蹙眉。

"我的意思是,待在船上拍戏不一定不好,继承了柳原社也不一定好。"菊慢吞吞地咀嚼着饼干,打哑谜似的,"你懂吗?"

淳子觉得周围的人都疯了,从奶奶到家主到菊,再到自己。

她烦闷地叹口气,抓起外套,把菊一个人丢在房间里。

Chapter 09
重逢 × 告别

月亮升至中天。

柳原家宅后院有一个很大的池塘,月亮荧荧地落在中心,亮汪汪的。池里的鲤鱼也睡了,一动不动地漂浮在浅水中,淳子捡起一颗石子,砸进去,惊醒了两三尾鱼,水面陡生波澜。

她套上外套,在池塘边坐下,生闷气,更多的,是对未来的迷茫。

她从小生在富裕的家庭里,却活得像个假小子,自由又任性,对未来也没有什么规划。她很小的时候就失去双亲,为此,奶奶一直觉得亏欠她,从没给过她限制,放任她去做想做的事情。喜欢钢琴吗?当然,小时候每当手指落在键盘上,就觉得浮躁的心难得安静。可她能作为一名钢琴家活一辈子吗?淳子望着池塘里映出的脸,风吹过,她的倒影瞬间模糊。

内心,像一株缺水的植物,不至于渴死,但也从不满足。她身为柳原家的一分子,一直被放任着,却从未被人需要过。

淳子轻吐口气,低下头,把脑袋埋进自己的双膝间。肩膀被人碰了碰,菊不知道什么时候走过来,递给她一块饼干,星星形状的,中间夹了果酱。

淳子说:"别吃这个了,我让厨房给你做别的吧,你想吃什么?"

菊不应声,在她身边盘腿坐下,也抬头望着月亮:"我告诉你一个秘密。"

"什么?"

"不知道以后该做什么的时候,先把眼前的事情做好。"

淳子心想,这是一句废话。

"柳原社继承人的事你没跟我说太多,但我多少能猜到一些。从头到尾,都是你在忙,请秦老爷子出山,规划柳原社的未来发展,写几万字的报告……其实小桃并没做什么事情,对吧?"菊看向她,绿色的双眸里温和而平静,"小桃不是个爱占便宜的人,如果事情都让你做了,却由她来采摘最后的果实,她也不会开心的。"

可是……可是,唐桃才是家主的女儿。

唐桃才是柳原社名正言顺的继承人。

人不可能没有私心,不可能不为自己着想。但淳子,是真心想帮她。

淳子摇头:"你不懂,我从小就没被人期待过,也没被人重视过。从来没有人认为我能做未来的家主。"

菊低下头,微微一笑。风轻轻吹拂他柔软的金发,他的眼神在月光中显得明亮又蒙眬。

"唐桃也没有。不久前,她甚至不知道自己的父母是谁,家在哪儿,还在为每年的学费发愁,存款也没超过三位数。但她想做的事情,她都全力以赴了。"菊轻轻摇头,"不被看好,不是你做出退让的理由。"

菊的声音很平静,话语却尖锐,淳子猝然看向他,目光里闪过惊讶。真是奇怪,这个大金毛似的人,看起来什么都不懂的人,真正沉下心说话的时候,又仿佛什么都看透了。

淳子望着池塘里的月亮发愣,为什么从来不和姐姐争呢?

是因为觉得她太可怜了?因为她作为孤儿活了十几年,理应得到柳原社的补偿?还是因为自己一直自卑着、自我否定着,觉得家主更在乎自己的女儿,所以干脆不争不抢了?

淳子缓缓攥紧拳头,过了一会儿,她小声问:"如果我现在才说我什么都想要、什么都想争,是不是太无耻了?"

菊用手支着脑袋,眼睛一眨不眨地看着她。他摇摇头:"你是个善良的人,也一直真心为她着想,小桃应该比谁都清楚。"

月光下,他的微笑温和又纯粹,像闪着月光碎片的波光,漂亮却又难以触碰。淳子心中五味杂陈,忽然从他手中抢过那块饼干,塞进嘴里,嚼了嚼,感觉肚子忽然凹陷下去,饿了。

"想吃水煮鱼了。"淳子忽然说,"还有红烧蹄髈、干锅茶树菇、干锅牛蛙、烤腰子、烤生蚝。"

菊的目光猛然炙热起来,两个人自从去了村里,天天跟着秦老爷子吃糠咽菜,肚子里的油水接近于零。菊响亮地吞了口口水:"去哪儿吃?"

"走!"淳子"嗖"地从地上站起来,"我们去把家里的厨子踹起来!"

之后的两天,淳子都泡在会议室里,和秦老爷子商量柳原社的未来发展计划。

秦老爷子很固执,思想都是老一套,和柳原社这几年主打年轻人市场的理念不合,非常难以说服。但老思维有老思维的好处,能留住柳原社大部分忠实客户,并且借助秦老爷子的手艺,复原很多古老失传的中式点心,非常有探索的价值。

在给秦老爷子干农活的半个月里,淳子其实有很多好点子,但要一一落实到实处,依旧有很多困难。她自己也觉得挺分裂的,一手握着年轻人的理念,一手握着老手艺的传统,想要找到其中的结合点,真不是件容易的事情。

Chapter 09
重逢 × 告别

压力大，时间紧，她的口味也越来越重，连吃了四五顿变态辣的川菜。时间被开会和写方案占满，淳子其实很想再和菊聊聊天，听听他的看法，但菊天天把自己关在客房里，不知道在忙些什么。

就这样，淳子每天凌晨两点睡，七点起，忙碌了三十几个小时，终于成功说服了秦老爷子，赶出了一份不算完整，但很有探讨价值的方案。

一个字一个字，都是亲自敲出的心血，都是创意与努力的结晶。淳子抚摸着并不厚实的方案文书，内心非常满足。

会议当天，她坐在自己房间的书桌前，双眼布满血丝，看着太阳一点点升起。身体非常疲惫，精神却异常振奋，之前无数个国际钢琴比赛，无数个奖牌证书与漫天的赞美，都没有让她这么热血沸腾、全情投入过。

其实，还是想要的吧，想要认可，想要权力，想要作为柳原家的一分子，真正地、灿烂地活着。

看了眼时间，距离和徐琳的会面还剩下两个小时。淳子深吸口气，舒展了一下僵硬的四肢，转身进淋浴间洗澡，让热水好好冲刷走汗味和疲劳，又去衣柜选衣服，挑了套最正式的黑色西装，化了淡淡的妆，穿上高跟鞋。

她凝视镜子中的自己，依旧青涩的面容，却在坚毅的表情衬托下，透出一股陌生的镇定从容。

她理了理头发，抚摸着胸口，平复着咚咚的心跳。她看了眼手机，唐桃那边依旧没有回音。

柳原淳子按下关机键，屏幕迅速变暗，她拿起桌上的资料，转身，出门。

姐姐，别怪我啊。

至少在今天，让我为了自己，走上战场。

会议室里坐满了人。

柳原社的高层、海外市场部的经理、奶奶、家主，还有那个穿着干练、神采飞扬的劲敌。握着方案走进会议室的一瞬间，柳原淳子忽然觉得这场景很陌生，以前，她都是作为台下的人，挑台上人的错，说不过脑子的话。如今她却要亲自站在台上，手握着自己的命运，没人能帮她，也没人能指点她。

徐琳先上台演讲，PPT（演示文稿软件）做得非常优秀，数据统计也很仔细，发到每人手上的文件都经过了总结归纳。柳原淳子坐在一边，低头盯着自己的鞋尖，手

心都是冷汗,心怦怦直跳。

秦老爷子坐在她身边,穿了件黑色的中式唐装,闭目养神,看起来仙风道骨的,就是微微下垂的嘴角泄露了主人的固执。感觉到淳子的注目,他睁开一只眼,望了望淳子,轻哼一声。

"小丫头,你只负责做好你的部分。我既然来了,就不会让你哭着回去。"秦老爷子低声说,"看好了,甭管是富人穷人,都长了两只眼睛一张嘴,有嘴的人就要吃。那丫头或许嘴皮子比你行,"秦老爷子扫了眼徐琳,"但真东西,还是要慢火炖、小火熬。"

淳子静静地看着他,慢慢地笑了。她俏皮地眨眨眼,坐在椅子上冲秦老爷子微一鞠躬:"秦老爷子,那我可就靠你了。"

秦老爷子没吱声,只轻哼一声,又闭上眼睛。

三个小时后,会议正式结束。

柳原淳子从台前离开时,只觉得脚步是虚浮的,就像第一次作为钢琴比赛冠军在台前领奖后,下台阶时,还仿佛飘在空中。奇怪得很,结果还没出来,她其实觉得徐琳讲得比自己好很多,但她心里就是有赢了的感觉,有种自豪和骄傲充满了胸膛。

奶奶面带笑容,在家主的搀扶下冲她点了点头。

柳原淳子谢过秦老爷子,便回房间休息,在回去的路上她就甩掉高跟鞋,拎在手里,脸颊显现出健康而激动的红晕。她想第一个去见菊,告诉他自己做到了,无论结果如何,她都为柳原家人尽力拼搏过。

来到客房门前,淳子用力吸气,再慢慢吐出,极力平复自己激动的心情。她不想被菊看出自己一颗心快飞起来了,却又迫不及待地想跟他分享此时的喜悦。淳子伸出手,克制地敲了三下门:"菊,在不在?"

没人回答。

淳子又敲了三下——不会不在吧?他这几天都窝在房间里啊……

"我进来了啊?"

淳子拧动门把手,推开房门。

午后,暖融融的光芒落在象牙白的地毯上,窗户开着,风吹动窗帘,房间里并没有人。淳子往前走了两步,视线扫过床铺、衣柜,和靠窗的桌子。床上的被子叠整齐了,和枕头放在一起,衣柜里没有衣服,原本靠着衣柜放的包裹也不见了。桌上,立

Chapter 09
重逢×告别

着一张油画板，花瓶里插着白色的铃兰，风铃一样的影子落在画板上。

淳子的嘴唇微微颤抖。她花了很久才走到桌前，先拾起铃兰花，然后才去看油画。油画已经完成了，是之前在玉米田中取景的那幅。盈满视线的、金灿灿的玉米田里，一个戴着草帽的少女举目望向远处，风吹动她黑色的、浮动在鬓边的短发，看起来俏丽而温柔。

油画的右下角，是菊的落款和今天的日期。

淳子的视线逐渐模糊，她把铃兰凑到鼻尖，嗅了嗅，闻到了清新动人的香味。

铃兰的花语，是到来的幸福。

淳子苦笑了一下，握着铃兰静静地站了会儿，然后伸出手，用黑色西装衣袖抹掉眼泪。

一天后，在海上航行了二十多天的游轮，在港口缓缓靠岸。

摄制组忙忙碌碌地把器材搬下甲板，窄小的人行梯挤得像过节期间商场里的过道，人挤人。刘导第一个下了楼梯，指挥场务们把器械装上卡车，运到×市的片场。

可今天的港口注定和往日不同，与卡车停在一起的，还有两辆闪着警灯的警车，卢青阴沉着脸，正边走边通话，就被警察拦下了。

他脸上闪现一丝慌乱，却还在故作镇定，目光和刘导相撞，眼中有些疑惑。刘导笑容满面，高高举起手，也朝他挥了挥，却不是响应，而是道别的挥手。

卢青还想挣扎，激烈地挥舞着手中的公文包，大声为自己申辩，并扬言要联系自己的律师，引得所有人都看了过来，然而警察说了几句话，并拿出一份文件，卢青只扫了一眼，脸色立刻铁青。

他被警察铐上，塞进警车里，短短五分钟的时间，刘导却仿佛等了半生那么长。

她塞在口袋里的右手一直紧握着，直到看见警车开走，才松开了。

她看向游轮的甲板，那里也有一个人，以潇洒的姿势坐在栏杆上，远远望着这一幕。

刘导高举双手，引起卢希辰的注意，然后响亮地吹了声口哨，笑容点亮她有些俏皮的脸，显露出符合年龄的少女情态来。

卢希辰也朝她挥手致意。

他抬起头，看白色的海鸥在头顶飞过，叫声热烈，如海浪般荡出很远。自今时今日，他项上的锁链终于被斩断，他的人生，终于迎来了自由。

卢希辰深呼吸。

他的脸上,却没有笑容。

游轮底部,昏暗的船舱。

唐桃蜷缩在小床上,已经不知道在黑暗中待了多久。

她听说过一个感官剥夺实验,把人关在什么东西都没有、漆黑一片的房间里,长时间接触不到色彩和声音,会让人越来越焦虑,甚至出现可怕的幻觉。导演对她还算好,每天都有人送来食物和换洗衣服,她就生活在不到十平方米的窄小空间里,听到的是自己的心跳,看到的是窗外黑色的、沉重的海水。

这样的囚禁真的太痛苦了。唐桃曾经无数次想要出去,无数次在门边踱步,甚至期盼着送饭的人的到来,这样至少能看见活的东西,能说上一两句话。只要出去,她就又能看见光,看见海,恢复正常的生活;可一旦出去了,她的清白,她对夏炽的信任,都会变成没有意义的坚持。

唐桃几乎可以肯定,在刘导和卢希辰之间,甚至在卢希辰和夏炽之间,正策划着什么事情、密谋着什么事情。把她关进来绝不是误会,甚至有可能是计划中的一步,一旦她走出去,就会给计划造成一定的变数。

其实唐桃也并非如此懂事,她死心塌地地待在里面,还有跟夏炽赌气的成分。我看你什么时候来找我,什么时候来救我,什么时候为我申辩,带我走出这绝望而无边无际的黑暗。

在她心中,从未怀疑过,哪怕最绝望、最无助的时刻,也一定能抓住夏炽朝她伸过来的手。

船身忽然微微一震。

唐桃一抖,像被惊动的小老鼠般,立刻爬起来,站在房间中央,竖起耳朵。什么声音也没有,唐桃的心重又沉了下去,她眼睛一酸,几乎就要哭了,这时候却又听见头顶传来细碎的脚步声,和平时很不一样。

她屏住呼吸,将耳朵贴在墙上,噪音越来越大,如果没猜错,船应当靠岸了。

唐桃的一颗心几乎飞起来。

她的心跳越来越快,越来越大声,几乎所有的感官都集中在耳朵上,屏息听着走廊里的声音。寂静终于被打破,走廊尽头传来急切的脚步声,那声音如此之快,唐桃还没反应过来,就听见钥匙插入锁孔,随后大门被推开了。

Chapter 09
重逢 × 告别

她被拥入一个温暖的、颤抖着的怀抱。

那个人的双臂如此用力，几乎将她整个人在怀抱里提起来，唐桃的两只脚都悬在空中。她喘了两口气，脸吓得煞白，然而抱她的那个人显然情绪更激动，隔着衣服，都能听见急促而慌乱的心跳声。

唐桃忽然平静下来。

对方淡淡的体温，和熟悉的气息，一瞬间将她累积的所有恐惧都驱走了。

唐桃没动，轻声问："船靠岸了？"

夏炽的手臂收得更紧。

唐桃快要不能呼吸了。

她轻微挣扎，说："你先放我下来。"

夏炽摇摇头，脸埋在她的颈侧。唐桃感觉自己被一只毛茸茸的大狗抱了满怀，还是那种好多天不见，想她想得快死了的大狗。

真会装可怜，谁才是被关了四天的那个啊……

唐桃的嘴角朝上弯了弯，她安抚了很长时间，夏炽才终于舍得松开手，将她的双脚放回地上。

借着走廊上的微光，唐桃看清了夏炽的脸，黑眼圈很重，比通宵工作好几天还要夸张。夏炽伸手抚摸着她的脸，声音有些沙哑："你瘦了。"

"你试试看天天吃罐头牛肉和西红柿，能不瘦吗？"唐桃抱怨。

"我一直想来找你，但……一旦我来，之前的所有努力就都白费了。"夏炽目光灼灼地看着她，手臂忽然又收紧，"谢谢你没有出去，谢谢你愿意相信我。"

"我说……我们要不先出去？"比起夏炽，她承认自己现在更渴望风与光，"你先带我出去，我们再说吧。"

夏炽紧紧地攥着她的手，带她来到甲板上。一看见广阔的蓝天，唐桃激动得几乎快飙泪了，腿一软，差点儿跪在地上。她现在理解电视里为什么囚犯被放出来，都要默默地望着天空流一会儿泪了，被禁锢的滋味，真的不好受。

甲板尽头，有个人正在等他们。

他穿着白色的套头卫衣，两只手插在牛仔裤口袋里，被风吹起的头发非常张扬，看起来青春而有活力。夏炽往前走了一步，挡在她和卢希辰中间，炽烈的瞳仁如燃烧的火焰，涌动着不知名的情绪。

"你欠她一个解释。"夏炽沉声说。

卢希辰嘴角上扬,他笑起来真是漂亮,和白云与蓝天一样耀眼。

"当务之急,难道不是先让她吃点儿东西、喝杯热茶吗?"

卢希辰找了港口一家非常幽静的咖啡馆,和夏炽面对面坐着。唐桃坐在夏炽的右手边,正左手拿叉右手拿勺,埋头于面前的咖喱鸡饭和珍珠奶茶。真不能怪她不顾形象,实在是饿极了,虽然刘导关着她的时候伙食也不差,但环境恶劣再加上心情焦虑,谁吃得下东西啊。

夏炽微微偏着头,神情专注,目光从船上出来就没离开过她,脸上挂着显而易见的宠溺,递过去一张纸巾:"别吃太多,垫一垫肚子。晚上回去洗个澡,我带你去吃大餐。"

"别大餐了,这个就行,挺好的。"唐桃的腮帮子鼓鼓囊囊的,"我回去就要睡觉,先睡它一整天再说。"

卢希辰抱着双臂,睨着她,看夏炽扑面而来的占有欲,无不宣示着这个女孩是自己的所有物。他嘴角挂了一丝笑,又静静等了五分钟,喝了一口水,说:"还听不听我解释了?"

"我也可以自己跟她说。"夏炽眸光扫来,明显嫌他碍事。

唐桃一听,看了卢希辰一眼,居然真的拿纸巾擦擦嘴,放下手里的叉子——当然,一盘咖喱鸡像被舔过一样干净,也没东西可吃了。

"你说吧。"唐桃正色。

抓卢青的计划谋划了很长时间,但实行起来其实时间很短,唐桃作为里面顶包的一环,其实三言两语就能解释清楚。唐桃在脑袋里理了理思路,猛地看向夏炽:"你是什么时候知道他们的计划的?"

"途中。不过在他让你做经纪人上船时,我就起了疑心,毕竟他有卢青这个'能干'的经纪人在,没必要拉上完全没用的你。"

"喂!"

什么叫完全没用啊……

唐桃吃饱了,思路也清晰了,敢情一开始《海上芭蕾师》就是一个硕大的局,将卢青带到游轮上与世隔绝,再用唐桃临时顶包降低他的警惕性。唐桃实在郁闷,她不愿意看到卢希辰被人控制,但她也不想一无所知就被丢到船底关四天啊!

Chapter 09
重逢 × 告别

"你演技不够。"卢希辰和夏炽异口同声地说。

卢希辰笑笑,夏炽却瞪了卢希辰一眼。

卢希辰娓娓道来,将详细的计划、前后的始末,以及卢青未来的结局都说了一遍,唯独没提他和夏炽的赌局,想必唐桃也永远不会知道。过不了多久,他就要投入和卢青的官司中去,对方团队很强大,请的律师肯定也很厉害,但刘导和卢希辰会全力以赴,让他为多年的剥削付出代价。

"小的这厢给您道歉了,您受的委屈,以后我一定补偿。"卢希辰像模像样地给唐桃鞠了一躬,拿起背包,居然要走。

"喂,话还没说……"

夏炽忽然看了唐桃一眼,他摇摇头,按下唐桃伸出去的手:"别拦。"

卢希辰的背影看起来潇洒却落寞。唐桃有种强烈的感觉,他有话没说完。

夏炽叫来服务员,又给唐桃叫了一份甜品和一杯咖啡。唐桃高兴地把勺子伸向满得快溢出杯子的甜品,说:"咖啡你喝吧,我喝不下了。"

"不是给你的。"夏炽伸出一根手指,擦去了唐桃嘴边的冰淇淋。

就在这时,店门打开,一个短发女生走进来,面色红润,看起来很焦急,一进店门就左右四顾,很快锁定了夏炽的桌子。唐桃还在埋头吃冰淇淋里的甜瓜,冷不丁听见头顶一声:"姐姐!"

唐桃抬头:"淳子,你来了!"

"你到底干什么去了,现在才联系我?我之前给你打多少电话,发多少消息,你是被关起来了还是怎的?根本联系不上!"

唐桃差点儿没呛到:"没没没……我在船上好得很,你怎么知道我在这儿……"

话头顿住,唐桃立刻瞥了夏炽一眼。对方悠然地喝一口咖啡,从口袋里掏出之前被刘导没收的手机,放在桌上。

"一接到消息我就来找你了,你知道你错过了多少事情?你……唉,真是没话说了。"

淳子看起来气呼呼的,在之前卢希辰的位置上坐下,把热腾腾的咖啡一股脑灌进喉咙。唐桃放下勺子,舔了舔嘴唇,小心翼翼地问:"先不说我的事,和徐琳的比赛有结果了吗?"

淳子嘴里的咖啡"噗"一下喷出来,全喷在夏炽的胸口上。

淳子连忙抽出纸巾，手忙脚乱地帮夏炽擦。夏炽脸色铁青，淡淡地说了声"不用"，随后表情僵硬地站起来，对唐桃说："我去一下洗手间。"

唐桃憋笑憋得满脸通红，淳子耳根也红了，背过去咳嗽了几声。唐桃说："没关系的，这趟旅行他也没少欺负我，就当你帮我报仇了。"

"姐……"淳子眉间的神色有点儿复杂，眼睛盯着桌面，有点儿不敢看她，"你的返程时间延迟了，所以有件事你不知道，因为你没来，奶奶让我代替你去，和徐琳竞争。"

淳子之前预想过，以唐桃的脾性，即使知道淳子背叛了她，可能也只是苦笑几下，心里再难过也不会责备。所以她垂着头，已经做好了主动认错的准备，只要能让唐桃心里舒服些，她什么都愿意做。

"我知道啊，你和徐琳去竞争，本来就是我和奶奶商量好的。"唐桃语出惊人，眨巴眨巴眼睛，"所以呢，结果出来了吗？你赢了没？"

"你说什么？"淳子手一抖，"唰"地抬起眼。

"之前在学校里我就这么觉得了，比起我，你在经营柳原社方面要更有才能。你从小在柳原社里长大，心思也活泛，虽然我是家主的女儿，但你显然更了解柳原社，说话做事的时候也更为柳原社考虑。"唐桃平静地说，"说实话，我不知道我有没有做继承人的能力，但我也很奇怪，明明你具有这方面的才能，却从来没想过要竞争家主的位置。所以我和奶奶商量了，她也同意我的看法。"

"同意你什么看法？"淳子的心怦怦直跳。

"试一试你有没有继承柳原社的意愿。"唐桃说，"其实即使游轮返航晚了几天，如果柳原家的女儿只有我一个，会议迟几天开，也不是难事，对吧？"

淳子这才恍然大悟，怪不得奶奶在让她参赛这件事情上如此坚决，不留余地，原来一开始就和唐桃商量好了。淳子心里既松了口气，又有被骗了的感觉，她哼了一声："你不想要这个位置就直说。我虽然没什么兴趣，但也不是不能胜任。"

唐桃憋着笑，身体前倾，凑近了望着淳子，轻声说："所以，结果呢？"

淳子一震，她回答："三个小时前刚收到反馈。我赢了，徐琳作为海外市场部的投资人，主管除国内之外的所有分店事务。"

唐桃发出一声惊喜的尖叫。她站起来，越过桌子和淳子抱在一起，淳子脸通红，脖子也通红，想笑却又不甘心似的，拼命压住快要往上翘的嘴角。

这时，夏炽从卫生间走出来，手里握着手机，脸色不太好。唐桃见他胸前的咖啡渍依旧显眼，没处理掉，就问："擦不掉吗？"

夏炽面色阴沉，目不转睛地看着她。

唐桃和淳子感觉到有什么不对，一起看着他。夏炽闭上眼，深吸口气，再睁开时，双目中的光芒晦涩而暗淡："刚才夏姜来电话了。"

唐桃的心猛地又揪了起来。

无事是不会打扰别人的夏姜来电话，为了什么？

"是不是真夜老师？"淳子反应很快，立刻问。

唐桃能听见自己的心跳声，越来越快，越来越大，不祥的预感充斥了全身。

"真夜老师病危，让我们快点儿赶过去。"夏炽提起唐桃的行李，简短地说，"出发吧，我的车就在门口。"

三个人赶到时，空旷的走廊，只有夏姜独自坐在铁质的长椅上。

唐桃担心极了，第一个跑到夏姜身边，看他有没有事。自从把夏姜营救出工厂后，两个人很久没见了，夏姜看起来清瘦了点儿，脸色也很苍白，但两颗黑色的瞳仁亮如寒星，没有预想之中的慌乱无措。

"你来了？听说你在游轮上玩了将近一个月，还挺滋润。"夏姜语气轻快。

真夜老师对夏姜而言犹如父亲，如今病危，对他的打击可想而知。可夏姜的神色却很平静，接触到唐桃担忧的视线，摇摇头："你别用这种同情的眼光看我，这些天来，我每天都来病房外陪他，每天都和他说话，只要是不昏迷的时候，他都会在病床上朝我笑。一个小时前，他进手术室抢救了，医生说可能要花很长时间。"夏姜拍拍身边的空位，"坐吧。"

唐桃依言坐下。在场的四个人中，淳子和真夜老师并不熟悉，她被三个人脸上压抑的表情弄得有些心慌，在门口静静地站了会儿，说："你们有什么事情要我做的？我帮你们做，你们安心在这里守着。"

"我刚才在岚组的群里通知了，如果我的同学要来，麻烦你在医院门口接一下。"夏姜说。

"好的，你放心。"淳子点点头，朝门口走去。

唐桃伸出一只手，揽住夏姜的肩，把下巴搁在他的头顶，身体轻轻摇晃着。接到医院通知时，夏姜刚在家洗完澡，头还没吹干就跑出来，发丝上有股若有若无的奶香味。那香味闻得唐桃一阵心酸，她太了解这个倔强的大男孩了，夏姜虽然表面坚强，

一副毫不示弱的样子，心里的悲伤却是自己的百倍。

唐桃轻轻抚摸着他的头发，温柔地说："没关系，我陪你一起等，真夜老师这么好，一定不会有事。"

夏姜轻轻地点了点头。

夏炽沉默地抱着双臂，面色凝重地站在一旁，不一会儿，问道："父亲呢？"

"在办公室里，和真夜的主治医师谈话，任教授也在里面。"夏姜答。

夏炽点点头，和唐桃交换一个眼神："我去一下。"

走廊里只剩下唐桃和夏姜两个人。唐桃依旧心慌得厉害，只能尽力找话说："你和任教授怎么样啊？听说你最近一直在她的实验室里帮忙，学到什么了吗？"

"当然了，我现在是她最得意的门生，连她的研究生见到我都要主动跟我打招呼。"夏姜满不在乎地说，"我明年会再考一次他们医学院。去年因为发烧误事，真是我一生的耻辱。"

唐桃的嘴角扬了扬——真和他哥哥一模一样，是个无法埋没的天才少年。

"我这个月也不是去玩的，跟组拍戏，积累了很多经验，说不定以后你哥哥上台表演，舞美都是我负责的呢。"

"就你？"夏姜抬起那双圆而亮的眼睛，笑了，"我哥要是演儿童剧，说不定还真有和你搭档的一天。"

抢救室大门紧闭，门上的红灯亮着，明明一点儿声音也没有，却无端地让人心神不宁。唐桃和夏姜并肩坐着，默契地避开了真夜老师的病情，只是天南海北地闲扯，夏姜时不时对她的发言嘲讽两句。走廊一端忽然传出脚步声，唐桃和夏姜同时抬头，看见淳子带着月城姐妹走了进来，月城田一见唐桃，立刻飞奔过来："唐桃，到底怎么回事？我知道真夜老师病了，怎么会病得这么严重？"

"一时半会儿说不清楚，你先坐吧，叶你……"唐桃的目光向后投去，"你怎么拎着行李箱？"

"我们今天本来计划去日本的，登机前看到群里的消息，就赶过来了。"月城田解释，"你不用管我，我们在这里一起等。我通知了越七和阿娜妮，一会儿他们也赶过来。"

月城叶和唐桃目光相接，只哼了一声，不说话。唐桃心里却一阵暖意涌过，岚组仿佛一个没有血缘的家庭，这个家的顶梁柱是真夜老师，可如果他倒下了，他的学生们就会接过重担，继续把这个家撑起来。

Chapter 09
重逢×告别

唐桃站起来,把位置让给体弱多病的月城田,半个小时后,越七和阿娜妮也被淳子领了进来,不一会儿常清也赶来了。自毕业后,岚组的成员间已很久不见了,大家互相问候,互相安慰,冷清的走廊里多了丝人气。远在美国的莫明雪来不了,唐桃心里其实有些难过,她翻看着群里的聊天记录,一页一页,翻到很靠前的时候,看见了一个曾经很熟悉、如今却感到些许陌生的名字。

头像上,那个金发的少年无忧无虑地笑着,如太阳一般,曾经温暖过她最寒冷的岁月。

菊如今在哪里?他还好吗?他的画技长进了吗?他的事业顺利吗?

他……幸福吗?

淳子眼尖地瞄到了唐桃的手机。她神情纠结,欲言又止,最终还是什么都没说。

这时,办公室的门开了,任萱、夏炽和夏学园长走出来,后面跟着穿白大褂的医师。任萱的眼神寻找着夏姜,见他还乖乖地坐在椅子上,悄悄松了口气。夏学园长环视着走廊里岚组的学生,点了点头,张开口,似乎想说什么。

就在这时,手术室的灯由红转绿,夏学园长目光如电,瞬间朝手术室的大门看去。大家也反应过来,紧紧地盯着大门,震耳欲聋的心跳声,回荡在每个人的胸腔里。

唐桃的嘴唇干得快开裂,不停地用舌头湿润着,也起不到任何作用。夏炽默默走到她身侧,伸出手,温暖的手掌包裹着她冰冷的手指。

一时间,竟没有人说话,仿佛听候审判的人们,正心惊胆战地等待命运的安排。

手术室大门被推开。

穿着手术服的医生走出来,戴着口罩,朝门外张望,问:"谁是病人家属?"

"我。"夏学园长立刻上前一步,胸口微微起伏,"医生,结果怎样?"

医生有片刻迟疑,随即脸上露出遗憾的神色,摇摇头,说:"我们抢救了两个小时,我们尽力了……他走的时候,并不痛苦……"

唐桃脑袋里"嗡"的一声,眼泪已经夺眶而出了。

四下响起一片吸气声,几乎和唐桃同时,月城田的眼眶也红了。她摇摇晃晃,一屁股坐在冰冷的长椅上,月城叶扶住她,声音有些哽咽:"田,你没事吧……"

夏学园长脸色惨白,他垂在身侧的手缓缓握紧,深呼吸几下,咬着牙,声音里有隐藏不住的颤抖:"我们去里面说吧。"

医生点点头。

任萱的鼻子也有点儿酸，即使早就知道真夜的病情凶险，时日无多，但看到这么一群伤心欲绝的好孩子，她心里依旧止不住地难受。任萱放轻脚步，走到夏姜身边，蹲下来，轻声问："还好吗？"

"还好。"

"还记得前两天，我对你说过什么？"

"记得。你说要想做医生，就要习惯离别，抢救的时候竭尽全力，如果最终救不过来，也要坦然面对。"夏姜苍白着脸，面无表情，"我们是医生。如果我们太伤心，家属会慌乱，所以再痛苦、再难受，也要把别人的心情放在第一位。"

"我说的都忘掉吧，今天想哭就哭，我不怪你。"任萱伸出手，轻轻把夏姜僵直的脑袋揽进怀里，"在我面前，你可以不用坚强。"

怀里的男孩依旧没发出声音，过了一会儿，任萱感到胸前有一片湿润。

任萱的眼眶慢慢红了，她轻轻抚摸着夏姜的脑袋，拍着他的背，像哄一个做了噩梦的孩子般，耐心而温柔。

十天后，真夜老师的葬礼在夏长虞选定的殡仪馆举行。

夏长虞包下了殡仪馆里最宽敞的厅，岚组能去的成员都去了，然而大厅里还是没有多少人，显得空荡而冷清。真夜老师在国内没什么亲戚，倒是有很多朋友在国外，然而却无法来到现场。岚组的学生们排着队，挨个走上前向真夜老师的遗体道别，压抑的抽泣声回荡在空旷的大厅里，这个过程唐桃不想再回忆。

只见放满鲜花的灵台上，真夜老师在黑白的相片里冲大家微笑，他温柔的声音似乎还响在耳边，仿佛从未离开。

唐桃捧着三束鲜花，一束是自己的，其他两束是代表莫明雪和菊的。她走上前，含着泪看了真夜老师的遗体一眼，深深鞠躬，花束捧在胸口，很久才抬起头来，仿佛脑袋有千斤重。

夏长虞站在右前方，胸前别着白色的菊花。他也朝唐桃微一鞠躬，作为家属回礼，神色依旧淡然，只是脸色非常苍白。

唐桃抬起头时，眼尖地发现真夜老师的遗体，交握在胸前的双手下，压着一张照片。照片背过去，看不到正面，但唐桃似乎猜得出照片里的人是谁。

她走上前，将鲜花放在真夜老师的灵台旁，看着真夜老师静静地躺在白缎簇拥的乌木棺里，因病而异常消瘦的脸十分陌生，却又栩栩如生，好像下一秒钟嘴角就会牵

Chapter 09
重逢 × 告别

起,眼角微微弯曲,露出温暖的笑容来,俏皮地叫她的名字。唐桃忍不住呜咽出声,夏长虞的手抖了抖,握紧拳头,轻轻闭上眼睛。

明明是秋季清爽的天气,却寂静如雨后的冬夜。从殡仪馆出来后,每个人心头都是痛而冷的。

夏姜穿着一身黑西装,头发梳得很整齐,一个人坐在殡仪馆外面的台阶上,从始至终都没有进去。他的表情还算镇定,然而唐桃还是担心,她想说什么,夏炽握住她的手,捏了捏,阻止了。

"我和夏姜要帮父亲处理一下后事,你先走吧,不用等我。"夏炽说。

唐桃点点头,她有些失魂落魄,慢吞吞地走到岚组的众人身边。

其他人交换了一下目光。月城田走上前一步,替她拢了拢垂下来的碎发,声音温柔:"唐桃,我们刚才商量,既然好不容易聚在一起了,不如一起吃个午饭吧。"

唐桃抬起头,看着她。

"对啊,真夜老师是个多爱热闹的人啊,要是在天上看见我们一个个惨兮兮的,他心里也不痛快。我们岚组重聚,一起吃饭,好好热闹热闹。"阿娜妮眼睛也红红的,然而语调还是很轻快,"就当还是在岚组的时候,就当真夜老师还在!"

唐桃的目光掠过阿娜妮的脸,又看了看大家,是啊,真夜老师是最怕寂寞的,他走了,可岚组不会散,大家还跟从前一样,永远是家人,永远是朋友。

"我们去学校食堂好了,要个好位置,好好聊一聊。"唐桃抹了把眼泪,挤出笑容。

"得嘞!越七开车!"阿娜妮立刻说。

几个人来到红石的食堂,点了烧烤、啤酒,包了一张大桌子,一开始只是无言地碰杯、喝酒,谁都不说话。几个人争相往肚子里灌酒,好像酒精能蒸发走悲伤似的,然而几个女生酒量不行,几杯下肚后脸就红了,话也多起来、杂起来。

阿娜妮第一个醉了,她举起手中的大杯子:"干杯……来,干杯!"

"干!不许剩啊,剩的我打你。"月城叶说。

"带我一个,干吗不和我喝啊,看我好欺负是不是?"月城田耳朵通红,摇摇晃晃地站起来,"我很能喝的,不要看不起我。"

唐桃趴在桌上,头昏脑涨,勉强握住杯子。阿娜妮一下扑在她背上,拍打着她的肩膀,口齿不清地说:"来,唐桃,我敬你一杯,祝你和夏炽早日结婚,生个……生个大胖小子!"

"谢……谢谢你,我也祝你,祝你和……"唐桃歪着头想了想,"祝你早日找到男朋友,生个大胖丫头……嘿嘿嘿嘿……"

"那我呢?那我呢?"月城叶不甘示弱。

"你啊……"唐桃看了她一眼,"你……找不到男朋友!"

"你说什么!"月城叶猛地扑过去。

常清和越七坐在对面,一脸无奈地看着嬉闹的女生们,过了一会儿,常清问:"要拦吗?"

越七瞥了眼啤酒的度数,微一沉吟,摇头:"算了,酒不醉人人自醉,让她们喝吧,心里能舒服点儿。"

明明头发昏,脑袋也不清楚,但唐桃喝着、闹着,眼泪还是下来了。她清楚地知道,这样的心情或许一生中只有一次,就像已经毕业后的岚组,或许大家的未来会越来越好,但曾经的回忆,如同已经定格的相片,再也无法改变,也回不去了。

之后,之后大家会怎样呢……

没有了真夜老师的未来,又会怎样呢……

唐桃抓着酒杯,眼泪挂在脸上,呆呆地想。

Chapter *10*
尾声

四年后。

红石艺大毕业典礼。

莫明雪戴着一副黑色墨镜,抱着一大束鲜花从跑车上走下来。她穿了套红西装,十厘米的黑色高跟鞋,再加上长及腰部的头发,看起来和美国大片里的女特工一样。

莫大小姐无论何时都气势惊人。她高傲地抬起下巴,环顾四周,很快在人群里发现了穿着黄马甲、焦头烂额地指挥工作的唐桃。她嘴角上扬,静悄悄地靠近,用花束在她脑袋上敲了一下。

唐桃正和同学讨论毕业典礼的灯光细节,一转头,一束芬芳的粉色玫瑰落入怀中,花香扑鼻,她眼中迸射出惊喜:"你回来了?这么快!"

"说好来参加你的毕业典礼,我是食言的人吗?"莫明雪哼了一声,上上下下打量她,皱眉,"你好歹也是毕业生啊,就穿成这样?"

唐桃作为这届舞美系的优秀毕业生,总管整个毕业典礼的策划和设计,忙了将近一个月,这件黄马甲就没脱下来过。她心里高兴极了,和手下交代了几句,对莫明雪说:"走,我们找个地方休息会儿,顺便带你转转红石艺大。"

四年来,这是莫明雪唯一一次回国,两个人太久没见了,一贯话不多的唐桃也开始滔滔不绝。莫明雪静静地听着,视线扫过她精致的五官和白皙的脸颊,发现她四年间的改变——更活泼了,更自信了,那双本就漂亮的双眼更加有神,仿佛星辰般亮莹莹的。

唐桃自顾自地说,发现对方一直不吭声,于是停了下来:"怎么了?"

"你爸爸那边,柳原家,一切都还好吗?"

"好啊,我爸爸、我奶奶对我都挺好的。我跟你说过几年前的游轮事件吧?淳子现在是柳原社家主候补,这几年一直和我爸学东西呢,表现很不错。"

"你……"莫明雪看她一眼,叹口气,"也罢,争权夺利确实不是你的性格,可能不继承家业反而幸运点儿。"

"你呢,你怎么样啊?对了,我怎么没见着陆长歌?"唐桃往她的跑车那边望了眼,"我听说他这几年很厉害啊,研发的好几个专利都已经投入生产了,赚了好多好多钱。"唐桃夸张地摊开手比画,"我都不知道他理科这么好啊。"

或许是错觉,提到陆长歌的时候,莫明雪脸上闪过一丝腼腆。两个人并肩往前走,走到一片蔷薇花田,这时,莫明雪忽然站住脚,对唐桃说:"我和陆长歌在一起了。"

Chapter 10
尾声

唐桃一愣:"啊?"

"他……两个月前向我表白,说实话,我心里也挺乱的。不过回国这几天,我静下心来好好想想,或许我也早对他有好感,不然也不可能……"莫明雪轻轻咬了咬嘴唇,摇摇头,"总之,我昨天给他答复了。"

唐桃依旧保持着呆滞的表情,不是因为两个人在一起,而是因为两个人现在才在一起!

几年过去了?整整四年!唐桃觉得他们之间早就有苗头,居然现在才转正?

一丝笑浮上唐桃的嘴角,她花了好大力气才压下去。

"那我要恭喜你了,陆长歌挺不错的,人长得帅,歌唱得好,而且你们都在美国发展,也不用谈异地恋啊。"唐桃煞有介事地说,"以后我和夏炽一起去美国找你们玩!"

莫明雪清冷的双眸中却没有笑意。她定定地看着唐桃,认真地说:"这件事,我觉得应该第一个告诉你。"

第一个。

唐桃有点儿惊讶。

两个人对视的瞬间,似乎心有灵犀,唐桃瞬间明白了这三个字所代表的分量,也明白了莫明雪没说出口的暗语。

这句话是告别,是对高中那个青涩的少女时代的告别,唐桃是见证了她痴恋菊的第一个人,所以现在有了新的恋情,也要第一个告诉自己。

那一年暑假的温泉山庄,许愿墙上的红色锦囊仿佛还在随风摆动,风铃碰撞出动听的声音。

愿望,已经实现啦。

唐桃的目光中带着一丝怀念,拍拍莫明雪的手背,说:"我为你高兴。"

莫明雪轻吐出一口气,也笑了:"我也挺开心的。"

说出了心事,话匣子也打开了,两个人叽叽喳喳地一起吃过午饭,莫明雪买了晚上回美国的机票,一会儿还要赶去给真夜老师扫墓。唐桃把地址发给她,抱怨着:"你好不容易来一趟,看完红艺的毕业晚会再走呗,今年的节目特别好,好几个嘉宾都是我请的。"

"这次来主要是见你,见真夜老师,而且你也说了,可以去美国找我玩。"莫明雪朝她挤挤眼睛,"晚上夏炽肯定来找你,我就不当电灯泡了。"

"夏炽有工作，今晚不来，不然我也不会穿工作服啊。"唐桃耸耸肩，说，"好吧，不强留你了，我们纽约见。"

"纽约见。"莫明雪毫不拖泥带水，拉开车门上车。

唐桃还抱着那束玫瑰，鼻尖萦绕着芬芳，目送莫明雪的超跑绝尘而去，引擎发出响亮的咆哮，一头黑色长发在风中飞扬。

她这个姐们儿，真是天生潇洒，活成了每个女孩都最羡慕的样子。

下午，唐桃继续投入工作，和负责人检查讨论晚会细节，其实服装道具都早已就位，彩排也很顺利，唐桃出于保险起见还要再亲自确认一遍。林潇潇作为晚会的副导演，对她的强迫症表示很不满意："差不多得了，员工都快被你累死了，这是你负责的毕业晚会，也是你的毕业晚会，就不能放松点儿，享受点儿？"

话虽这么说，林潇潇一个上午也都在忙着核对酒水饮食，脑袋上挂的耳麦不停在响，丝毫不比唐桃轻松。唐桃说："行啦，还有三个小时正式开始，你忙完了就去和洛子深看节目，这儿有我盯着。"

"夏炽呢，真不来啊？"

"他来不了，今天要在歌剧院通宵排练，昨天我们已经提前为毕业庆祝过了。"

林潇潇的眉毛上下动了一阵，咂咂嘴："看来夏大少爷是真不知道我们唐桃有多受欢迎，心大得很呢。我要不要跟他多句嘴，眼看你就要毕业了，有七八个学弟给你递情书？"

"拉倒吧。"唐桃笑，"夏炽收情书都是成捆的，我这点儿哪够他看？"

林潇潇说："对了，卢希辰有没有跟你联系？他是晚会的压轴，到现在还没来，不会不来了吧？"

唐桃缓慢地摇摇头。说来奇怪，自从四年前的游轮事件后，卢希辰仿佛人间蒸发一般，打赢了官司就天南海北地跑，拍戏、跳舞活得潇洒，一跃成为影视及芭蕾双栖大明星。唐桃没主动跟他联系，他也从不吱声，偶尔朋友圈点个赞，仿佛幽灵一般。

这次策划晚会，唐桃觉得自己请不动他，也就没和他商量，没想到卢希辰通过邮件向学园长主动请缨参加毕业晚会，还作为舞蹈系的优秀毕业生和荣誉学员，轻松地拿到了压轴表演，把唐桃之前请的人挤了出去。

对此唐桃有点儿耿耿于怀——想参加直接和她说不就得了，干吗绕这么大的弯子？

Chapter 10
尾声

"当年他和夏炽之间肯定有点儿什么事,你不知道而已。"林潇潇说,"你要是不方便出面,我找人给他经纪人打电话去,再确认一下时间。"

"这样最好。"唐桃说。

唐桃处理完了手上的事情,坐在场地边的塑料椅上喝水,注视着眼前熙熙攘攘的人流,心里还是挺感慨的。从一个什么都不懂的高中生,到能独当一面的舞美系优秀毕业生,曾经显得生涩慌张的心态,也慢慢被从容自信取代。上次收到了低年级学弟的情书,里面的内容惹人深思,唐桃觉得自己各方面都很差劲,但在别人眼里,她已经是"成熟而能干的美女学姐"了。

唐桃傻乎乎地笑起来。

"笑什么呢?"背后忽然传来一个有些陌生的声音。

唐桃抬头,身材高挑的青年站在她身后,影子遮住了头顶的阳光。他戴着鸭舌帽,帽檐下是双细长明亮的眼睛。

唐桃"唰"地站起来:"卢希……"

"嘘!我偷偷来的,别让人发现了。"卢希辰竖起一根手指放在唇边,"唐大小姐,许久不见了,有没有想我?"

唐桃心情复杂,不知道该说什么,卢希辰作为明星曝光率很高,经常能在网络上看见,脸是很熟,胸膛里的那颗心却是陌生的。唐桃曾经以为,自己和他到底算是朋友一场,算是一起患难过的人,但再特别的感情也经不起时间的消磨。

唐桃只好摆出一副专业的态度:"彩排你也没来,最后一个表演,有信心吗?"

"当然了,表演这种事情信手拈来。"他英俊的脸上充满不屑,"不是我吹牛,信不信,今天晚上有一半观众都是冲我来的。"

这倒是事实,公布表演名单后,参加的学生人数翻了一倍……

卢希辰半张脸隐在鸭舌帽下,盯着她看了会儿,问:"你还好吗?"

"挺好的。"

"马上毕业了?"

"对啊,我和你一届的,你忘了?"

"恭喜毕业,我有礼物给你。"卢希辰的手伸进口袋里,拿了什么东西塞到唐桃手中。

摊开来一看,是一个塑料的王冠,闪闪发亮,小孩子买糖附送的那种玩具。

终于憋不住,唐桃"扑哧"笑了。

"我谢谢你啊，真适合我。"

"不谢。"卢希辰颔首，"在学校前的便利店斥了巨资，买了一塑料袋零食才抽到皇冠的。"

"行了，不跟你闲扯了，你已经来晚了，我让林潇潇带你去后台试一下演出服。"唐桃站起来，扶了扶耳麦，"卢大明星，这场晚会就靠你撑了，千万别再坑我了啊。"

卢希辰本就深沉的眼中闪过一道亮光。

他望着唐桃的背影，垂在身侧的手动了动。他素是一个心思深沉的人，说话也圆滑讨喜，所以在复杂的名利场中也算如鱼得水，从容周旋。但不知道为什么，一见着她，很多不该说的话，不该想的事，不该动的念头，都一股脑汹涌而出堆积在嘴边，由最后一丝理智挟持着、控制着，就快倾覆。

卢希辰握紧拳头。

"唐桃。"他忽然说。

"嗯？"

"偷我吊坠的事情，别放在心上了。我原谅你。"

唐桃脖子一僵，她依旧不知道吊坠里的照片根本不是卢希辰的母亲，经常在午夜时分回忆起来，心里充满内疚。

"还有，毕业后我会去英国发展，我已经和那边的芭蕾舞团签约了，参加他们的世界巡回演出。"卢希辰微微扬起下巴，眉眼飞扬，"祝我好运？"

唐桃默默地看着他，过了一会儿，也报以微笑，十分诚恳地说："你的运气一直不好，但你也从来不靠运气。好运我就不祝了，祝你的事业红红火火，名扬四海，以后在国内也能天天看见你的脸吧。"

卢希辰眸光微微一动，许久，终于忍不住笑起来，伸出手指弹了一下她的额头："还是你了解我啊，公主殿下。"

夜幕缓缓降临。

还有半个小时晚会就要开始，唐桃在后台监督工作人员，她心跳有些快，胃里有些难受，到现在她晚饭还没来得及吃，抽空看一眼手机，没动静，夏炽居然一天都没联系她。

真是大忙人啊。

Chapter 10
尾声

唐桃虽然体谅他的繁忙，但说真的，心里也有点儿失望。

"吃点儿。"林潇潇拿了两个三明治，塞了一个到她手里，"去休息一会儿吧，你看你脸色惨白，不知道的还以为你生病了呢。"

"熬完这一天，毕竟一个多月的心血。"唐桃撕开包装纸，咬了一口，"明天我就什么都不管了，后续都交给别人，我要回家睡上三天三夜。"

这时，口袋里手机在振动。唐桃叼着三明治，看了眼，脸色瞬变。

"怎么了？"

"我奶奶找我，说家里有事，让我回去。"

"现在？"

"现在。"

林潇潇想了想，立刻把三明治放在一旁："你去吧，这儿有我呢，误事就不好了。"

唐桃回拨电话，奶奶不接，这位老太太平时都和她发发什么搞笑视频、养生文章什么的，还从没这么严肃地叫她回去过。唐桃在脑袋里快速过了一遍家里的事情，也没想出哪里需要自己。

"行吧……我回去一趟，尽量快点儿回来。"唐桃面露焦虑。

"行了，唐大小姐，你是信不过我的能力还是怎么的？"林潇潇把她往门边推，"快去吧，快去吧，要是来不及就别回了，我帮你看着。"

打车回家的路上，唐桃还满腹疑惑，家里能出什么事，要把她从晚会现场揪出来？

淳子闯祸了？

柳原社出问题了？

她房间里电热毯忘关了，把家里烧着了？

不会吧！

唐桃用手扒着前面的座椅："师傅，麻烦开快点儿！"

"今天堵啊，小姑娘，我这车又不会飞。"师傅不耐烦地按喇叭。

等她回到家已经晚上七点半了，晚会已经开始半个小时，林潇潇在微信上告诉她一切很好。唐桃脱了鞋子就往奶奶的房间跑，一路上连一个人都没看见，整座宅子静得吓人。

茶桌前的落地灯亮着，一个熟悉的人影坐在榻前，手中端着一杯茶，凑到鼻尖品

着茶香。唐桃一愣,在房间门口站住了,问:"夏炽?"

那个人转过头,眸光如火,静静地燃烧:"嗯。"

"你怎么在这儿?我奶奶呢?我奶奶叫我赶紧回来一趟,说有大事。"唐桃的眼睛四处乱看,火急火燎地在房间里转圈,"你看见她了吗?我打电话她也不接。"

"看见了。"

"在哪儿?"

夏炽抬起下巴,示意身边的蒲团:"坐。"又补充了一句,"坐下我再告诉你。"

听见这话,唐桃心里的慌张才慢慢淡去,看他这一副神态自若的样子,家里应该也没出什么事。自从成为唐桃的男朋友之后,夏炽一有空就往她家里跑,和奶奶早就混成了忘年交,有时候两个人拌嘴,奶奶都帮着夏炽。

"那……好吧。"唐桃看他一眼,乖乖在他身边坐下,"你歌剧院那边都忙完了,不是说今晚很重要吗?"

"是很重要。"夏炽垂着眸,取过一个杯子,替唐桃倒上热茶。

"那你还在这里喝茶?"唐桃心里挺不是滋味儿的,"连我策划的毕业晚会都不去看。"

"嗯。"

唐桃郁闷。怎么觉得今天的他怪怪的,是太累了还是怎的?他眉头微蹙,有些心不在焉的样子。

许是怕什么来什么,夏炽的手忽然一晃,茶溢出杯子,手背顿时被烫了。夏炽神情依旧,仿佛那只手不是自己的,唐桃却像被踩了尾巴的猫,夸张地叫了一声。

"喂!你怎么回事?"唐桃赶紧一把抢过茶壶,用纸巾擦干净他的手,放在嘴边吹吹,"疼不疼啊,你怎么搞的,没睡醒?"

夏炽还是不说话,低头看她心疼得蹙眉的样子,目光温柔又沉默,他忽然伸过另一只手,摸了摸她的头发。

唐桃的心立刻七上八下的——别吓人啊,夏"男神"这是哑巴了?

夏炽缓缓抽回手,看着她,淡淡地说:"今天我四点钟结束工作,直接来见你奶奶,和她聊了一会儿。"

哦,感谢上帝,没哑。

"聊什么了?"唐桃问。

Chapter 10
尾声

"向她征询了意见。"

"什么意见?"

夏炽不答。他的眼神轻轻抚过她的眉眼,仿佛带着温度,看着看着,唐桃的脸就默默地红了。

暖黄色的落地灯温暖而明亮,气氛好极了,窗外夜风吹过,树叶沙沙作响。硕大的柳原宅里,广阔的洪荒世界,仿佛只剩下他们两个人,唐桃一愣,心里忽然生出一种朦胧而模糊的预感,心跳在一点点加快。

夏炽也看着她,视线深沉,英俊的五官仿佛出自雕刻师之手,在暧昧不明的光线中意外显得温柔。

"我有东西要给你。"

啊……

她的双眼无法从他脸上移开,感觉一股热流由脚底传至手心,心跳以无法描述的速度激烈起来。

结束了工作,先来见奶奶。

而且,还说什么征求意见。

难道……

难道是……

夏炽也紧张极了,从倒茶这件小事就能看出来,再平静的表情也不过是强作镇定。他闭上眼睛,深深呼吸,睫毛轻轻颤动,随后从口袋里掏出一样东西,慢慢地、慢慢地,在她紧张的视线中摊开。

唐桃嘴角轻轻颤抖,呼吸也急促起来。

那是——一颗糖。

一颗柳原社的糖。

甚至他从哪里拿的都显而易见,茶台上就放着满满一大碗,是奶奶闲来无聊时的零食。

唐桃不知道该用什么表情来接受这份"大礼",两只眼睛直勾勾地盯着糖果。过了一会儿,她轻轻地说:"谢谢啊。"

心里那点儿微弱的小火苗,被无情地扑灭。

她接过那颗糖果,嘲笑自己的脑洞太大——还好没被夏炽看出来。

不过一颗破糖,要不要搞这么大阵仗啊?

"唐桃。"头顶传来夏炽的声音。

"嗯?"她有点儿蔫蔫的,抬起头,眼前忽然多了件东西。

那是个亮莹莹的、冰凉的、讨喜的小家伙儿,在灯光中光彩灿烂,反射出五颜六色的炫目光芒。捏着它的手是修长的、白皙的、颤抖的,夏炽在千万人前表演都不曾紧张过,却在这时,感觉五脏六腑都悬在半空中。

好像,自己今后的人生,都牢牢地与这个小家伙相系。

房间里一片寂静,只有唐桃听见自己的心跳,如擂鼓,如雷鸣。

两个人已经在一起很多年了,经历过波澜壮阔,也品味过细水长流,互相见过父母,感情很好,在别人眼里就是天造地设的一对。唐桃不是没有想过以后,也在做白日梦时一个人蒙着被子偷笑,但真看见一枚戒指,看见举着戒指的他,却比梦境还要不真实。

"一个月前去订的,今天才到,择日不如撞日,我就来了。"夏炽的声音颤抖,但目光依旧没离开唐桃,他站起来,移动双腿,左腿轻轻地跪在地上。

四目相对。

一瞬间,时光的手翻动记忆的书页,所有属于二人的回忆都在脑海中回返,唐桃的大脑被无数的念头拥挤着,却又仿佛一片空白。在振奋到极点的心情和令人颤抖的期待里,她听见夏炽低沉的声音,在她的耳朵里、胸膛中震动。

"愿意嫁给我吗?"他弯起双眼,静静地微笑,"我的公主殿下。"

唐桃用力眨眨眼。她感觉到眼眶的潮湿,还有心底深深的、对他心意的强烈共鸣,她说不出话,只能用力地、用力地点头。

夏炽的眉眼一瞬间舒展开,不安的阴影全部被驱散。他露出孩子般腼腆的笑容,耳根发红,默默地站起来,把戒指戴在唐桃的无名指上。

他的手很热,有层薄汗,一如她的。

两个人十指相扣,紧紧的。

"真肉麻。"房间最里面忽然传来夏姜的声音。

"你懂什么?这是男人的浪漫!求婚的时候就要单膝跪地,戒指要越大越好。"淳子的声音也冒出来,"对了,我看看买了多少克拉的?克拉数不够我姐可不嫁啊!"

"我哥肯娶你姐,已经做了大善事了。"

Chapter 10
尾声

"得了吧你,我姐能看上你哥,那才是瞎了狗……哦,不对,是天下第一的大慈善家的眼。"

唐桃的脸如同催熟的苹果,瞬间红透了。

夏炽也面露尴尬,显然没料到被偷听。

"要不别嫁了,省得拉低夏家的基因,据统计调查,孩子的智商由母亲决定。"

"你这小子,别以为读了博士就能口出狂言。你学历高有本事,你倒是长个儿啊!到现在还没你哥高,我看你是废了!"

一阵诡异的声音从房间后传来,两个人怕是打起来了。

夏炽看了唐桃一眼,随后两手插在兜里,扬扬下巴:"长嫂如母。"

"什么?"唐桃没听明白。

"管管你小叔。"夏炽看着她笑,双眸亮晶晶的。

唐桃双肩颤抖,满脸通红,像是要掩饰害羞,忍无可忍地大声喊:"夏姜!淳子!你们两个给我出来!"

世界上的幸福都是相同的。

比烟花还要绚烂,比棉絮还要柔软,它让过去的每一份心动都有了归宿,让现在的每一次付出都有了意义,让未来的每一场冒险都值得期待。

她能拥有这份幸福吗?

她值得这份幸福吗?

戴上戒指的时候,唐桃心想——哪怕是为了眼前这个人,哪怕是为了眼前这份心,无论未来有怎样的困难,他们都会一同携手,迎接挑战。

——本季完——

超脑洞龙族幻想大系列
续集炫目上市

唯美分享价：
32.00元/本

三契缘尽，新骰子竟重现人间，
两个拥有龙神骰子的少女
究竟谁才是龙十子的**真正"主人"**！

青春作家惊歌 携续集再次站在龙族的风口浪尖

龙子们遭遇不明危机，
赖远辰失联、萧甯身陷囹圄，
龙子们遭遇不明危机。
失去依靠的林陌桑
如何唤回裴西林消失的记忆？

亦敌亦友的火麒麟宫已
步步为营，设局破局，
帮助林陌桑解开谜题
又将她带入新的危机，
事态十分紧急！

日期:

目的地:

天气:

交通:

他/她:

日期:

目的地:

天气:

交通:

他/她:

日期:

目的地:

天气:

交通:

他/她:

日期：

目的地：

天气：

交通：

他/她：

日期:

目的地:

天气:

交通:

他／她:

日期：

目的地：

天气：

交通：

他/她：

日期:

目的地:

天气:

交通:

他 / 她:

日期:

目的地:

天气:

交通:

他/她:

日期:

目的地:

天气:

交通:

他／她:

日期：

目的地：

天气：

交通：

他/她：

日期：

目的地：

天气：

交通：

他／她：

日期:

目的地:

天气:

交通:

他/她:

日期:

目的地:

天气:

交通:

他／她:

日期：

目的地：

天气：

交通：

他/她：

日 期:

目的地:

天 气:

交 通:

他 / 她:

日期：

目的地：

天气：

交通：

他/她：